河海文库
006

雕蟲集 前册

胡步川 著

河海大学出版社
·南京·

图书在版编目（CIP）数据

雕虫集：排印本 / 胡步川著 . -- 南京：河海大学出版社，2023.1

ISBN 978-7-5630-6248-5

Ⅰ . ①雕… Ⅱ . ①胡… Ⅲ . ①诗集－中国－当代 Ⅳ . ① I227

中国版本图书馆 CIP 数据核字（2021）第 146017 号

书　　名　雕虫集
　　　　　DIAO CHONG JI
书　　号　ISBN 978-7-5630-6248-5
总 策 划　张　兵
策划编辑　朱婵玲
责任编辑　张　媛　彭志诚
责任校对　周　贤
封面设计　槿容轩
装帧设计　杭永红
出版发行　河海大学出版社
地　　址　南京市西康路 1 号（邮编：210098）
电　　话　（025）83737852（总编室）
　　　　　（025）83722833（营销部）
经　　销　江苏省新华发行集团有限公司
印　　刷　南京新世纪联盟印务有限公司
开　　本　787 毫米 ×1092 毫米　1/16
印　　张　29
字　　数　360 千字
版　　次　2023 年 1 月第 1 版
印　　次　2023 年 1 月第 1 次印刷
定　　价　228.00 元

青年胡步川

中年胡步川

一九二二年組建陝西渭北水利局測量隊合影（後排中為胡步川）

陝西渭北水利局職員撮影

一九三三年作為總工程師的胡步川為即將竣工的浙江省黃岩西江閘拍攝的全景照片

一九三三年六月西江閘完工時胡步川在閘上

一九三四年胡步川作為總設計師為即將竣工的浙江省温嶺新金清閘拍攝的全景照片，并題詩：文公六閘成陳跡，民到於今頌大名。我亦臨風頻懷想，為霖為雨惠蒼生。

新金清閘壩上操縱機全景

一九三九年渭惠渠管理局辦公室中的胡步川

一九四〇年九月驗收嘉陵江水利整理工程
（攝于嘉陵江邊　左一為胡步川）

一九四二年九月胡步川與渭惠渠管理局清丈隊成員合影（一排右八為胡步川）

一九四七年五月渭惠渠全體水老送別胡步川時合影（一排左二為胡步川）

胡步川、王素芬夫妇

一九三五年胡步川夫婦在西安『蝸廬』寓所

胡步川夫婦與女兒胡以滔

一九六五年夏于廬山療養時

一九六五年秋與同事兼好友馮雄先生在盧溝橋合影

出版說明

胡步川（一八九三——一九八一），名正國，字竹銘，號步川，浙江臨海人，中國近代著名水利工程專家。

胡步川先生自小聰敏好學，七歲上私塾，十二歲考中童生，後就讀於臨海三台中學堂，一九一七年考入河海工程專門學校讀書，師從李儀祉先生。胡步川先生是我國現代水利工程第一代建設者之一，他在二十世紀二十年代、三十年代之交主持興建的浙江溫嶺黃岩地區的西江閘和新金清閘，是最早由中國工程師設計、施工的大型水閘，至今還在發揮作用。他追隨李儀祉先生，參與『關中八惠』灌溉工程興建。李儀祉先生去世後，他堅守西北，擔任渭惠渠管理局局長，管理近代最大灌區。中華人民共和國成立後，胡先生任西北軍政委員會水利部主任，出入寧夏黃河、西安渭河等搶險工地，後出任西北水工研究所所長。一九五七年離開西北，調任中國水利科學研究院水利史研究所所長。胡先生是中國現代水利的開拓者之一，他留下的文字，是近現代水利的見證，引領我們走進歷史深處。

胡步川先生喜詩詞，善隸書，自撰編年體詩集《雕蟲集》（前後冊），時間跨度從一九一〇年至一九四八年。該詩集收錄其千餘篇詩詞作品，主要記述了師生情誼、水利工程實踐、自己與妻子的情感等，從中可窺見胡先生的文采和家國情懷。尤其是胡先生的批註，完整記述了他所參與的水利工程的許多技術細節。胡先生的後人將完整的《雕蟲集》交于河海大學出版社，希冀精心出版，以作為研究中國近代水利史和胡步川先生的史料，也借此更好地啟迪後人不改初心、立身行道。

《雕蟲集》（影印本）已經由河海大學出版社先期出版，此次出版為排印本，主要校對修正了部分文字，並對少部分內容進行了刪改以符合當代人閱讀的習慣。

河海大學出版社編輯部

二〇二三年一月

序一

余與胡竹銘兄訂交，垂三十年。憶民國十一年，同應儀師之召，攜手來陝，道經豫西，受阻。復轉道晉南，過河，達潼關，轉西安，襄辦陝西水利事業。凡儀師之手提面命，及個人之接觸與感想，竹銘兄每為詩暢敘其事。十五年，西安城被圍八月，余事先因求食於綏遠後套，得脱此難。而竹銘兄處圍城中，備嘗困苦，凡所歷所聞，逐一寫來，擲地作金石聲，不覺潸然泣下。十八年，共同查勘黃河變遷，並探三門之險；雖為土匪梗阻，而足跡所及，若邙山之上，若陰后之陵，均堪回憶。其間避匪洛東義井舖之夜，更以蔓菁稀飯佐食於匪窟，由竹銘兄之詩句讀來，益覺此景此情之歷歷如繪。竹銘兄掌理渭渠灌溉，適儀師西歸道山，同仁失庇蔭。竹銘兄以真情憑弔，纖微弗遺。其在渭渠任內，凡工事民瘼，高山大川，得一吟詠，而立現靈活。即庭園之一草一木，亦均予以表彰。是此集之成，雖為竹銘兄個人風雅之表現，亦可為西北水利開荒者寫實之文獻。余歷年每於拜讀之餘，竊願謄抄校印，以供同好，以廣流傳。而余與竹銘兄從儀師來陝，迄今兩袖仍賦清風，付梓經費，一時談何容易。因於丁亥之冬，敬煩關中姚愚若先生，就公餘之暇，恭楷謄錄，越五月而完成。擬先陳列本局圖書室中，為同仁觀摩。余愧不能詩，爰敬記顛末，俾知此詩卷為竹銘兄四十年來結晶之作，並視為西北水利開發史，進而發揚光大，使西北水利日臻昌明，是西北人民之所欲，亦竹銘兄之所願也。

劉鍾瑞謹序於陝西省水利局

序二

詩之為用大矣哉，以予所聞，三百篇之旨，興、觀、羣、怨，忠孝大原，與夫授政能達，奉使專對之義，無不備具。而春秋時，卿大夫往來邦交，往往贈答於壇坫之間，相與賦詩見意，即借此以折衝尊俎者為不少。此孔門之教，必以學詩為先，後之人亦遂以詩言志。要以能續三百篇之旨者為上乘。斯意也，吾友竹銘胡君其知之矣。君浙之臨海人也，幼承家學，既長，以次畢業於某中學，暨某大學後，乃專肄工程事業。然於吾國固有之文學，靡不極意探討。而所為古近體詩，尤為擅長者也。辛巳秋仲，君以三十年來所為詩集，都若干首見示。名以『雕蟲』，蓋謙之也。盥誦之餘，敬佩詞旨淵懿，寄託深厚。其於倫物之大防，國家之觀念，風俗政教之漸被內憂外患之疊乘，感懷所至，力追古人。而其忠愛之忱，又每以屈子之風騷，寫賈生之痛哭，此尤見真性情之流露，不徒以山川、景物、香草、美人之詞，悅人耳目為也。予素懵於聲律，與君共事有年，未能與之唱和，以助其逸興。然是集大體所在，固有不可湮者，讀之者不啻如吳札觀樂，國風雅頌諸什，其意味可一一領取也。然即是而有以啟予者多矣。於斯歎朋友之交，相觀而善，古人所以文會友也。

興平友人趙玉璽敬書

序三　吴宓長兄書

《雕蟲集》二冊，共十八卷今郵還，已細讀數過，極愛且佩。大抵詩必須有性情真摯，文章流利，氣韻生動，使人能瞭解。此集實兼此數長，其根本已立。縱學問典故之充實，不及老輩詩家，不足為病。統觀全集，前冊以西安圍城各篇為主體，實為詩史；後冊，以祭悼李儀祉兄各篇詩文及聯為主體，即精華所在，最有價值。儀祉兄為宓極敬佩之人，而兄之詩文，最能表揚之，而得其真，見其大。至其情之摯，誼之厚，窮根入裏，懷念追思，至於多年，古亦不多，今尤希見。宓吟讀此諸篇，不覺涕淚横流。此諸篇，即足以傳儀祉兄，亦足以立兄詩矣。至若有關素芬詩，是一生情史。自敘水利工程之經歷，詩中有大關係之志事在。他若敘狀山水，雖亦有佳篇，非其至也。又由此得窺兄一生歷史蹤跡，比論古今人物及平生師友，彌增感慨，不盡欲言。

民國三十四年八月六日寄自成都

自述

余年十四五，即喜學詩。然處窮鄉僻壤間，不得師承。雖篤好深嗜，每以不得其門而入為苦。及負笈於外，專學水利工程，以環境之不允許，師友之難相遇，無由共証共商。僅於課餘之暇，畧涉古今之詩，而取其意以成章。然欲於詩境外之事，及詩境中之人，用新材料，入舊格律，以求自立，而未能逮也。涉世以來，固以水利工程學術為盡職資生之事，而以詩詞為怡情悅性之用。間常以行役作登臨，雖鞍馬舟車之勞，持籌握算之煩，亂離窮困之日，以及抑鬱悲憤之時，勉強行之，未嘗遽廢也。竊以為詩文以寫實存實為主，藉為一生之印證，而不務詞藻之華麗，惟以常人、常時、常事、常筆出之，使老嫗可解。但文章為末技，昔人謂為玩物喪志；且浮詞空虛，為學道者所不取。顧人多苦不自知，即以為淨業文人，亦宜少留鴻爪。謹將少壯所作，裒集成卷，以自慰其篤摯之情，惻怛之懷。然不敢問人之覆醬瓿與否也。戊子以後之作，當別存。

丁亥臘月，胡步川述於長安蝸廬

目录

卷二　民國六年至十年

卷三　民國十一年至十二年

卷四　民國十三年至十四年

卷五　民國十五年

卷六　民國十六年至十七年

民國十七年（一九二八年）……一〇〇

卷八　民國二十二年至二十三年

民國二十二年（一九三三年）……一四五

民國二十三年（一九三四年）……一五四

卷九　民國二十四年至二十六年

卷十　民國二十七年

卷十一　民國二十八年

卷十二　民國二十九年至三十年

卷十三　民國三十一年

民國三十一年（一九四二年）

卷十四　民國三十二年

卷十五　民國三十三年

卷十六　民國三十四年

卷十七　民國三十五年

卷十八 民國三十六年至三十七年初

卷一　清宣統元年至民國五年

清宣统元年（一九〇九年）

曉睡

春夜眠初足，諠譁百鳥歡。推窗遥一望，紅日已三竿。

雪夜感懷三首

北風吹當戶，雨雪扣吾廬。擁爐抱膝坐，袖手讀奇書。

轉瞬韶光老，年華祇自哀。至今方夢醒，豈可意徘徊。

寒夜檢詩筒，當年欠用功。書中方有味，阮籍慨囊窮。

民國元年（一九一二年）

壬子清明後三日至蓼岸掃墓經董岸岩下小孤廟

掃墓年年常到此，留連風景樂忘餐。欄杆臨水波濤湧，廟畔蒼松映淺灘。

遭凶歲三首

洪流客歲浩滔天，曠野高原不見田。黍稷稻粱成腐土，登高一望憫兼憐。

春來長日守荒村，徧野哀鴻奈忍言。不接青黄期二麥，醫瘡剜肉洗塵罇。

麥刈秧長急種田，無端久旱艷陽天。日照水乾苗不長，農人日日坐針氈。

端陽望雲

憂勞傷病度端陽，佳節不聞角黍香。紅日庭中應曬麥，枯禾田内本新秧。

黄塵徧地心憔瘁，赤土連天意感傷。幻想今朝霖雨降，雲霓望斷苦衷腸。

夜嘯二首

碌碌營營塵世裏，憂憂忿忿夢醒中。低頭受氣心難忍，仰面求人志不雄。歲歉田蕪收穫少，家荒力乏路途窮。

傷懷何處申衷曲，濡筆成詩告上穹。

世事茫茫無把握，丈夫何必戀思家。椿陰難庇平生願，莫辨蒼黃慟路叉。

重遭凶歲五首

今歲秋來雨澤多，遲遲耕種好田禾。農民方喜天施穀，擊壤人人鼓腹歌。

時交七月中旬後，香稻花開綠接天。不料西風連日作，一時變作白毛氈。

立秋卅六日之前，農諺西風水沒田。正值憂形談虎色，淋漓大雨兩三天。

三更風雨蔽重雲，水勢滔滔不忍聞。呼豕牽牛為遠避，舉家老少盡紛紛。

水沒村莊丈有餘，稻粱淹沒不須提。回憶去年今日劫，同災同害有餘淒。

中秋病中

偶逢佳節值沉疴，病骨支離莫若何。時不再來悲少壯，一生歲月易消磨。

夜雪

三更雨雪瀟瀟響，驚醒昏昏夢裏心。花木新粧雖美麗，河山埋沒豈消沉？樓船兵甲瓜洲渡，驢背梅花梁甫吟。

自嘆生成懶惰性，床頭輾轉負光陰。

失學後感德兄玉成

欲負蘇章千里笈，無如阮籍嘆窮途。迴天再造蒙君德，結草他年報大恩。

讀左传有感〔一〕

常讀左傳，至晉獻公寵驪姬，姬欲殺群公子，重耳在外則存，申生在内則亡，不禁掩卷三嘆，時壬子十二月十五夜。

太息當年晉獻公，沉迷女色處深宫。申生至孝猶遭害，千載流傳恨此翁。

〔一〕編者注：原詩題為『常讀左傳，至晉獻公寵驪姬，姬欲殺群公子，重耳在外則存，申生在内則亡，不禁掩卷三嘆，時壬子十二月十五夜』。

民國二年（一九一三年）

癸丑春三至荳噐岳家四首

環山旁水幾家村，彷彿桃花林裏源。屋舍土田多美景，青松綠竹滿山園。

青山對戶晴方好，檻外環山雨更妍。昨日晴天行遠岫，今朝下雨看山鮮。

漠漠白雲出山谷，沄沄綠水繞村邊。巒光雨後清如洗，山草山花接眼前。

雨過煙收上遠山，山柴猶濕點衣斑。興來不惜衣裳濕，紅日西沉緩步還。

雪中應三台考試

欲得青雲路，何妨白雪飛。紛紛飄宇宙，點點入窗扉。監考圍爐坐，群賢呵凍揮。推門當試罷，一路踏花歸。

所見四首〔二〕

浙江第六中學三百餘人，由新河乘小船上至溫嶺縣城，記所見。

言用小舟代遠足，聊將校旗作風帆。舟輕帆飽風光好，一夕兼程過黃岩。

天朗風和氣且清，河梁攜友手同行。方城勝跡宗方石，晚景宜人值晚春。

溪柳橫斜遮水面，原田漠漠水相連。農忙此刻西疇事，處處青秧已出田。

層巒疊岫色蒼蒼，犬吠鷄鳴水一方。野竹繞村村繞水，負山臨水各村莊。

〔一〕編者注：原詩題為『浙江第六中學三百餘人，由新河乘小船上至溫嶺縣城，記所見四首』。

遊明因寺

離城一里許，有寺曰明因。相率出西門，韶華滿眼新。征途平且坦，嫩草綠成茵。應門有僧侶，引路賴鄉人。
殷殷皆厚意，待我以嘉賓。樓閣有浮雲，清茶無俗塵。園林多畫意，花鳥自相親。歸途天下雨，濕透方山巾。

遊東湖

春光似逝波，老大喚奈何。感時憂疊至，慷慨唱悲歌。

九月十一日德兄有杭州之遊別於三台四首

與君握別淚沾裳，手足分離各一方。自是英雄有壯志，無關兒女暱情長。
丈夫立志在四方，吳越一家未出鄉。只為囊中空如洗，可能枵腹過錢塘。
祖母雙親俱在堂，遠遊必告以遊方。留連莫起江湖興，免得門閭日日望。
史公牛馬名和利，此去無非為此忙。他日錦衣歸故里，十倍聲價增琳琅。

民國三年（一九一四年）

甲寅暑假歸家

離家楊柳芽初放，暑假歸來緑滿林。祇覺光陰如逝水，年華抱拙最傷心。

天台陳斐章寄詩四首次韻

光陰駒隙易為年，每想伊人不我眠。記得程門同立雪，課餘喜聽漫談天。

去冬握別意忽忽，無限離情不語中。自慰明年重聚首，豈知勞燕各西東。

潦倒無聊歎此身，年華逝水最傷神。萬夫有勇心雖壯，一事無成淚濕巾。

常吟伐木感吾心，安得嘉賓鼓瑟琴。覆雨翻雲悲勢利，高山流水鮮知音。

又二首

屋梁落月疑顏色，春樹暮雲幻想容。兩次投函無一復，參商依舊不相逢。

天台勝跡水和山，遠隔紅塵尚可攀。訪戴登堂因乘興，未知得與樂清閒。

自歎二首

髫年失學自摧殘，空把駒光付苟安。當日井蛙無灼見，至今朽木祇悲酸。霞城夕照增光景，椒水東流翻倒瀾。

滄海縱鱗思涸轍，青冥插翅又何難。課罷顛狂自詠詩，簞瓢陋巷一茅茨。蛟龍困守池塘日，鸞鳳窮棲枳棘時。勢利逐人偏冷煖，賤貧素位是男兒。

自來多少傷心事，敢向旁人説得知〔一〕。

〔一〕時就學三台，而寄食於王舅婆家，王家三口僅租破屋一間。予以免繳膳費的艱難，故心安之。

民國四年（一九一五年）

乙卯五月七日政府承認日本二十四條之十八有感四首

革清民族有餘光，還我河山民氣揚。惟望金湯垂永固，誰知隱患起蕭牆。

諺云木朽蛀叢生，何物東夷起亂萌。二十四條俱酖毒，萎靡政府不能爭。

南宋偏安在主和，而今相去亦無多。可憐潮湧人民血，難挽傾狂萬里波。

厥先建國斬荊榛，不憚勞神與損身。痛哭子孫忘其本，竟將祖業與他人。

滿江紅　中秋月

一樣冰輪，中秋節十分皎潔。相攜手仰天細看，光芒白璧。宿雨收清人意爽，微雲蕩盡長空碧。最難逢佳節值今宵，休相失。　候蟲鳴，聲唧唧。三台高，風習習。忽飄來幾陣清香嗚鏑，疑是廣寒宮裏桂，可方弄玉樓頭笛。直待至夜靜更深時，玉露滴。

民國五年（一九一六年）

丙辰家居之夜

月色朦朧夜，微風縹緲時。風移枝影動，雲壓月升遲。

觀戲有感[一]

余不好觀戲，七月初一夜在戲臺下，完看一本鴛鴦帶至吳江縣去職事有感。

攀轅臥轍民留吏，下馬班荊吏別民。解組猶為民請命，近今不復有斯人。

〔一〕編者注：原詩題為『余不好觀戲，七月初一夜在戲臺下，完看一本鴛鴦帶至吳江縣去職事有感』。

天台雜詩十一首有序補一首

民國五年，與三台諸同學遊天台山，記詩十二章。

路中口占

遠足上台山，迢迢步履艱。中原雲擾日，切莫自偷閒。

路過港岸

始豐之水向東流，巨石當溪易覆舟。寄語人生須保重，腳根立穩莫夷猶。

夜宿仙人村

燈闌更靜寂無人，月剩微光天欲明。獨倚柴扉傾耳聽，四圍犬吠水流聲。

茅園橋遇陳斐章

與君別後已三秋，書劄相傳莫解憂。此日茅園橋上遇，臨風瀟灑學名流。

國清寺

雙澗環前後五峯，天台景勝此為宗。赤城標建山門外，塔影横斜夕照中。

上金地嶺

拾級上登金地嶺，足垂萬仞見精神。應知年少剛強氣，自異衰頽白髪人。

石梁觀瀑

天造地設石梁橋，萬八峯頭勝景標。瀑布飛行橋下去，都成雪浪與銀濤。

高明寺

四面雲山色翠蒼，碧松林裏有禪堂。聞道高明稱古寺，紅塵不復此間忙。

題圓通洞

圓通洞畔石玲瓏，上有芳林雜翠松。峭壁多留古字跡，懸崖底下草蔥蔥。

高明雨夜

淒風苦雨黄昏後，月闇星沉山色濛。萬籟無聲春寂寂，空山何處一聲鐘。

華頂歸雲

雲歸岩穴水歸淵，一樣歸來豈偶然。浩蕩東風逐雲氣，齊趨腳底化為煙。

始豐溪歸棹二首

山色蒼茫水色清，連環旅艦水中行。目迎兩岸新來景，耳聽漁舟欸乃聲。

東風吹水綠波揚，雨過天晴見太陽。俯仰之間得妙趣，何須採藥覓仙鄉。

丙辰夏村居

索處離群已四旬，愁懷累累和誰陳。若非混濁棼棼世，定是單形隻影身。

中秋前三日自郡還家

紅日西沉已別吾，東風獨送我歸途。途中秋景知多少，爭入吾眸亦樂乎。

中秋後三日與鄭松筠等七人遊巾子山三首

巾山塔下巾峯寺，四載三台兩次登。前度劉郎迷失道，今朝得見坐禪僧。
巾峯插翠靈江表，突兀臨空欲上天。落日倒懸雙塔影，暮山半沒萬家煙。
牽裾拾級上浮圖，滿眼秋光樵隱湖。負郭青山啣落日，清江得見幾鷗鳧。

重九後三日與松筠洋洲文淵遊雲峯四首

招朋攜酒上山阿，高唱先朝逸士歌。九日茱萸雖過去，今朝樂趣倍增多。
十里山行到此峯，幾番揮汗憶來蹤。層巒疊岫成仙境，已隔紅塵一萬重。
疊石肩中竹徑深，禪堂清靜寂無音。高僧古寺清茶味，一席談中樂我心。
飯餘茶罷陟山巔，怪石林林若列仙。踏徧巉岩才少息，四人縱酒傲雲煙。

卷二　民國六年至十年

民國六年（一九一七年）

次素芬詠白菜韻

短籬茅舍月黄昏，一片清光映緑痕。懷抱冰心隨歲晚，不遺風味入朱門。

金陵哭祖母二首

元龍湖海自為豪，未顧高堂倚望勞。忽憶家書傳噩耗，不禁伏枕發長號。

陳情泣杖相傳久，裾絕為能挽逆流。我獨何為遠膝下，徒流血淚石城頭。

民國七年（一九一八年）

民國七年元旦從李宜之師登鍾山頂由天寶山至玄武湖二首

適逢佳節上鍾山，山徑崎嶇屐齒艱。俯瞰石城微髣髴，倦依岩壁自幽閒。長江隱隱雲霞裏，大陸茫茫煙霧間。

險阻淒涼人莫愛，予心獨樂不思還。

巉岩履偏下叢山，疾下趨奔止步艱。屋舍土田多雅趣，茅亭泉水兩清閒。路循煙水明湖畔，人在疎林古木間。

元亮桃源差可擬，劉郎心醉欲重還。

重登掃葉樓遇雨四首〔一〕

與溫州張挺三、江西邱伯忱同遊清涼山，重登掃葉樓。

三人攜手向城西，遥指清涼護彩霓。霽後街衢泥沒屐，興來不顧染汙泥。

拾級重登掃葉樓，憑欄四眺洗離愁。江山依舊前番樣，景色重新此日遊。

欲窮遊目陟山巔，江水滔滔遠接天。自喜生涯寄湖海，東西南北任留連。

無端風雨聯翩至，迫我倉皇疾下山。比至烏龍潭少憩，偏觀衣履已成斑。

〔一〕編者注：原詩題為『與溫州張挺三、江西邱伯忱同遊清涼山，重登掃葉樓遇雨四首』。

曉春獨上雨花臺次清乾隆韻〔一〕

初春天氣日初晴，獨上高岡若有情。轉念驚人詩未帶，徒然搔首對江城。

〔一〕原詩云：崇岡躍馬晚春晴，憑覽遺臺觸慨情。縱使雲光能花雨，可能末路救台城。

悼亡妻林

憶從負笈出閭門，夢寐淒涼客子魂。未料生離成死別，音書千里寄啼痕。

民七除夕南北止戈

大地干戈奇變幻，蕭牆慘劇演經年。年終戊午雙停息，此後相期別有天。

是夕校中開同樂會誌事

笑語詼諧一室中，師生聚首樂年終。居者固有家庭趣，誰謂行人便不同。

舊曆除夕

年華逝水堪生愧，學業荒蕪倍自悲。得路青雲空縹緲，失途斑馬枉奔馳。武侯決策隆中日，蘇老焚書立志時。安得將來成夙願，庶幾不負舊相知。

民國八年（一九一九年）

滿江紅　河海工校四週紀念

風雨鷄鳴，談國事淒涼嗚咽。懷河海與彼同命，盤根錯節。八載干戈奇變幻，四年轉徙異鴻雪。待來時，國校兩榮昌，心歡悅。　　滔滔禍，猶未絕。耿耿心，難磨滅。仰禹功宵旰勤勞不輟，掃蕩横流酬厥志。顕揚偉業追先哲，則庶幾，海屋滿仙籌，繼今日。

河海週報出版四首

河山錦繡誰家物，飲水思源仰禹功。光大發揚誰越俎，快哉吾黨乘長風。
海屋仙籌記世遷，誰將滄海變桑田。持籌海上人何處，滿賴吾人着祖鞭。
週復始兮轉大星，胡為此報以週名。僉云七日刊行意，我佛輪迴意更真。
報道韶華正鬥妍，秦淮春水綠連天。相期此報刊行後，與水同流億萬年。

年假中同居者皆非同志極感苦悶

棼棼世道日澆漓，牛馬風頭兩背馳。縱使他年能涉世，單形隻影復何疑。

清明赴朝陽門外植樹

造林場大門，顔曰千林在望。所植之樹，皆懸五色小旗。

此日吾人須玩樂，佳期勝會莫相違。春風習習送芳菲，一路青青草色肥。道出明陵遊客集，事完典禮祝聲飛。人人手植千林木，樹樹梢飄五色旗。

五四運動北京學生以外交失敗痛打曹章陸二首

甘心賣國人常有，除暴驅凶代所聞。忠簡請誅三邪慝，陳東要軒六妖氛。淫威專製成常典，苦口忠言等爛文。今日得聞痛快報，空前事業頌諸君。

閱牆猶屬家庭事，禦侮為今急務隨。臥榻豈容人鼾睡，主權切莫自低垂。千鈞一髮觀今日，收效成功在直追。即使時機逢險惡，荷戈執梃復何疑。

端午節以北京學生被拘未釋吃素餐誌哀二首

百憂交集滿胸懷，不禁槌胸歎世乖。想到達觀能解鬱，何須鹹淡論生涯。

去年此日強為歡，不料今朝益慘酸。記得越王嘗苦膽，吳宮成沼夜生寒。

五四運動口號四首〔一〕

擁護國權

闉場宣誓喝呼嵩，萬目共瞻意氣濃。神聖國權親且切，何方小醜敢來衝。

發揚民意

楚雖三戶亦亡秦，何況中華四億民。霹靂一聲獅夢醒，從前屈辱不難伸。

協力同心

欲舉千鈞在衆擎，亦聞衆志可成城。而今當軸昏昏者，故拂民心直倒行。

死生以之

樂生惡死本人情，避死偷生世所輕。若委死生天地外，庶幾無事不能成。

〔一〕編者注：原詩題為『五四運動以擁護國權發揚民意協力同心死生以之為口號四首』。

附祭郭欽光文：

歎國步之艱難兮，臻於極點！顧朝野之泯棼兮，誰挽危險？惟學界為堅白兮，一塵不染。當河山之破碎兮，正宜點檢。見良莠之參差兮，加以褒貶。此五四之運動兮，焚曹毀章。成空前之事業兮，後世難忘。哭斯君之盡瘁兮，嘔血受傷。當臨沒之悲慘兮，猶念國殤。惜報國之壯志兮，纔露鋒芒。

幸成仁而取義兮，百世芬芳。況繼志之有人兮，百折不回。宜在天之英靈兮，當無遺哀。故今日之弔君兮，轉為君喜。非當哭而高歌兮，君誠不死。

浮海泊船舟山登東嶽宮

舟山挺秀羨天工，海舶如飛順曉風。最是煙村饒逸趣，參差茅舍綠林中。

白下中秋

金陵久作客，已過三中秋。秋月仍依舊，年華似水流。徘徊廊簷下，舉首望蒼穹。皎皎一輪月，鄉關此夕同。

次素芬秋思韻郵寄南通三首

白雲親舍渺茫茫，岵屺興嗟悵別腸。想到他年裝萊彩，飄飄堦下映朝陽。
蒹葭白露起遐思，又值橙黃橘綠時。感物懷人雙會集，惜無花筆寫新詩。
他鄉負笈七年餘，故舊親知漸漸疏。獨有一條差可慰，面南坐擁百城書。

向素芬索照片二首

落月屋梁望碧穹，臨風懷想意無窮。東西咫尺銀河隔，天上人間兩兩同。
成事不如期望好，花方吐萼月初新。花萼芬芳時撲鼻，還期飛下月中人。

素芬赴北京求學

過金陵未入城，予至車站送之，又未遇，乃過江遇之於浦口，贈別四首。

世事艱難惱煞人，惟聞有志竟能伸。瞻望前途無限樂，此行必不負風塵。
離亭作別兩依依，南北分離歎睽違。唱罷陽關三疊曲，一聲汽笛淚沾衣。
父母生予鮑子知，丁丁伐木憶毛詩。京師女士為淵藪，流水高山任擇之。
學業固為當務急，此身尤自善藏珍。倘使學成身羸弱，力行處處乏精神。

贈戴任先天津四首

名場遊賞廿餘年，流水高山亦夙緣。砥柱中流久不見，徘徊懷想大江邊。
滔滔濁世拂吾心，牛馬殊風一古今。幸有嗜痂同逐臭，願隨驥尾聽清音。
他山攻錯藉良朋，切切偲偲銘我膺。翠竹碧梧津埠遠，暮雲春樹望金陵。
直諒多聞三益友，君兼益友又良師。相期北雁南飛便，扶我蘇蓬廣我知。

次素芬清明韻郵寄北京

緑楊城郭護朝煙，煙柳青青又一年。靜聽柳鶯交細語，枝頭共樂杏花天。

秦淮遊宴見諸同學之不能自振有感三首

傳聲爆竹滿秦淮，彷彿新年到水涯。細聽方知人弄雀，不禁仰首一咨嗟。

河水滔滔紅日斜，隔江妓舘掩窗紗。商女故裝亡國恨，遊人為唱後庭花。

凴欄眺望值黄昏，煙霧迷離悵客魂。古往今來皆如此，棼棼察察一卑尊。

民國九年（一九二〇年）

金陵貢院

比屋行行入眼簾，參差撲地盡低簷。十五年前試文士，今朝拍賣作閭閻。

江南雜詩九首〔一〕有序

民國九年，與諸同學從沈奎侯張雲青二師，測量實習於江南，工餘得詩八章。

登江陰君山礮台觀長江

江水長天同一色，洪濤撼地急奔騰。扁舟一葉歸何處，逆浪兜風力不勝。

江陰駱駝橋曉景

江陰北向曉煙間，橋下江潮急往還。三五風帆隨潮落，一輪紅日上東山。

應天河即景二首

隨潮西下應天河，細雨斜風起綠波。兩岸桑林連隴陌，船中旅客唱高歌。

潮平河水已增深，漁網高懸綠柳陰。笑煞漁翁為獵戶，游魚不網網飛禽。

江上重霧

四圍滄海渺無邊，曉日朦朧出水天。隱約鄉村如島嶼，炊煙處處雜晨煙。

泊舟周莊

周莊停櫓過長宵，明月中天半夜潮。旅客窮愁眠不得，船艙反側意無聊。

見諸同學之不能自振有感二首

渾俗和光稱老子，惜乎欲學不能行。時逢接物知為累，事後徒呼負負聲。

浮雲密蔽日無光，習習東風拂我裳。杯水車薪同今古，當車笑煞一螳螂。

〔一〕編者注：原稿標為九首，實為八首。

舟過無錫見惠山

綠波春水接長空，兩岸青青麥秀叢。搖指惠山無限樂，怎奈遠景色朦朧。

航海至舟山遇浪

四山密蔽水雲重，白浪滔天惡勢凶。獨立船頭空擬想，翻言洋海起蛟龍。

夏假家居夜聽間壁仲林叔祖詩聲一首

比屋書燈〔一〕不可尋，今宵忽聽短長吟。詩聲斷續盈雙耳，未喪斯文直到今。

老人壯氣吐長虹，百歲先徵卜此翁。惟望薰風時偃草，提攜鄉曲夢英雄。

〔一〕比屋書燈，是石鼓八景之一。

初秋海門舟中看做佛事

金錢滿地數河沙，布德施恩不厭奢。惟恐波神爭攘奪，殺傷害命定如蔴。

秋登掃葉樓並徧遊清涼山四首

半千築舍隱清涼，僧服儒冠貌倘徉。際此蕭蕭黄葉落，此君當日正忙忙。

秦淮河接莫愁湖，一幅秋光好畫圖。荷盡柳殘湖面濶，水邊蘆畔幾沙凫。
清涼西去盡深林，錯落鄉村尚可尋。綠樹丹楓隨處有，竹籬茅舍淨無塵。
江水西來繞堵牆，蕩蕩浩浩向東行。夕陽映水芒千丈，無際金光接晚光。

秋深與鄭慶雲同遊明孝陵二首

偷得星期半日閒，與君相約上鍾山。鍾山腳下朱明墓，上有深林任往還。
攜手同登高岡上，東風迎面夕陽斜。楓林映日朱成碧，三月煙花接紫霞。

遊牛頭山四首

荒郊空闊植隆冬，驢背高歌野興濃。轉過山坡坦蕩蕩，遙觀牛首樹重重。
捨身塔畔四盤桓，大塊文章盡壯觀。西望長江雲裏盡，神龍見首幾回看。
天闕高峯尚可登，攀緣荊棘石崚嶒。松濤澎湃頻喧耳，直如萬匹馬奔騰。
興闌身倦下山巔，四顧茫茫盡晚煙。最是賞心行樂處，一鞭驢背夕陽天。

除夕三首

南北干戈四五年，兩方萁豆又相燃。不分勝敗同歸盡，黎庶遭殃自憫憐。

桓桓武士出東鄰〔一〕，擾我邊疆戮我民。公理強權能敵否，一詢過去未來人。
刀兵水旱一年中，徧地哀鴻歲月窮。寄語同胞應自決，不宜搔首怨蒼穹。

〔一〕時日本運兵琿春，藉口除韓黨，至今未退。

民國十年（一九二一年）

漢口雜詩十三首有序

民國十年與諸同學從李儀祉沈奎侯二師，參觀漢冶萍各工廠，路上紀詩十三章。

發下關

昨晚匆匆冒雨行，今朝泛浪日初晴。春山雨後清如洗，疊翠鋪茸到處迎。

過東西梁山

大江南岸萬山崇，虎踞龍蟠各自雄。相彼嬌柔南浦草，高低起伏偃東風。

曉過華陽

煙霏迷露色蒼茫，江上春山水一方。隔岸炊煙三兩處，隨風繚繞透晨光。

小姑山二首

舟中早見小姑山，浪打船頭擬佩環。蓮步姍姍嫌太慢，彭郎應扶過江關。
早起雲鬟未整容，青絲亂髮太蓬鬆。身披破碎青羅襖，不顧旁人笑阿儂。

舟中晚眺

夕陽西下剩餘光，掩映波心起白芒。兩岸層山呈碧色，輕舟飛駛雪中央。

登大冶金湖客舍樓晚眺

紅日西山分外圓，隔江綠樹晚煙連。奔騰不息長江水，滄海東頭西接天。

江上早霧

迷離曉霧徧汀洲，仿佛長江汜上游。一望無涯煙漠漠，僅留幾處樹油油。長懷黃禍為飛禍，未信清流變惡流。
少待東山紅日出，鄉村遠近入雙眸。

暮抵三江口

買舟西渡達江洲，長嘯高歌各唱酬。爭入深林占捷足，喜心翻倒為尋幽。

三江口夜泊二首

夜泊三江月正中，水光四面接長空。周郎縱火今何處，赤壁尚留舊日紅。
輪舟停泊大江中，三五蟾光掛碧空。夜靜江頭萬籟寂，柳蔭深處幾燈紅。

題黃鶴樓照片

黃鶴高樓聳江表，無端一炬化成灰。至今剩得圖中影，空令騷人歎幾回。

長江歸棹泊九江

昨日河街獨步行，綠蔭夾道水雲生。輕舟一夜風和雨，已過江流五百程。

過北極閣

武漢歸來春別去，韶華到處盡推遷。金陵四載徒呼負，柳絮漫空又一年。

出神策門

千般嫩綠滿芳埃，一路蛙聲當鼓催。更喜晚春新雨後，雙雙屐齒履蒼苔。

秦淮遊宴並留別諸同學四首

金陵勝跡徧停驂，今日秦淮好共探。借問停橈何處好，大中橋北復成南。

淮水過橋三月洞，鍾山出柳兩高峯。回觀通濟城樓影，倒入蒼波千萬重。

誰家院落近秦淮，一帶圍牆傍水涯。水漲船高牆内望，萋萋碧草塞蕭齋。

煙雨泛舟寂寞濱，秦淮景色一番新。舉觴共唱陽關曲，腸斷東西南北人。

椒江歸棹二首

千山萬壑望鄉關，落日餘光照我顏。想到高堂閭外望，交流喜懼數迴環。

成錦雲霞布太空，水波蕩漾滿江紅。炊煙兩岸隨風動，盛氣千山吐白虹。

航海舟出甬江

扁舟浮海遠紅塵，破浪衝濤泛白銀。四顧蒼茫天水接，賞心不禁忽忘身。

西湖雜詩九首有序

民國十年夏，與汪幹夫兄至杭州，為河海母校招考新生，初遊西湖，得詩九章。

平生切慕西湖好，久與西湖結夙因。舟過斷橋忙返棹，卻因日落恐迷津。

湖濱昏暮獨憑欄，西向湖頭仔細看。可惜一勾新月落，殘燈數點夜漫漫。

六月西湖好泛舟，蓮叢打槳任勾留。慢誇粉黛佳人色，比到蓮花遜一籌。

西泠登陸向西行，水曲山灣未計程。步入岳墳一長揖，此心耿耿慕丹誠。

緩步蘇堤興徜徉，觀魚花港憶濠梁。常思跌宕蘇公筆，拓出六橋翰墨場。

寺對南屏背負湖，雷峯當戶古浮圖。井中運木僧家話，不問渠言有與無。

獨立吳山第一峯，湖光山色淡粧容。錢塘東去滔滔水，淘盡英雄俠氣濃。

回頭西顧兩高峯，疊嶂重重見笑容。倒影明湖呈碧色，接天蓮葉倍增濃。
夕陽西落看雷峯，金色光芒發麗容。萬綠皆隨昏暮碧，塔光猶自十分濃。

海門潮聲

小橋夜坐聽潮聲，萬馬奔騰似出兵。江上漁燈連遠近，周郎赤壁始安營。

為楊允中先生賀程穌君壽四首

丹桂蒲鞭荷一肩，儒林循吏羨當年。至今泮水重遊日，仰望甘棠頌大賢。
重陽佳節醼黃花，傲骨經霜見翠華。彭澤歸來陶處士，想他未必此亨嘉。
堂構新成當祝嘏，飛觴七秩奏紅牙。摩挲老眼看萊舞，彩袖飄飄映絳霞。
福壽多男集其全，居然陸地一神仙。登堂為獻華封祝，青鳥先啣一彩箋。

年假南京歸途寄德兄安吉二首

越陌度阡氷涷中，雪花迷漫失西東。遥知衙署圍爐處，此刻鄉心兩地同。
北風颯颯雪翩翩，千里歸途盡白氊。山水翻新除舊態，紛紛點染接新年。

卷三　民國十一年至十二年

民國十一年（一九二二年）

夢哭先父

午夜歸魂入里門，蕭條庭院近荒村。殘山賸水悲瞻岵，夢裏淚成枕上痕。

秦淮遊宴贈崧英

良辰美景舊相知，畫舫秦淮任所之。金粉六朝成往事，鍾靈千載尚如斯。晴波新綠浮雙槳，風柳纔黃舞萬絲。

春景江南延北客，不須驛使遞梅枝。

燕子磯雜詩八首有序

暮春，率河海工程專門學校同學，實習測量於燕子磯，凡一月。足跡徧幕府、太平諸山，得詩九章。

長風萬里送江濤，濁浪排空發怒號。燕子磯頭憑眺處，翻疑海上乘金鰲。

風平南浦波光淨，日上東山帆影忙。攘攘熙熙江渡處，煙村男女務耕桑。

三月三春盡物華，一丘一壑幾人家。山柴嫩綠山花紫，野趣須從野老誇。

極目黄天蕩，迷離看遠帆。水天相接處，幾點黑痕斑。

昨日東遊今日西，徐行袖手繞江堤。桑枝無葉蠶眠熟，柳絮漫空鳥道迷。麥浪隨風青恰好，秧針出水緑初齊。犂鋤農子辛勤甚，處處催耕布穀啼。

崇岡跋涉當春暮，大好韶華到處迎。青草池塘游乳鴨，緑楊村落囀嬌鶯。蘆苗南浦因風浪，農事西疇吸水耕。遑論中原忙逐鹿，偷閒半日慰平生。

霽後春光帶雨痕，無邊麥秀滿高原。山腰積翠濃陰裏，犬吠鷄鳴又一村。

茅屋青山野老家，柳塘春水夕陽斜。鄉村童子知耕稼，齊向溪頭踏水車。

燕子磯頭乘興遊，秣陵江上放歸舟。斜風細雨春潮湧，緑浦青山野靄浮。幕府炮臺空北向，南朝天塹付東流。桑田滄海尋常事，上下輕波一水鷗。

莫愁湖

莫愁湖上日遲遲，兒女英雄兩繫思。嫩稻雨晴嬌欲滴，新荷風偃力難支。波光湖水纖紋縐，雲影鍾山陵谷移。小閣人豪懷往哲，一回仰首一低垂。

由金陵入秦贈素芬二首

忠言逆耳曉霜寒，事後思量見肺肝。憂樂失時招殃咎，身心須養莫摧殘。尋常動氣胸襟窄，淡泊為懷天地寬。

患難人生好朋友，還希努力勉加餐。散時容易聚時難，蓬轉蘋飄一樣看。千里天涯同作客，三更月色各倚欄。暫時小別無須戚，隔歲重來可合歡。莫道長安如日遠，朝朝日出即長安。

西征雜詩十六首有序

十一年夏，李儀祉師約入秦辦水利。時西北不靖，兵匪塞途，南人畏之。予從師行，曾自南京動身，由津浦路至徐州，由隴海路至觀音堂，復由觀音堂返鄭州，由平漢路至石家莊，由正太路至太原，轉乘騾車至風陵渡，過河入關，得詩十六章。

入秦阻匪于觀音堂行將繞道三晉二首

千辛萬苦西征路，百二秦關阻匪兵。將軍神武今何處〔一〕，行旅居人偏地驚。

陝東四宿誌鴻泥，茅店三更聽鼓鼙。不有綠林厄靈寶，何緣繞道過山西。

過邢臺

清晨旭日入窓來，半上紅霞半綠槐。黍稷油油露湛湛，一聲汽笛過邢臺〔二〕。

過太行山

羊腸路入太行山，疊嶂連峯不可攀。瀑布懸流飛鳥道，蜂房土洞近仙寰。兩崖絕壁井陘口，萬里長城娘子關。

燕趙分疆憑險阻，當年征戰血花殷。

介休三賢故里

屹屹豐碑羅道左，彬彬人士重推崇。流風餘韻今猶在，死士生王迥不同。

韓信嶺

山徑崎嶇騾力乏，車行不及步行安。嶺頭遊目窮千里，大塊文章眼界寬。

冷水峯

層巒疊翠落河汾，三晉山川錦繡紋。獨立峯巔頻四顧，中原何事久紛紛。

弔淮陰侯墓

高鳥良弓勢使然，淮陰降爵憶當年。高蹈子房真無及，懷想臨風慕昔賢。

朝發坡底鎮

盡日作山行，平均九十程。急離坡底鎮，欲達霍州城。秋露珍珠草，晨光似錦橙。長安路上客，千里賦長征。

汾河晚眺懷鄉

汾河日落望鄉關，縹緲東南霄漢間。王粲登樓心事戚，江淹作賦淚痕斑。母兄瞻望嗟行役，妻友分離失笑顏。一事思量差自慰，天涯無處不青山。

朝發連城鎮

風塵歷久易為睡，夜靜更深明月殘。征鋒聲聲驚旅夢，晨星閃閃見重巒。羊腸路險騾夫困，沾露衣單客子寒。

日出長安猶不見，舉頭西望路漫漫。

題堯都大佛頭

當年大佛西天降，九畝身横吼若鐘。妙法無邊千百變，昂頭藏尾一神龍。

早發猗氏城

風餐露宿賦長征，早夜披星戴月明。隱約火光知鐵灶，模塗黑影是猗城。車塵郭外鞭先着，露點田間草結晶。

正是秋高天氣爽，堯封禹甸壯遊行。

宿風陵渡

夢裏忽聞嘶車馬，鷄鳴月落步空庭。久因奔走風塵慣，人定更深睡已醒。

浴赤水

終朝馬跡與車塵，毛髮如絲體着鱗。忽見流泉清彌彌，一番入浴一輕身。

途中示輯五

漂泊中原亦自娱，長途僕僕載馳驅。紅塵塞路征夫瘁，赤日當空綠草枯。大地旱乾難得水，心源澎湃潤如酥。

須知憂樂分先後，切莫蒼黃慟險途。

〔一〕時吴佩孚鎮洛。

〔二〕邢為殷祖乙遷都之處。

渭北半耕園懷古

池陽東里半耕園，北接孟侯白鹿原。清濁環渠流曲水，嵯峨排闥入高軒。古藤繞樹蒼龍轉，新竹當風彩鳳蹲。

多少盛唐名苑囿，僅留片土寄芳魂。

十月十日寄贈禪航漢口覲侯北京

去歲涼秋遊燕市，青樓巷内杏花春。今年暑後為秦客，白鹿原頭渭水濱。雙十時節經兩載，四千里外隔三人。

腳根蓬轉因無綫，聚散牽絲若有情。

秋宵三原東關夜宿

秋聲澎湃疾奔馳，午夜空床獨宿時。明月西窓催起舞，白楊東郭助遐思。家園水潦成災久，客子音書寄到遲。

秦越一家無肥瘠，南人北地自傷悲。

白渠秋色

數排雁陣布長空，槐葉黃時柿葉紅。渠上白楊高百尺，蕭蕭落葉舞秋風。

寒冬測量涇谷記晚景

涇谷測量至弔兒嘴上二十里，即不能前進，是為第一次僅畫出涇谷形勢平面圖尾部。

工餘幃幕失斜陽，一帶河干盡雪光。日暮羊群歸舊穴，天寒氷簇結新梁。山間樵去人聲寂，岩隙泉成玉筍長。腹餓詩成忙入帳，啟扉提橐撿餱糧。

涇谷即景

河上群峯遮午日，終朝水曲與山隈。岩岩峭壁迎眸起，片片浮氷逐浪來。明月疑霜當子夜，流泉擊石動春雷。寒風入帳敲鼙鼓，驚動勞人曉夢回。

除夕感懷

年年除夕長為客，今夕池陽又一年。一局殘棋消永夜，半爐熱炭濟寒天。鄉思人定增悲切，身世歲闌倍自憐。徹曉幾家燃爆竹，無聊枕上假裝眠。

民國十二年（一九二三年）

病中測涇河流量溺水〔一〕

扶病持篙放小舟，風波招我落江流。尋常濯足還嫌濁，此日銜冠亦不尤。死裏逃生遑論力，閒中思痛反生憂。此番若向龍宮去，也算平生一願酬。

〔一〕予一人放舟測流量，倒橫繩，遇急以手拉繩，而舟隨流去，人亦溺水中，帽及眼鏡手套等皆為水沖走，而人徐依繩生還。時值嚴冬，四肢俱凍僵。

壬戌癸亥兩溺涇河扶病回三原

壬癸流年值水憂，兩重災難速傳郵。池陽師友遥相望，涕淚横流一楚囚。

春遊

自三原回長安。

雨後纖塵絕，春遊駕玉驄。涇河輿濟水，渭渡艇追風。野店新醪熟，芳郊古路通。柳梢呈嫩綠，杏萼露輕紅。遠望秦山峭，回瞻漢塚隆。馬蹄原上疾，得意樂融融。

登雁塔

公餘思仿勝，驅馬向慈恩。得句經村落，逢僧入寺門。高登唐雁塔，俯視漢城垣。曲水今蔬圃，荒郊昔杏園。
盈虧原有數，陵谷豈長存。再看終南嶂，岧岧失舊痕。

清明次敏榮韻

清明掃墓客思家，豈為交歡家鄉婆。活潑天真休錯用，千秋事業費情多。

贈汪幹夫美洲

金陵分袂暗傷神，君渡重洋我向秦。遊學從師同趨步，遷喬入谷隔征塵。相期祖國千秋業，自愧天涯萬里身。
車笠他年逢道左，下車肯為後來人。

送春

春來如昨日，春去在今朝。麥秀連天碧，柳花滿路飄。終南青隱約，渭北綠肥饒。莫道韶光老，多多慰寂寥。

東歸朝發渭城

與劉輯五偕，至徐州分手。

渭城朝發雨餘天，綠樹陰濃徧陌阡。霽後青山雲腳日，風前黄土馬蹄煙。着鞭不及歸心箭，佩韋何如應手絃。
遊子懷鄉常如此，秦川作客已經年。

山行即景

自盤豆騎驢到觀音堂。

夏中曉氣若新秋，玉露如珠茂草丘。紅日東山升海鏡，白雲西嶺起蜃樓。不關早夜風塵苦，為有長途景物幽。
策馬高岡窮遠目，萬千氣象帝王州。

自嶺垠赴蒲風登仙岩

山徑崎嶇覆綠英，蟬聲陰裏似相迎。荊蓁不覺攀緣苦，為有山靈舊日盟。

柏上嵜嶺浴於山澗次立人韻

巒光潭影澡心清，雨後斜陽照眼明。自念平生無伴侶，鍾期流水獨多情。

入秦途中遇雨磁鍾

與顧子廉偕行。

磁鍾過晝即西征，上下高坡不計程。急雨狂風來東北，泥塗流潦浩縱横。中逵無軌車將覆，磐石當輪馬不行。探首出簾遥望處，飛泉如瀑掛荒城。

朝發磁鍾

昨日紛紛雨，磁鍾宿土窑。今朝杳杳靄，王屋見山腰。上下泥濘路，顛踣歷碌軺。天晴秋氣爽，足慰我心焦。

中秋雲陽道中遇雨

時測量渭北平原，即涇惠渠灌溉區。

濃煙漠漠没民居，細雨濛濛策蹇驢。來往無人我獨樂，雲陽道上直清虚。

口字頭道中

八月中秋節，秦川草已捐。柿紅堆林樹，麥綠滿塍阡。陣陣風中土，家家屋上田。入村不見屋，惟有户朝天。

民十二十月十日

淒風苦雨度雙十，不已鷄鳴喚國魂。十二年來如一日，白雲蒼狗亂紛紛。

九日登嵯峨山西峯歸經王道士精舍閒坐至日暮二首

時測量隊駐岳家坡。

西峯挺秀齊雲表，何事龍山羨孟嘉。涇水中分原上地，仲山高映日邊霞。麥苗嫩綠三春草，柿葉深紅二月花。場圃盈盈堆黍稷，壤歌我最慕田家。

為覓紅石洞，偶經道士家。庭除栽綠竹，籬落種黃花。石上留棋局，林中噪暮鴉。主人何處去，門掩夕陽斜。

口字頭寒門瀑布

當時擬有水利發電計劃。以下五首為第二次探測涇谷水庫，然繞過鹹倉，仍不能前進，從口山子頭返岳家坡。

飛瀑掛層巒，倒翻百尺瀾。白龍飲潭水，碧草擬雲端。行雨高原潤，生風酷暑寒。原為池內物，應作在天看。

夢遊多仙廟

擾擾紅塵名與利，成仙名利兩成空。多仙廟内紛紛者，仍在紅塵擾擾中。

測量涇河至淳化田禾灘

測涇河水庫，因山險不成。測導綫及水準由口字頭深入，到田禾灘，又不成，愴然返岳家坡。

田禾灘上幾家人，水繞山環隔俗塵。鷄犬相聞連溪谷，桑麻交錯接江濱。昌黎盤谷窮歸命，靖節桃源興有神。我欲結廬傍涇曲，還吾純璞返吾真。

自淳化山中返岳家坡

整日山行坡上下，攜鍋帶被幕為家。風雲慘淡英雄氣，陵谷縱横錦繡華。涇水長淘東去土，仲山高阻北來沙。隴西路上清河畔，驢隊羊群亂眼花。

夜宿口字頭

一夜風聲口字頭，行人空屋冷颼颼。百二秦關隔故里，夢魂飛不到更樓〔一〕。

〔一〕予之故居。

贈素芬

時南京東南大學。

生為同室死同穴，連理同棲我與君。性異不妨互遷就，形分尤必各尊親。梁鴻眉案齊相對，冀缺夫妻敬若賓。莫道新婚無幾日，百年偕老盡新婚。

卷四　民國十三年至十四年

民國十三年（一九二四年）

秦陵懷古

華清新浴罷，秦塚弔英靈。渭水徒為嶂，驪山空作屏。雄圖成往事，遺跡亦凋零。萬世何須夢，人人鑒汗青。

登雁塔

雁塔摘星辰，登臨值早春。朔風猶割面，午日始溫巾。冷落曲江畔，蒼茫渭水濱。南山多積雪，處處玉嶙峋。

欲入北山探險涇谷因病阻有感

日來病痛纏床褥，今夕新瘳野外遊。力不從心增苦惱，心圖償願強要求。平生逆水行舟慣，往歲落江致病由。一念前途應猛進，在天有命莫心憂。

涇谷雜詩十二首有序

十三年春，奉李師命與劉輯五探險涇谷，谷中數百里無人煙，當攜棚帳乾糧行。繼由予率測量隊探測形勢，擬設庫蓄水，凡二閲月而成，得詩十二章。是為第三次探測成。

北山中迷失道

攀緣荊棘下崇山，路失羊腸步愈艱。谷底回頭來處路，蒼茫早沒白雲間。

夜宿下倉

狂風盡日霧迷天，入夜風輕雨斷連。山下波濤山上鳥，聲聲相應擾愁眠。

三面水

山隈環水水環山，峭壁千仞落水灣。瑤草瓊花爭點綴，別有天地異人間。

五指峯

五指峯巔憑眺處，雜花牽裾笑相迎。知交翻覆為雲雨，不及山靈待我情。

將近白草梁路中作

山廻水曲疑無路，芳草疏林別有天。世外桃源差可擬，偶留鴻爪峭岩巔。

洪門

神工運斧劈洪門，絕壑岩岩尚有痕。峭壁夾江惟咫尺，口中深鎖小乾坤。

白草梁

涉險尋幽客，路經白草梁。親人群鷄犬，落日幾牛羊。田婦烹茶慢，山農汲井忙。老翁閒沒事，餵鴿灑秕糠。

涇古歸途口占〔一〕

山花滿眼送幽香，山鳥迎人聲細長。山靈到處安排定，錦繡笙歌餞我行。

重入涇谷住齊家坡遇霧

急雨狂風停昨夜，濃煙重霧滿春山。遠峯天外呈蒼翠，近水雲中響佩環。雌雉不因人避逸，征夫祇為雨空閒。

誰人得識成仙趣，盡在虛無縹緲間。

感懷

午夜子規催客夢，思鄉萬里結愁腸。從來苦辣殘餘味，此後行藏仔細商。莫使親知驚勢利，勿隨流俗坐炎涼。

平生事業疇曩志，切莫中途自抑揚〔二〕。

雨中山行

霪雨山中行路難，徑荒石滑步蹣跚。雷鳴枵腹長空響，濕透征衫無寸乾。峭壁危潭尋鳥道，崇岡深谷翻波瀾。

陡坡直落河流急，一失足時斗膽寒。

山中探險測事畢歸路書懷〔三〕

輕裝小隊似奇兵，踏破樓蘭倚馬成。峭壁雪泥鴻指爪，燕然勒石自銘旌。

〔一〕予與劉輯五探險至白草梁，遙望田禾灘，探險工作告一段落。即率測隊入山細測三角和地形。
〔二〕涇谷測量有成功之望，此心引以爲快慰。
〔三〕自岳家坡用三角縄及地形測量至田禾灘，由口字頭折返。當測到田禾灘時，全隊歡呼。

岳家坡晚眺

極目無邊麥綠勻，熏風拂袂一輕身。故園農事應開始，未與耕桑十二春。

岳家坡觀刈麥

二月山中嫌日短，出山無事日初長。閒時屢向郊原步，村北村南刈麥忙。

住涇干流量站新懸蚊帳有感

當年負笈賦南京，大母諄諄問路程。蚊帳新裁妻嫂手，至今回想一吞聲〔一〕。

〔一〕祖母、妻、嫂，皆物故。

暑中有懷秦淮舊遊

豔樂天中鬥碧壘，復成橋畔履蒼苔。笙歌聲起濃陰曲，一片樓臺逐水來。

龍洞渠雜詩十首有序

夏中住龍洞渠，測河渠流量，凡三閱月，得詩十章，記閒適也。

水綠山青

門臨綠水對青山，山水多情屢扣關。似邀同遊招作主，出門步涉復登攀。

蛙鼓蟬琹

日午蟬琹堪押曲，雨餘蛙鼓可催花。公私不為隨聲叫，白雪巴人任意譁。

樵子漁人

地僻人稀處卜居，負山臨水有樵漁。食鮮茹美時時適，毀譽無關樂有餘。

牛隊羊群

牧笛聲中起戰塵，牛羊逐隊過河濱。深知原上惟深井，日暮歸家飲水頻。

月明風清

清風河上十分清，明月山間分外明。每至夕陽西落後，好風好月倍多情。

雲影濤聲

在山泉水自滔滔，出岫層雲漸漸高。亂影映山多變幻，濤聲阻岫倍強豪。

野火晨星

昏暮江頭多野火，黎明天上幾晨星。無膏野宿聊繼晷，熱竈晨飲特啟扃。

渠岸河濱

築渠引涇自嬴秦，鑿涇成渠澤萬民。渠涇同為東逝水，天工人事兩相因。

犬吠鷄鳴

犬吠荒村當午夜，鷄鳴茅舍恰三更。披衣啟戶中庭立，北斗斜西銀漢横。

碧草疏林

河干嫩草連天碧，渠上新林發葉疏。渭北春天懷李白，荒臺麋鹿憶姑蘇。

南京金醒之以詩見寄次韻

下關別雨中，匆匆赴江口。溯河登華嶽，神日馳左右。相期奮祖鞭，自顧慚衰朽。空負過獎情，其寔何所有。
行水垂三年，清風徒兩手。只求寸心是，遑論千載後。涇渭多兵戈，溝洫盡解紐。區區饑溺懷，勞勞牛馬走。
功或成萬一，人可安畎畝。追跡鄭公業，堪對白渠柳。然後賦歸歟，江皋飲君酒。月夕一談心，風晨常聚首。
長為山水伴，願效陳郭叟。啟井投車轄，冒雨剪春韭。

素芬寄詩次韻

萬里關河萬里山，關山遙隔渡為難。靈犀一點隨時得，切莫更深獨倚欄。

涇干七夕

西山薄日蔚藍天，習習輕風淡淡煙。閒臥黃昏看牛女，今年七夕異前年。

生日追懷亡者並勉自己

我生蹭蹬不逢辰，水旱家居日患貧。負笈生離堂上老，馳書死別室中人。白雲親舍六千里，流電年華卅一春。
壯志依然如疇昔，事功祇恐負秦人。

秋興二首

一渠綠水向東流，紅蓼花開值早秋。蘆葦叢中棲宿雁，河干草際繫扁舟。
深秋午後即清涼，斜日河干緩緩行。極目南天白雲下，不知何處是家鄉。

喜雨

高原久旱逢甘雨，望斷雲霓眼始明。一夜空堦聽滴瀝，明朝沾透趕秋耕。

南山曉色

嵯峨秦嶺接華山，曉氣清新潤翠鬟。旭日東升添光澤，蔚藍一變作朱殷。

中秋之夕約友泛舟涇河三首

宿雨初收雲霎靆，月升雲散一天新。天公似解詩人意，故為中秋洗俗塵。

良辰高會在秦川，水上浮槎月下仙。對酒當歌狂發興，不知霜露浸遊船。

滿河秋水夜無煙，素練平鋪泛綠船〔一〕。客去更深明月豔，乘槎我欲上西天。

〔一〕予乘船綠色。

自三原赴長安車中口占二首

與須愷同車，阻雨於渭中土窑中。天氣冷用皮箱壓足取煖，頗有思歸之心。

背井離鄉萬里行，秦川華嶽故人情。何時汽笛靈江路，一望家山眼才明。

歷鹿車行煙雨中，埋輪水轍打頭風。原頭處處堪流涕，十堡頽垣九堡空。

感懷

刀兵水旱憶家鄉，搔首問天恨轉長。日落天昏秋寂寞，長安市上獨遊行。

將赴漢中贈輯五

壯志居常慕古人，劉琨祖逖舞鷄晨。同舟風雨和衷濟，異地形骸各自珍。見義有人知子勇，交朋無我與君親。天涯獨作分飛燕，車笠相期漢水濱。

登雁塔

宋園闌訪勝，雁塔達峯巔。形影行雲上，山川遊目前。塵煙籠大地，麥浪接長天。日午登臨倦，僧窓借榻眠。

陝南雜詠百首有序

民國十三年十月十日後，隻身赴陝南測量及設計漢惠渠工程，至十四年春粗完，適陝局變動，政府無力興工，乃循漢江東下，欲南旋。然江行一月，沉船三次，險不能行，無已，自石泉入山，由子午谷返長安，為平生最苦之過程，亦為最樂之過程。紀事以詩，共得百章。

過趙舒翹石橋

西風割面似嚴寒，雙足如氷衣履寬。雨止終南見積雪，玉峯錯落一奇觀。

終南霽雪

終南初霽雪，白玉間青章。突屼峯巒亂，迷離煙霧茫。凝脂新裝點，縞素舊衣裳。絕頂微陽出，銀光萬丈長。

過五丈原口占

肩輿輕穩勝羊車，日午風和雁陣斜。更喜農村安樂趣，依依相見話桑林。

夜宿高店

長途僕僕想兼程，夢裏未忘趁早行。月色柴扉疑破曉，起觀時計恰三更[一]。

〔一〕手錶為素芬所贈，作為伴侶。

槐芽鎮早行

晨霜如小雪，雨後朔風天。粉白終南嶺，青蔥渭北田。越人家萬里，秦地客三年。早夜奔波走，相期着祖鞭。

過太白山麓四首

涉谷登陵曲徑斜，征夫到此好生涯。青蔥原上二三里，黃葉林中四五家。

稻粱黍稷盈場圃，玉米收時又納禾。太白千山林木茂，渭濱一帶水田多。

一丘一壑一清流，流水橫沖磑碾樓。山下征人行綠野，河中旅雁曝沙洲。

山高麥綠層層翠，秋盡柿紅樹樹金。路掛嶺頭遮斜日，水經巖隙咽清聲。

過大散關

崎嶇言蜀道，匹馬走蠶叢。飛瀑雲歸壑，危峯木落空。草茅連岫白，櫟葉滿山紅。鳥語流泉裏，迴聲透碧穹。

夜宿觀音堂

澗水風聲徹夜鳴，月明引起故園情。母兄妻友遥相憶，大散關頭策馬行。

過秦嶺

三年為秦客，今始見喬松。細竹連岡翠，疏林一嶂茸。飛泉沖絶壁，鳥道達嶢峯。十月梅舒萼，清香撲鼻濃。

宿紅花鋪

百二峯頭寄此身，聽泉夜夜宿溪濱。滔滔南去奔流水，長與勞人結比鄰。

途中遇旅櫬有感

北去南來多旅櫬，相逢陌路亦傷神。魂歸故里形為役，同是天涯零落人。

鳳州城外别澗水

東河橋畔逢君後，一路同行到鳳州。暮鼓晨鐘催我省，夕陽荒塚伴予流。濯纓濯足多親暱，相别相離莫怨尤。寄語川中諸好友[一]，明年乘興欲西遊。

〔一〕此水入川為嘉陵江。

登鳳嶺次肅親王韻

鳳臺飛閣下流丹，壯志騰空耐曉寒。立馬高峯雄顧盼，清風淑氣滿征鞍。

過南天門次李世瑛韻二首

鳳嶺達青天，山雲起眼前。蒼松連遠岫，白雪積陳年。萬嶂星羅列，千峯影倒懸。南天門矗立，樓閣接星躔。

當年通蜀道，鑿險萬山中。水遠魚龍喜，谷深林木豐。泉聲破岑寂，鳥語達虛空。行樂隨吾興，無關達與窮。

留鳳關懷古

楚漢分爭憑險阻，危機一髮繫兵戎。勢窮垓下悲歌罷，蓋世英雄有始終。

紫柏山謁留侯祠〔一〕四首

高鳥良弓淒灑淚，昔經靈石〔二〕弔淮陰。尊榮敝屣英雄志，獨卻劉邦猜忌心。

勇退急流輕富貴，潔身遠引有先生。江河日下滔滔盡，誰挽狂瀾正世情。

黃石赤松盡託辭，東周遺老故為之。報仇雪恥經綸展，何必留名後世知〔三〕。

紫柏山中張子祠，地靈人傑羨當時。峯迴水繞玲瓏石，竹浪松濤繫我思。

〔一〕相傳為留侯避穀處。
〔二〕在山西韓信嶺，嶺上有韓信墓。
〔三〕祠後有黃石公及子房少年時像。

過八里關二首

霜葉如丹夕照斜，山灣溪曲幾人家。鷄犬聲聞流水裏，數竿綠竹蔭窗紗。
成形黑石溪邊虎，倒影蒼松波底龍。每過山灣須上嶺，一逢水曲又登峯。

二十里舖早行

茅店鷄鳴夜五更，推門天上見長庚。巉岩影掩征途黑，水際山邊戴月行。

陳倉道早行

早行增逸興，落木舞高風。滿路晨霜白，連峯曉日紅。緣溪林斷續，絕壑石玲瓏。蜀道難為易，青天在眼中。

松林驛感懷

憶從谷口入山中，疊嶂層巒數不窮。大散關頭踏明月，陳倉道上走西風。白雲親舍六千里，青史功名五十終。
牛馬勞勞思濟事，雪泥指爪一飛鴻。

渡武林關

崑崙蒼翠勢豪雄，未破金牛蜀不通。疊嶂雲端限南北，連峯天際失西東。曾經漢帝燒灰棧，又遇秦王鑿石叢。
溪澗漸寬山漸小，玩山人作弄波翁。

過鷄頭關　即石門

一江清水綠，兩岸碧山高。擊石雷鳴澗，歸淵雪捲濤。銀沙當夕照，玉石滿河槽。蜀道登天上，茫茫見漢皋。

聞長安兵亂渭北工停接劉輯五東歸訊書懷

持籌握算意匆匆，此夕聞君已返東。心志無聊方寸亂，強抄詩卷付西風。

漢江工程亦以亂停感懷

萬苦千辛走漢中，時艱逼得阮途窮。棼棼亂世無知己，起拂征衣欲返東。

感懷

天涯零落乏良儔，國亂時艱益我愁。壯志煙消萬里外，寸心局蹙五更頭。

定軍山謁武侯墓

溝壑喪元稱志勇，不甘附勢與趨炎。憂勞交迫心宜泰，尋尺相懸處愈嚴。定軍山頭尋古跡，武侯墓下問神籤。向來固信人為事，始信君平實有占。

民國十四年（一九二五年）

元旦有懷武侯神籤次韻

浪跡陽平歲已新，浮雲一片是吾身。世情翻覆如雲雨，何必無聊自悵神。

漢上即景

沿江傍澗幾人家，日暮炊煙一脈斜。修竹壓簷冬令煖，雪花飛絮遠山遮。

農曆十二月二十四為家鄉掃墓節

值雪霽後，作漢上遊，至高家泉，即漢惠渠大壩址，得二律。

越俗家家淨掃塵，今朝雪霽一天新。歲闌鬱鬱悲離索，造物冥冥慰苦辛。信步山村尨吠客，窮觀遊目景留人。城中多少閒居者，誰作泥途緩緩行。

濁世誰分渭與涇，平生交好祇山靈。竹枝壓雪湖波綠，石筍浸泉海岱青。茅舍合家圍靠火，孑身遠客悵勞形。愁來即向溪南去，漢上雲山似畫屏。

喜雪二首

時住武侯鎮廟臺子，臨漢水，面對定軍山，風景絕佳，惟堰工不能進行為憾。

清晨早起啟柴扉，點點楊花沾我衣。橋板行人留足跡，天空弄影看鴻飛。定軍樵徑長虹白，諸葛祠堂廣廈微。大地山河新眼界，陽平關外雪霏霏。

日暮公餘自掩扉，天寒爐息益征衣。水鷗耐冷爭奔涉，野鵲尋巢各亂飛。江上板橋添寸厚，風前枝葉勝幾微。
山翁也有尋幽興，獨立岡頭看雪霏。

定軍山謁諸葛墓二首

古柏青棡鬱茂林，黄鸝林裏弄清音。徘徊繞墓空懷想，西蜀關山疊翠岑。
星落身亡五丈原，出師未得救黎元。而今雙桂為喬木，萬里流芳瀉漢源。

除夕感懷

逢場作戲笑兒曹，湖海元龍意氣豪。涉世艱逾九折坂，未官已失布衣高。

讀放翁秋興詩次韻

柏老定軍耐歲寒，愁憑石檻漢江干。西來錯落峯巒亂，東去蒼茫眼界寬。飄泊我寧持真正，孤零誰與話悲歡。
蓬廬息影吾心決，待到春風即掛冠。

元宵書感並示岳陽陳稺甫四首

燈節陽平意感傷，愁觀江水接天長。偏地狼煙籠淨土，水深火熱又災荒。
黄昏獨步廟臺東，瞻望鄉關路不通。臨水人家幾燈火，參差映入漢江中。
過眼英雄事罷休，滔滔漢水望東流。異鄉佳節思親老，寂寞萱堂歎遠遊。
老妻來信說刀兵，搔首問天意不平。明月元宵盈宇內，將心付月寄南京。

穉甫和韻多悲怨聲復次韻四首

少年頭白感年華，未定匈奴莫憶家。往事譬如昨日死，放開眼界免悲嗟。

多愁兼病值新年，處處書紅慶普天。獻曝野人言諒直，丈夫不屑受人憐。

靈光魯殿育群才，狂狷評章數小孩。試閱莊生齊物論，此心無興亦無灰。

單瓢陋巷可安貧，千古顔回豈一人。淡泊明志心自泰，惡根除盡善根深。

予出陽平關時合肥袁仲衡以詩贈別次韻

邂逅逢君日，新詩意氣揚。天涯同作客，佳節各思鄉。古柏方亮節，清風滿布囊。無心雲出岫，到處任飛翔。

出南鄭

宵旰勞勞不得安，憂來自解強為歡。津津樂向人間道，歷盡人間行路難。

過城固西郊

風光和煖說東川，麥秀盈盈漢上田。垂柳長途連十里，迎人青眼帶朝煙。

漢王城下夜泊

三更月色滿汀洲，萬里風波一葉舟。雨打篷窗聲斷續，船停江浦湧離愁。

過城固灘

雲朵河床竹節灘，舟行輾轉下灘難。纔過新灘入潭水，又見水面起波瀾。

過洋縣

青山上下背船行，閒看行人過野城。麥秀郊原征馬捷，杏花村落酒旗輕。

舟入黃金峽

爆竹數聲船入峽[一]，巉岩波底伏奇兵。千山夾水奔流急，一葉沖濤石上行。

〔一〕船入峽必放爆竹，敬峽神楊四爺。

峽中夜泊

夜半空山聞鶴唳，狂風駭浪打船頭。驚呼舟子提燈出，纜繫危崖尚在否？

峽中即景二首

山中岑寂聽啼猿，兩岸岡巒直到原。柳綫杏花爭春色，白沙翠竹繞江村。

江上群峯積翠重，峯巔倒水混江龍。最是臨江幾村落，食鮮茹美煮新春。

大峽口阻風

好山好水惡風波，鐵馬金戈急渡河。碧玉江頭翻浪白，黃金峽裏暗礁多[一]。

〔一〕碧玉江、黃金峽皆地名。

過車灘

江上群峯錯犬牙，江中亂石大如車。倒翻狂浪歸滄海，使盡灘聲走白沙。

過別灘

湍急濤翻巨石前，泰山人命付蒼天。平生歷盡風波惡，飛棧凶灘有夙願。

記夢

乘桴浮水取征衣，花燭重燃郎始歸。畢竟夢神顛倒我，睡時良是覺時非。

過果灘

臨江草舍戶西東，架木通衢複道空。野火纔燒孤嶂黑，山田新闢一峯紅。

舟經子午河口時將出峽二首

峽盡風輕浪自平，一潭江水綠深清。晨光萬籟千山寂，靜聽連船欸乃聲。

曉煙江上接蒼穹，煙上群峯翠點空。東嶺遮西山旭日，江聲淘不盡英雄。

過衛門

依依綠竹滿江干，紅杏初開春早寒。山曲人家勤苦作，樵山漁水久相安。

出黃金峽船為石擊破不能行乃登三台山

三月三日三台山，漢江三曲繞其間。正值登臨當勝會，山人行樂見一斑。

峽中遇險遇雨悶極感懷二首〔一〕

峽口船沉撈客貨，停橈十日漢江濱。思鄉懷友兼傷病，江雨江花閒笑人。

憶從幡冢下，漢淺逆帆風。寂寂春將暮，蕭蕭雨打篷。船沉人疲困，盜熾路難通。此境吾能說，北山天幕中。

〔一〕在黃金峽中曾三次沉船遇險，又聞南去盜匪徧地云。

過兩河口

雨洗春山翠滴鮮，風翻漲水浪滔天。朝朝南去趁朝露，日日東行到日邊。

寒食登迴龍山題迴龍寺壁

二水迴環繞此間，東西南北萬重山。登臨雨後逢寒食，懷古思鄉涕淚潸。

清明日舟中二首

北風吹水浪成堆，春服飄零冷氣催。獨立船頭瞻山頂，黎花壓雪幾枝開。

預計清明可到家，清明已到家未到。徒羨他人燒紙灰，奈堪遊子增悲悼。

過月亮灘

月亮灘中擊巨雷，小舟震撼急相催。白頭浪打征衣濕，赤腳僧歸風袖恢。天外雨來千嶂黑，中流槳蕩兩山開。水聲雙耳留餘響，彿彷飛仙渡海來。

將入終南道經石泉遇雨

嶓山漢水探幽險，困苦顛連祇自知。壯志未成疇昔願，畫圖或為後來資。萬城堤上留遺憾，子午谷中慰近思。此刻石泉城北住，客窓臥看雨絲絲〔一〕。

〔一〕航行漢江為探黃金峽諸灘，曾為繪圖，以備他日整理航道之用。擬赴荊襄，為訪萬城堤水工，惜未足到。

朝發石泉

歲荒盜熾路悠悠，水淺灘多竹節稠。欲向荊襄訪陳跡，爭奈漢水入膠舟。捨船茶鎮思登陸，扶杖終南作舊遊。北望山巔多積雪，澗溪洞壑好尋幽。

初入山經後雙嶂二首

誰家墓木蔭清溪，一帶高岡接翠微。宿雨林中嬌欲滴，春芽枝上綠初齊。

草色青青柳色新，春流活活石璘璘。楊柳高樓懷少婦，桃花潭水憶汪倫。

題通天峽

峽中有怪石當中流如柱。

捨舟登陸走長安，又與山靈可盡歡。峽號通天悲濁世，故教砥柱挽狂瀾。

登火地嶺二首

猛見終南雪，寒侵季子裘。巉石垂壁立，飛瀑自天流。行役當饑饉，登臨集隱憂。草根兼草葉，奚擇是薰蕕。

照眼千山盡玉鱗，紛紛白雪下陽春。嶺大路長山石滑，征夫勞力又勞神。

關口

終南行役，春暮歸途。喬松蒼翠，櫟木扶蘇。清流見底，淺草平鋪。桃花楊柳，宛似西湖。

過寧陝北郭題長安河中寺壁

二水中分白鷺洲，居然砥柱鎮中流。暮春漢水秦山路，竹杖芒鞋到處遊。

登濟公嶺五首

凜凜霜風割面寒，轟轟耳際急流湍。林深谷暗長堆雪，山大人稀路屈盤。

山裏生涯值歲凶，道傍十室九虛空。愧無布地黃金術，庇盡普天赤子窮。雲出青林騰綠氣，凍連飛瀑結長虹。

征夫到此身神倦，路掛峯巔縹緲中。

踏破終南南北山，青松白雪自閒閒。倦來拂雪依松息，萬籟無聲水潺潺。

平生煞有登臨願，險阻艱難興倍增。春消秦嶺千山雪，濕透芒鞋兩腳氷。

濟公嶺上幾茅屋，滿目荒涼悵客心。水盡山開出幽谷，雪光人影入疏林。

東江口阻雨

雨留茅店又終日，好在遊僧到處家。萬死一生身已倦，千峯百嶂眼生花。

東江早行

水漲東江吼怒聲，雨晴秦嶺惠人行。黎花淡白緣溪路，霧散煙消眼才明。

過秦嶺二首

行路難時人易老，光陰易逝路難超。暮春南嶺梅初蕚，向日晴峯雪未消。

漢江春老綠成蔭，火地嶺中霜滿林。關口尋春柳拂頭，濟公嶺上雪迎眸。花明柳暗東江路，大小秦嶺值冬暮。

到處留春伴山靈，九日山中春三度。

秦嶺謁韓文公廟

我公當日謫潮陽，秦嶺題詩意感傷。忠節未能開主暗，直聲己自與天長。須知孔釋齊消長，不必仁賢強抑揚。

佛骨京師原惑眾，人人書火亦相當。

早出子午谷口行長安平原

滿目平蕪護曉烟，長安陌上晚春天。山中清福探嘗徧，又入紅塵不作仙。

登華山

言登華嶽訪仙蹤，攀鏁緣崖逸興濃。天上飛虹擬飛瀑，雲中三島是三峯。蒼龍嶺下岩千尺，白帝宮前山萬重。

最是仰天池內水，清漣鮮碧戲魚龍。

群仙觀贈張道士

雲亭道士住黎溝，手闢群仙百尺樓。四面青山堪作主，三峯天外冠樓頭。

仰天池畔遠眺二首

華嶽三峯似石蓮，崑崙為葉碧連天。萬里渭黃衣帶水，廻環屈曲藕根穿。

風陵渡口對潼關，滾滾黃河九曲環。落日水光天上接，首陽蒼翠映華山。

別離歎二首

只為東西南北身，詩囊書劍走鷄晨。匆匆又別鄉關道，華嶽秦川無限塵。

自恨儒冠誤此身，甫親色笑又酸辛。一聲提早歸來囑，腸斷門閭倚望人。

過滁州

蕭蕭蘆葦偃秋風，烈烈車行荒草中。大地背車長轉動，環滁山嶺自豪雄。

感懷

與須君悌王江陵顧子廉同入關。

五次崤函道，銅駝荊棘中。婆心思饑溺，濁世沒英雄。臭蟲爭施毒，惡兵妄肆兇。危邦不可入，駐足欲歸東。

早發稠桑

風塵憔瘁長征客，星月輝煌欲曉天。昨日函關逢匪劫，早行惴惴客心懸。

暮夜過閿底鎮東之山谷

車夫力竭車輪折，路滑泥濘雨後天。關塞蕭條人定後，燈光明滅朔風前。

驪山下早行

爽氣清秋日，征夫趁早行。曉煙迷原野，宛在水中央。

長安十里舖晚眺

霽雨郊原潤，晚來野氣清。登高瞻灞滻，夾水繞蕪菁。日落煙漫起，秋深蟲亂鳴。雁群歸荻浦，獨立數人行。

率西北大學工科學生測量實習於滻河過中秋節

去年八月十五夜，涇河谷口蕩遊船。今年八月十五夜，滻水橋頭看逝川。皓色當空仍疇昔，高朋滿眼亦因緣。
及時行樂吾儕事，團聚難逢見月圓。

測事告竣聚諸生於滻橋門攝影二首

聚散無常萍水痕，聚時歡樂散銷魂。滻橋自昔銷魂地，我輩新開歡樂門。
歡樂銷魂相背馳，同歸異路有誰知。莊生齊物吾能說，堯舜羹牆慰所思。

宋園賞菊

菊有黄花值暮秋，東南多患強消憂。滿天烽火隨風動，大地干戈何日休。美景良辰雖可樂，田野荒塚自生愁。
懷鄉最是兵荒處，南望鄉關涕泗流。

聞素芬租大營巷房

羈旅六千里，孤飛一伯勞。功名千古事，衣食一身牢。愧我無金屋，煩汝構鵲巢。他年終老處，相對月中醪。

長安雪中送王江陵東歸

柴車歷碌送君東，車出東關望眼空。雪裏無塵消世慮，天涯失伴悵離衷。蜩螗國事傷心淚，禍福人謀失馬翁。日暮天寒宜宿店，計程此日過新豐。

卷五　民國十五年

民國十五年（一九二六年）

白雪綠竹

為予客居長安園中四景之一。

壓簷綠竹幾千竿，雪後園林仔細看。太白青蓮空想像，短衣窄袖竟忘寒。

乙丑除夕

年年除夕長安道，白雲親舍思親老。安得插翅達雲表，憑高一望家山好。舊痛新愁睡不了，想入非非直到曉。
園樹隔窗聽春鳥，君不見，去歲陽平作楚囚，彈琹不願對野牛。

長安八月圍城雜詩及詞一百一十首

海棠行有序

園中有海棠三株，開花極美麗；忽來一似學生者，折花，予止之。乃其人羞而成怒，故意更折大枝，予叱而罵之。因憶上海等處外國公園，禁止華人與犬入園，良有以也。人必自侮而後人侮之，信然。

誰家白面郎，踏園摘海棠。一摘動盈掬，惜者寧不傷。園花供眾覽，誰敢供私密。上前三致辭，答話反倔強。危邦偏兵匪，款段盡豺狼。辛有歎伊川，堅冰在履霜。軍閥與外侮，僅小醜跳梁。名教無公德，國焉得不亡。申江多宛囿，草木皆芬芳。嚴禁不准入，華人與犬羊。聞之已酸鼻，見之更斷腸。今朝思往事，痛定倍淒涼。酷律治頑民，外夷好主張。

長安城圍已二月

彈雨槍林，饑荒瘟疫，人命早付之天，危坐斗室，懷往思來，得二十九韻，奉呈李桐萱太先生。

國家逢厄運，大陸起風塵。百興俱已廢，一事亦無成。先生試靜聽，請為一一陳。昔年具遠略，蓬矢射四鄰。五載金陵後，從師入咸秦。本吾饑溺志，焉望沒世名。竭力營渭北，不避艱與辛。測量落涇水，嚴寒值早春。北山居帳幕，淫雨失昏晨。又渡陳倉道，雪霜如白銀。漢江三遇險，幾葬身巨鱗。一事差堪慰，求仁而得仁。無功尚寡過，足以對秦人。九仞為山日，忽遭風雨頻。飄零失其所，太學講經綸。得子復毀室，炮火蔽重城。畿輔盡瘡痍，京華偏荊榛。人命如芻狗，饑疫益沉淪。半載家書絕，萱堂念老親。我生固蹭蹬，遑說我家貧。不如歸家好，猶得樂天倫。耕田可得食，採山可得薪。桃源避秦地，亂世作幸民。甚感先生厚，甚知先生真。諄諄常教我，後果與前因。入室暫未能，聊以悟自新。行將東入海，嘉惠早書紳。尚戀終南山，情留涇水濱。追隨復何日，天涯萬里身。

風流子　哀長安

圍城三月，心無聊賴，籍填詞記事，並以發中心之鬱。

長安不安矣，圍城來糜爛徧遺民。想故國文明，千里喬木，繁華市肆，米麥堆囷。而今剩饑民塞窮巷，慘淡化灰塵。白骨如山，青燐夜散，豺狼當道，礮火昏晨。　四城方酣戰，誰聞得閭巷一息哀呻。流彈饑荒瘟疫，陵古沉淪。即黑白是非，參差顛倒，殺人放火，以暴易仁。亦算皇恩浩蕩，與物同春。

如夢令　聞礮聲

午夜角聲吠犬，流彈東西莫辨。驚起色倉皇，又聽礮聲亂轉。苟免苟免，靜坐誦經自遣。

憶秦娥　戰爭烈

戰爭烈，自春而夏無虛日。無虛日，民窮粮盡，九空十室。昌言救民問民疾，死亡枕藉無人恤。無人恤，殺人放火，是乃仁術。

望海潮　舞羅紈

漢唐陵墓，荒煙蔓草，淒涼移入長安。礮下血花，馬前人命，看來十倍辛酸。豺虎蒙衣冠，任孤注一擲，殘賊為歡。更有作倀，蠅營狗苟喪心肝。　民窮財盡糧完，又千般剜削，自為能官。一日軍需，萬家民命，博得三月城圍。虎將目桓桓，祇橫行九市，城下偷安。臨禍忘憂，夜深優娼舞羅紈。

浣溪沙 閭閻怨

善戰古人服上刑，東征西怨望天兵，壺漿簞食各爭迎。爭地爭城為意氣，殺人盈野又盈城，閭閻怨恨幾時平。

蝶戀花 思家鄉

烽火家書三月絕，極目南天，鴻雁雲中滅。客裏圍城腸千結，歸家恰去年時節。若道死生無定律，應得一生長住韓非室。礮火無情心惴慄，樂天知命應逢吉。

如夢令 入迷境

亂世人心鼎沸，舊業甘心拋棄。冒險去投軍，掠奪功名富貴。麻醉麻醉，細想當兵無味。

菩薩蠻 守戰場

礮聲昏夜天難曉，戰場苦守愁人老。暴雨從東來，饑寒撥不開。無端中礮彈，血肉橫飛散。妻子望生還，幽魂返舊山。

南歌子 撲堅城

撲城渡濠水，雲梯一角圍。拾逢炸彈盡成灰，祇賸青燐碧血滿龍堆。虎帳嚴軍令，衝鋒不許回。明知身死沒人哀，誰敢強顏一試犯淫威。

憶江南　傷殘軀

突圍後，未死已重傷。血肉糊塗蔽蘆席，奄奄一息臥沙場，日烈腦流漿。　縱獲愈，四體已不仁。百工技藝長已矣，吹簫乞食渡殘生，失計在當兵。

金縷曲　哀露屍

幽恨何時已，戰長安，相持三月，屍横枕藉。十萬生靈隨戰沒，戰士參半數矣，想也覺狐悲兔革。又在槍林彈雨内，兩軍中不敢為籌策。任饑犬，爭分裂。　重泉定異人間世，且知他消除仇敵，一團和氣。同類相殘物所忌，罪在將兵專制。思往事，從頭翻悔，大覺昨非今日是。幽明隔，事實毫無濟。念髮膚，徒灑淚。

念奴嬌　破迷網

攻城略地，盡苦心總為他人作嫁。一將成功萬命畢，何況未知成敗。閭巷丘墟，老弱溝壑，罪孽如天大。幾人奏凱，論功賞，凌煙畫。　運梯掘土農民，力難抗拒，盡身亡家破。若論三軍富勇氣，人各手持軍械。生死由人，馬牛驅使，風雨昏沉夜。逃生什一，愚忠博得人罵。

浣紗溪　燒麥田

隴麥黃時慰我民，漫天礮火徧三秦，農時不顧野心人。　野火蔓燒一片黑，平原浩浩好陳兵，暴殄天物逆天心。

浣紗溪 刮糧炭

剝啄數聲吏扣門，刮糧搜炭實軍屯，不關民命化饑魂。菜色滿城兵飽食，餘糧剩炭可均分，轉輸富戶索銀根。

霓裳序中第一 採白木槿花療饑

槿花開千葉，綠襯銀英重摺疊。雨後嬌嫣欲滴，喜素瓣冷香，不沾塵跡。盈盈皓月，半映空庭擬霜雪。人聲寂，徐行廊下，一片愛清絕。 愁絕，圍城百日，絕糧若在陳時節。固窮花光篷篳，忍採盈筐，煮水為食。饑腸鳴不息，落半樹梅花霽雪。雖然是醫瘡目前，口甘心深惜。

高陽臺 寄素芬南京

玄武湖中，清涼山上，舊遊多在金陵。並槳同車，留連山色波聲。今朝如箭歸心緊，路難通又斷鴻鱗。想人非鐵石心腸，安得忘情。 當時不覺別離苦，有英雄氣壯，兒女情輕。已溺已饑，誰知一事無成。感時湧起悲憂憫，闢荊榛坦坦平平。不管他苦雨淒風，長困圍城。

無錫陸理成名燮鈞**君悼其夫人產子亡以意囑予為詩**

因其次序成十章，亦圍城中之可悲事。

白髮高堂正望孫，豈知汝已化幽魂。百年永決成長恨，萬念俱灰只淚痕。

十年夫婦海恩深，兩載同居鼓瑟琴。萬里天涯為羈旅，一朝永別最傷心。

百日圍城家信絕，高堂念我正殷殷。但知跋涉山川苦，弦斷人亡奈得聞。
半年鼙鼓夢魂驚，養子亡身恨不平。遊約滬杭成畫餅，重逢能否望來生。
產後體虛逢痢病，庸醫是否誤君命？躬親湯藥無時離，可奈血崩成滅性。
去夏偕行西入秦，家人相送語諄諄。生離死別無窮恨，淚血安能慰兩親。
生男育女最酸辛，苦痛臨盆更損人。曾記床頭頻握手，來生莫作女兒身。
長安久困惡刀兵，相約城開赴北京。娓娓清音猶在耳，孰知君已我先行。
夜夜夢君如未死，君真有靈抑無靈？人生倏短原隨化，日日憑棺半夢醒。
鏡花水月枉傷神，解脱無方蔽俗塵。幾個癡心思後果，先知何以了前因。

立秋日江津吴碧柳君贈詩次韻

秋到長安日，危城四月圍。家書烽火絕，故里夢魂歸。巷陌悲淫雨，鴟鴞正亂飛。四鄰新死鬼，篷壁落蛜蝛。

附碧柳詩：

滿願新秋節，依然未解圍。搴裳驚漸緩，絕望懶思歸。暮雨連山暗，荒城獨鳥飛。奇冤誰與語，四壁只蛜蝛。

西江月　丙寅自壽

天上仙槎一度，行人猶滯崆峒。韶華容易又秋風，驚醒昏昏醉夢。　修短浮生如寄，千秋事業豐功。漫天礮火等飛鴻，我自安常慎重。

望江南　長安圍城憶金陵舊遊十一闋

一

金陵好，形勝甲東南。天寶城高臨玄武，雨花臺秀起青嵐，王氣鎮鍾山。天塹險，揚子繞城垣。鐵鎖沉江飛渡苦，樓船乘夜雪花酣，豪傑壯江山。

二

金陵好，名士競風流。王氏庭堦蘭玉秀，謝家功業笑談收，幾杖勝戈矛。談摛藻，文選有高樓。天上人間開眼界，玉笙鷄塞肇清謳，詞句六朝留。

三

金陵好，燈彩鬧元宵。火樹銀花夫子廟，笙歌檣櫓復成橋，隔水手相招。清明節，植樹赴東郊。嫩草嬌柔連阡陌，香車士女樂逍遙，歌鼓透青霄。

四

金陵好，玄武會櫻桃。萬棵枝頭非薦寢，千人翹首異班僚，隨意樂陶陶。湖面渺，打槳木蘭舠。蘆筍和羹羹味美，荷錢出水水珠飄，野竹放新梢。

五

金陵好，農事偏西疇。燕子磯頭耕十畝，秣陵江上棹孤舟，簑笠傲王侯。春暮了，布穀喚山丘。八卦洲中藏鶴浦，三台洞内儲龍湫，農隙任勾留。

六

金陵好，六月莫愁湖。碧柳千絲陰樓閣，清香十里放芙蕖，臨水樂遊魚。閒遠眺，滿目綠平蕪。淮水風帆出蘆葦，鍾山雲影幻虛無，掃葉一樓孤。

七

金陵好，日落上臺城。十頃荷花三島樹，萬家燈火一天星，溽暑似秋清。人意樂，論古又談今。後主胭脂名石井，景陽宮殿寺鷄鳴，北極晚鐘聲。

八

金陵好，秋月秦淮河。歌管樓臺盈兩岸，釵光鬢影映層波，水月滾金蛇。秋已老，杖履出東華。禾黍故宮觀秋實，明陵紅葉勝春花，雲散夕陽遮。

九

金陵好，明秀棲霞山。千佛岩岩碑矗矗，萬松颯颯水潺潺，隋塔半雲間。重九節，牛首好登攀。天闕峯頭樂江水，捨身塔畔出塵寰，醉把茱萸看。

十

金陵好，踏雪上清涼。虎踞龍蟠留舊跡，竹籬茅舍綴新粧，宇宙一冰囊。鴻指爪，袁氏簡齋坊。盛世公卿皆蔓草，隨園花木有餘香，死士勝生王。

十一

金陵好，那得慰長安。火熱水深悲曷喪，殘山賸水隱含酸，故國盡摧殘。和議事，怕成壁上觀。重砲聲稀千日疾，飛機響處萬人歡，鐵騎尚徘徊。

丙寅七月二十二日吳碧柳贈《瘦骨》詩次韻

天下肥何在，書生袖手看。杜陵愁自苦，賈島瘦無端。碩鼠橫昏夜，秋蟬噤薄寒。不如宗郭解，強暴盡摧殘。

附碧柳詩：

瘦骨何潦倒，沿門不忍看。救時情更急，後死愧多端。惡吏猶搜米，秋風又早寒。蒼天胡視聽，使我盡凋殘。

合江穆濟波關中王瑞卿和韻復次韻

苦恨儒冠誤，臨淵冷眼看。笑談憑舌本，掃蕩祇毫端。忍視秦人瘠，徒誇易水寒。相期原上草，秋冷自衰殘。

附濟波詩及瑞卿詩：

罇破何須顧，滄桑一例看。死生真末事，歌哭信無端。燒芋分初熟，添衣問曉寒。妻孥同此殉，不恨赤眉殘。

愧乏回天力，關門且靜看。斷炊原有故，鬻子豈無端。虎帳都情熱，雁行乃苦寒。甘霖終自降，會見洗腥殘。

長安圍城逾五月

諸同事中，唐、郝二君終日圍棋，陸、劉二君終日鬥蟋蟀，以作無聊中之消遣。而軍事不生不死，解決無期。因用碧柳立秋韻戲作一首，和者頗多。

蟋蟀天天鬥，圍棋日日圍。絕糧須學佛，無路祇忘歸。大砲何曾大，飛機久不飛。窮通在一變，豺虎等蚍蜉。

渭南李生

渭南有李生，八口業躬耕。長安入太學，敦品性硜硜。此次遭戰亂，鄉村踏匪兵。老弱填溝壑，園廬作軍營。
敗兵肆搶掠，勝者更横行。詐言冠退時，其家藏冦槍。偏搜不可得，怒髮衝冠纓。一聲吼疾雷，長繩縛其身。
懸之高樹上，鞭以廣竹藤。死去復醒來，八次返幽魂。戚黨集資贖，留得一息存。大學已開課，冒死走青門。
其家無長物，身外兩布鞋。徒步過零口，鞋又劫狼豺。到校之翌日，向我説愁懷。我憶昨夢生，彷彿猶記之。
檢查夢之日，吻合鞭之時。今醒思昨夢，一事兩重悲。人生夢耶醒，我尚不自知。

端午日西大師生集會

于文科教室展詩會舞，對酒當歌，作此記事。

礮火圍城夏日長，囂塵深處溢清香。會集群英弔屈子，苦中作樂過端陽。

礮聲歎

長安被圍，已逾半載，小民生命財產，早同芻狗。近復禁難民出城，衹可坐以待斃。竊怪守兵絶糧彈，已成强弩之末。而攻者更無精神，可見非守者能，實攻者之不能，而攻守交相持以賊民，使無遺類而後已。豈攻守者盡非人類乎？不然，何殘忍乃是。時丙寅重九後四日，作於西北大學。

長安城門久不開，礮彈墮地聲如雷。健兒吸民膏脂血，不知民命喪盡戰何為？民之常情畏礮彈，礮彈無聲轉長歎。深識凍餒中彈同一死，其間緩急分彼此。緩死闔家同日盡，急死或可留妻子。萬一窮通一變間，亂後尚堪奉祭祀。可憐攻守之將皆無識，勢均又力敵。殘賊等烏合，進退無鴻的。健兒利相持，任意可搶劫。

遺民想逃生，高城不得出。罄囊買戍兵，戰壕遭狼藉。婦女輪奸童稚死，遑論饑寒之衣食。苟全殘息返城闕，哀求得入者什一〔一〕。奄奄窮巷望解圍，悠悠半載仍堅壁。窮極無聊時，見人問消息。昨日喜眉尖，風聞總攻擊。夜半聽礮聲，四更又岑寂。今朝斗米五百千〔二〕，健兒無傷遺民泣。未知再戰復何時，礮聲隆隆陰慘日。遺民祇望有生機，不管誰得與誰失。

〔一〕出城較易，入城較難，其允入者十分之一耳。
〔二〕城不能開，米價飛漲。

後海棠行

獨居園中經兩載，四時領略好風光。春來花香聽鳥語，夏日濃蔭茂草涼。中秋月光移枝影，冬雪綠竹萬竿長。今春梧桐忽枯幹，竹未生筍葉萎黃。又感秦人多殘暴，花時曾作海棠行。伊川預為辛有歎，月風礎雨露毫芒。自後城圍缺柴米，搜糧伐樹肆豺狼。百年喬木一朝盡，萬民私粟賸空倉。吾園花木鬱參天，城門失火池魚殃。綠槐松柏一掃空，危巢覆卵鳥亂翔。古藤新竹亦蹂躪，朝拂雲霞暮枯僵。海棠幹小不勝斧，高槐飛柯連根戕。回憶花開被折時，痛定思痛我心傷。而今滿園摧折盡，斷橋殘榭〔一〕倍淒涼。天空一角見驪山，山如含淚遙相望。秦人視之不甚惜，我與驪山共斷腸。幸留一桐刻棲鳳，中郎焦尾魯靈光。

〔一〕伐木之時毀及橋榭。

丙寅重九後一日觀長安南門樓火歸走筆書事

危城圍半載，十室十家空。城樓兵失火，急報祇哀鴻。巨梁飛火雀，瓦片落疏桐。破甑不足顧，觸景效悲翁。淫雨重陽後，疾風來自東。

秋夜歎

秋夜漫漫天難曉，明月床前鄉思繞。輾轉不寐集百憂，消愁轉覺愁人老。自春而夏又暮秋，秦地干戈風雲擾。擾擾干戈無已時，生民塗炭隨衰草。土地人民與政治，專制之時諸侯寶。而今共和民為貴，豈容橫流漫浩浩。周之黎民靡孑遺，故國文明移吳沼。縱得功成一運間，身與名裂何足道。孤注一擲驕獨夫，蠅營狗苟環群小。蒙馬虎皮不屑責，賢士大夫應不少。如何噤口學秋蟬，一任桑梓腥風掃。我自越來為秦客，履霜堅冰憂悄悄。曾悲辛有歎伊川，不幸言中心煎熖。渭北水功今已矣，五載籌謀傷懷抱。同此危城作難民，夜長苦饑日不飽。淵明冥報為一飯，子美在湘形枯槁。煌煌命令禁出城，健兒對我張牙爪。流彈饑荒兼搶掠，旦暮性命誰能保。滿城風雨過重陽〔一〕，啼饑號寒一苦惱。東望鄉關路萬千，羈旅又添傷獨鳥。夜深愁集撥不開，月影東移時至卯。紙窗漸暗天將曙，數聲殘礮悲又攪。披衣起床消傀儡，吸收新氣趁晨早。

〔一〕重陽後風雨多，天氣奇冷。

賀新郎

賀須君悌新婚，君悌同處圍城中，逃赴江南結婚，而予仍滯圍城，不能插翅飛去道賀為缺。

天上人間近，喜今朝賞心樂事，良辰美景。鼙鼓長安回首處，彈雨槍林性命，料彼此驚魂初定。兒女英雄今共艷，想柔情壯氣千秋永。魚水樂，鴛鴦枕。　中秋好月中天鏡，問玉人良宵一刻，千金堪並。無限深情偏無語，桂子香飄勝境，遑領略轆轤金井。肯賸餘歡平水上，挽横流重為山河整。功成日，蒼生幸。

軍歌歎

清晨聞軍歌，其聲何洋洋。隨風成斷續，調壯歌且長。北鄙殺伐聲，惜非戰沙場。又似奏凱還，聲勢虚鋪張。城圍兵學操，操罷學楚狂。飽食閒終日，藉此忙其腸。問食何自來，災民口中糧。災民餓且死，何以永輸將。我見東街上，一翁走且僵。霜降衣正單，臉黑眼蒼黄。肩負數升粟，言送至縣堂。粟買於軍隊，值自賣衣裳。衣價得什一，粟價廿倍昂。衣粟出入間，二百倍可償。可憐八口家，日食乏秕糠。油滓塞枵腹，藉作續命湯。滓苦思沾粟，吏虐不可當。豈無樂土想，高城圍四方。此事何日了，帝醉正荒荒。言罷走樓西，老淚泗沱滂。是時城圍久，街上少人行。只見餓死屍，南北靠短牆。老翁比餓屍，生死間差強。餓屍勝老翁，魂魄任翱翔。惟有唱歌兵，飽煖肆横行。孔子哭不歌，不飽於弔喪。宜不適亂世，卒老於棲遑。

立冬書感三首並示吴碧柳

蕭條窮巷憫遺黎，乞食無門傍路啼。慘慘黄昏無舉火，悠悠午夜不聞鷄。有秋場圃遭饑饉，何日城郊息鼓鼙。欲去亂邦偏計拙，西安迢遞甚安西。

無衣無食困重圍，秋盡冬來事事非。賣被買糧餐虎士，軍歌鼓角弄晨暉。風雲接地河山暗，鳥雀漫天自在飛。百二秦關移負郭[二]，故園東望幾時歸。

城西城北猛衝鋒，傳説援軍喜笑容。七月相持憑城壘〔二〕，兩軍分掠賊商農〔三〕。萬民枉死非關命，一歲求生祇賸冬。半夜雨聲空滴瀝，狂風化氣怕無蹤〔四〕。

〔一〕負郭皆劉鎮華戰壕。
〔二〕守軍憑城，圍軍憑壘，相持不戰。
〔三〕守軍賊商，圍軍賊農，兩無遺類。
〔四〕是夜大雨，狂風起止，因恐援軍與雨同消。

次韻碧柳花間對飲之作

城荒酒價尚尋常〔一〕，沽酒高歌慨以慷。鵠面鳩形暫潤色〔二〕，醉仁飽義足相當。破除萬事行吾樂，斷送一生寄此鄉。莫把幽囚悲楚客，故園三徑未全荒。

〔一〕城中食物之價，皆增倍蓰，惟酒價尚廉。
〔二〕難民不得食，常飲酒充饑，沿街賣酒特多。

在秦絕糧寄食李宜之師家中即事凡有十首

寄食李師家，李師客京華。去年當此際，送別望柴車。西北謀水利，太學計亨嘉。一籌終莫展，客旅苦生涯。
偏地干戈起，不得還其家。
寄食李師家，浴德澡心靈。天人不尤怨，三翁屢叮嚀。衆生固有罪，天降七殺星。我輩日懺悔，人已滅天刑。
功成者自去，大象轉冥冥。
寄食李師家，家庭客旅並。三婆食我飯，師母飲我羹。班姑與隼叔，情誼重師生。賦林及寧洋，親愛如弟兄。

我心悠然樂，不知苦圍城。

寄食李師家，米珠薪桂時。一家二十口，無米難為炊。我懷杞人憂，每食不展眉。師伯嘗言我，闔家厚仁慈。

當不致餓死，上天有報施。

寄食李師家，食時定早晚。大人有蒸饃，童子祇麥飯。偏觀他人家，適與之相反。尤羨無餘言，内外皆和婉。

治國先齊家，自邇可行遠。

寄食李師家，可誇劉輯五。長安有三樂，渠言懷想苦。易俗聽音樂，與我談肺腑。其一尤戀戀，李師家規矩。

我得日習之，自晨常過午。

寄食李師家，小園頗幽閒。東向看驪岫，轉眼見南山。菜可餐秀色，蔭可任高攀。菊花滿籬落，園門日常關。

待飯且讀書，夕陽照我顏。

寄食李師家，群居不寂寞。三爺講佛道，賦林談耕作。隼叔說鬼話，長篇言鑿鑿。寧洋掛假須，嬉戲互雀躍。

我從旁觀之，煩憂化為樂。

寄食李師家，自省寧不羞。不勞而得食，信非丈夫謀。靖節乞食詩，王孫漂母周。不得已為之，千古亦何尤。

而況蔭師門，聊以減我憂。

寄食李師家，食飯又飲羹。城圍逾七月，十九不獲生。我母居東海，我兄會稽城。我侄學三台，我妻在南京。

城開接我書，四處感高情。

長安圍城中懷岳陽許連城

石泉分手處，兩載想儀形。邂逅成知己，音書何渺冥。江湖風不測，生死卜無靈〔一〕。久困長安客，夢魂逐洞庭。

〔一〕許君欲自漢江南下返里。予以險故，自石泉折回長安，二次寄書俱無復。

初冬之夜大雨

西風翌日尤甚，繼之以雪，想災民之未餓死者亦將凍死，感懷記事，凡三首。

狂風吹雨打窓聲，冬夜悠悠夢不成。鬼哭鴟啼山谷應，吟詩釋憤腹雷鳴。格苗伯禹勤修德，納土錢鏐勇息兵。

擾擾春秋無義戰，耕桑殺戮慣秦京。

王化豳風衹具文，殃民慘戰未前聞。詩書豺虎氷消炭，身命戈矛風掃雲。伐罪偏為萬罪首〔一〕，三民何似殺民軍〔二〕。銅駝荊棘叢中泣，火熱水深日己曛。

滿天飛舞灑魚鱗，死盡貧民死富民。氷轍露屍填北巷，朱門隱泣比東鄰。皇天夢夢人心死，民氣奄奄兵禍臻。人侮多由人自侮，眼前惡果盡前因。

〔一〕劉鎮華自稱，弔民伐罪。

〔二〕楊虎城辦三民軍官學校。

漁家傲二闋　壽李桐萱先生

寇退城開人意滿，柿紅麥綠冬初煙。正值老人星煥燦，舉觴勸，天倫樂事團圞宴。　兩鬌教霜點半，行仙陸地煙霞伴。歌詠豈徒稱壽算，深深願，添籌滿屋滄桑變。

菜彩斑衣爭上壽，煌煌南極星朝斗。天上人間同長久，祥光透，若翁自是如來胄。望重三秦功德就，華封三祝稱全受。深谷喬松蘿蔦秀，芝蘭臭，澡心浴德宏孤陋。

丙寅十一月初一日夜

夢遊一雪山，經一渡口，風景極佳，口占一絕。醒時僅忘數字，為向所未，有因補成之。

疎林古渡集寒鴉，雪裏炊煙三兩家。有客喚船停隔浦，一聲欸乃出汀沙。

無題

娑婆世界產魔王，擾擾風雲卷地狂。仁義摧殘行詭譎，匈奴殺戮作耕桑。東隣覆轍燈鵝夢，中土文明秦火亡。欲挽橫流慚乏術，入山深處待晨光。

西北大學維持費盡以還債囊空而心快也

薪水尋常事，錙銖未較量。固窮雖不濫，顏色總悲傷。償債輕擔負，慎言論短長。三春人得雨，六月我求霜。

臘八感懷

駒光彈指急相催，五豆纔過臘八來。旅食長安當歲暮，寒窓獨對一枝梅。

丙寅十月二十四日長安解圍喜不自勝

連日出遊四郊，十里內外，足跡徧及之。凡所聞見即雜錄入囊中，得絕句二十二首，亦不復詮次也。

欣欣喜色滿街衢，八月愁城始解圍。垂死得生應有命，詩書檢點好東歸〔一〕。

〔一〕城開之日，見人無不大笑。

百戰長安解倒懸，追奔逐北掃狼煙。師行應惜民間物，毋負蒼生望眼穿〔一〕。

〔一〕贈國民一軍。

喜心翻倒不成眠，興盡悲來思悄然。烽火家書人萬里，母兄妻子日懸懸〔一〕。

〔一〕解圍之夜，痛定思痛，湧起思鄉念。

掘濠築壘困長安，壘自堅高濠自寬。風鶴聲中驚逐北，幾人痛駡幾人歡〔一〕。

〔一〕劉鎮華環濠壘於長安城，長至百餘里。

秦城東北建高臺，憑覽全城眼界開。夾土白楊麻作骨，人民當日血成堆〔一〕。

〔一〕臺逼近東北城角，强民力成之，聞城軍礮擊，死者甚衆。

千頃負郭盡良田，壘斷通衢濠滿阡。慘慘天陰聞鬼哭，蕭蕭白草朔風天〔一〕。

〔一〕城與壘之間，均衰草白骨，而北郊尤慘。

近城村落已無存，比屋為墟祇斷垣。巷陌塞茅旁土墓，哀哀寡婦哭閭門〔一〕。

〔一〕兵隊所過，村里為墟，附城尤甚。

父老言予意感傷，年來積蓄飽豺狼。而今寇退修牆屋，負土鐮茅婦孺忙〔一〕。

〔一〕出遊所經村落皆如此。

古塚峩峩作礮臺，開花射擊對城隈。塚空城毀重圍解，枯骨蒼生盡劫灰〔一〕。

〔一〕繞城漢唐古塚頗多，劉軍憑為炮臺，空其下以駐兵。

聞道圍軍賊害農，供糧納稅作前鋒。敗兵宵遁經村落，鷄犬無留肆暴兇〔一〕。

〔一〕劉軍退經村鎮，皆搶掠一空。

憑倚金湯坐待援，援兵破敵尚關門。祇知吸盡民膏血，溝壑何人為雪寃〔一〕。

〔一〕城軍憑險，故能久守，然以人民為孤注，至餓屍塞巷。及援軍退敵，尚不敢出。

滿街青菜滿街糧，車水馬龍曉市場。枵腹油滓方覺苦，新嘗白饃笑洋洋〔一〕。

〔一〕城中以油滓為糧，每二斤售洋一元。此時得吃白饃，以為無上光榮，故食時發笑。

包粟窩頭秦不食，城圍八月無由得。此時入口勝黄粱，充滿饑腸如飽德〔一〕。

〔一〕秦田上上，宜麥，故不吃包粟。否則，群以爲恥。

者番微服出長安，兵匪蹂躪行路難。冷廟寒宵遭九劫，可憐霜曉一衣單〔一〕。

〔一〕予於解圍前三日，以銀十二元買劉軍，放出危城；不但追回，且一夜之内，九次搶劫，掠盡衣物，單衣返城。

憶昨逃生出郭門，劫餘凍餒樂居村。六人靠背嚴寒夜，舊地重來令斷魂〔一〕。

〔一〕予與吴碧柳、唐養虞、陸理成、王瑞卿、范君，同雜難民中，逃出城；被劫於樂居村，互靠背坐地，以渡寒夜。此次重遊，不禁神傷。

風聞京洛滿兵戎，欲速東歸路不通。武力仍為軍閥夢，蒼生厄運幾時終〔一〕。

〔一〕時聞奉軍至洛陽，粤軍至信陽。

三秦兵亂日紛紛，逆水行舟覺倦勤。一事無成酬壯志，不如歸住海東雲〔一〕。

〔一〕予為渭北水利工程來秦，五載之工空廢。

二十四橋明月夜，金鷄下照解重圍。冥冥久已安排定，神話從來間是非〔一〕。

〔一〕前二句，皆讖語。而劉軍適於二十四日晨月明時退，又是日為辛酉，即金鷄也。

在秦祇見秦軍惡，伐罪豫軍尤刻薄。肆意横行殘賊民，紛紛同是一丘貉〔一〕。

〔一〕劉鎮華自稱弔民伐罪，而其軍尤惡。

勝敗無分守與攻，遺民十室十家空。敗兵滿載東歸日，戍卒狐裘氣象雄〔一〕。

〔一〕劉軍滿載而歸，陝軍人人發財披裘，惟小民一敗塗地。

大營南接銅元廠，廣廈千間賸劫灰。濠裏死兵多裸體，半充犬腹半蒼台〔一〕。

〔一〕死兵衣服，為活人剝去。

城南雁塔聳荒郊，戰後禪房長草茅。佛像飛空經散地，寺門疊土没僧敲〔一〕。

〔一〕攻守兩軍爭小雁塔，得失凡六次，故毁壞特甚。

遊未央宫遺址四首

煙雲隱約見驪山，鳳嘴凌虚灞滻環。龍首源頭荒白草，長安今在草中間。

未央宫殿漢城西，五級瑤堦土尚齊。金碧輝煌空想像，南山白雪正離迷。

城西原野接清虚，冬半林疏見里閭。太液芙蓉為麥綠，建章宫殿久民居。

河流滾滾繞城陰，架渭三橋惠濟深。鐵柱銅欄何處去，漢陵累累北原岑。

與李隼叔遊韋曲牛頭寺書所見凡六首

冬晴白鹿原頭望，麥綠連天放馬牛。雁塔鐘聲光浪裏，終南積雪曉煙收。

一山翠柏牛頭寺，東壁高軒杜甫祠。當戶南山千嶂雪，樊川俯瞰碧琉璃。

瞻公遺像誦公詩，懷想臨風有所思。千古文章餘韻在，桑麻杜曲似當時。

歸途斜日投人影，雁陣驚寒曲水東。杳靄半遮驪岫色，長安猶在夕陽中。

千頃玻璃川上田，水光反射日中天。炊煙隔浦疎林裏，亂後人家喜瓦全。

鄉村耕鑿久相安，何事兵戈起禍端。到處招兵飄白幟，飛蟲撲火自為歡。

卷六　民國十六年至十七年

民國十六年（一九二七年）

長安解圍後二月始得德兄書

十月家書今始通，啟封喜懼繞離衷。兵戈阻絕存亡訊，涕淚橫流夢寐中。鴻雁雲端聲急切，鶺鴒原上走西東。歲闌客旅蕭條甚，松竹梅花慰固窮〔一〕。

〔一〕時書案供松竹梅一瓶。

李師宜之自南京歸

聞南來訊略知國家大局情形並喜亂離中之能相聚。

兵戈睽隔追隨願，死去憑誰報得知。此日相逢心泄泄，幾番欲別意遲遲。魯連陳義邯鄲解，丁令還鄉城郭移。為問東南新消息，錢塘醞釀閱牆時。

絕處逢生用以志慶〔一〕

劉某人以經濟迫人，李師至，始得發西北大學維持費。

奸人封鎖金錢策，絕處逢生喜緩兵。霽月光風周茂叔，陰謀卑鄙李連英。涸鮒不望西江水，貧女祇求東壁明。闔校欣欣出望外，明朝除夕解愁城。

〔一〕編者注：原詩題為『劉某人以經濟迫人，李師至，始得發西北大學維持費，絕處逢生用以志慶』。

丙寅除夕

遊子天涯念故鄉，窮陰暮歲自悲傷。一身羈旅人情薄，八月圍城苦味長。把酒消愁談樂事，燒湯洗足換衣裳。一年窮運今宵盡，不用車船餞臭糧。

送吴碧柳還家伊欲先赴京與吴雨僧合刊詩稿

海闊天空壯此行，着鞭先我動離情。扶松白屋歸彭澤，折柳青門唱渭城。八月風波欣共濟，千秋事業喜完成。洛陽紙價因詩伯，錦繡文章集兩生。

路上書所見三首〔一〕

丁卯早春，隨李宜師自長安至臨潼，修理華清池。

驪山高處雪層層，灞滻流荒廢地增。築堤束水吾儕事，滿願桑麻徧灞陵。

重車鈍馬加鞭速，官事全憑賞罰明。落日西山平地下，督工縣長趕歸程。

文襄植柳連秦隴，古道穿林避塞塵。國亂兵災摧伐盡，灞橋賸得幾枝春。

〔一〕編者注：原詩題為『丁卯早春，隨李宜師自長安至臨潼，修理華清池，路上書所見三首』。

驪山元宵四首

秦越關山無限長，兵戈滿眼老他鄉。母兄妻子皆分散，明月團圞客子傷。

驪山池舘值元宵，玩月波心過小橋。忽憶東湖亭外水，天涯搔首一身遥。

宫殿驪山臨幸時，華清池水洗凝脂。而今劫後淒凉境，閱盡滄桑若不知。

蓄得溫泉十畝塘，堤亭分水劃清光。分明西子湖心月，客裏山川似故鄉。

雪中自華清池返長安

雪擁驪山趁早行，長途滿眼覆瑤瑛。新豐沽酒春寒薄，斜口騎驢驛路平。劫後渭川傷破碎，雨餘秦嶺喜峥嶸。客懷苦處應尋樂，自和狂歌亮且清。

自長安重至驪山道中書所見二首

輕車坦道疾奔馳，盛世驪山巡幸時。何用滿前排彩仗，萬人勞怨一身私。

汽車路被騾車壞，壞路摧車用馬馱。未必楚弓仍楚得，分明秦族自秦苛。應從覆轍尋新軌，莫作遷喬棄舊窠。

補短截長均世事，蕭牆禍起不平多。

遊華清池

予遊華清池六次，而以此次洗澡最多，且兩登驪山絕頂，此心至以為樂。

踏破雍州南北山，秦川漢水樂潺潺。華清六度溫泉浴，驪岫兩番絕頂攀。每喜登臨當行役，自誇仙子謫人間。東歸驛路兵戈滿，準備西遊出玉關。

懷歸

解圍四月滯長安，鬱鬱春城改舊觀。過隙白駒何倏忽，止隅黄鳥尚盤桓。人情澆薄吳江冷，身世顛連蜀道難。親舍白雲勞想像，愁懷長夜枕衾寒。

遊雁塔

一春長悶悶，詩畫枉留連。昨夜經微雨，今晨潤野田。慈恩僧說法，雁塔我登天。客歲來遊日，紛紛隔一年。

與李師及劉治州赴釣兒嘴勘水利經咸陽北原

茫茫四顧渺無邊，策馬咸陽原上田。秦漢隋唐墳徧地，東南西北麥連天。雨珠新柳春光嫩，雲彩微陽野氣鮮。

〔一〕園主為趙次庭（國賓藍田）之父，次庭系建廳同事。

六月六日夢中作迴文

疑時了了時疑，了了空爭鬥局棋。棋局輸贏如閃電，電光石火幻新奇。

五月一日

寄德兄一書至天台，然伊已回家，此書退回，因感成一律。

書到天台已退還，依然羈旅滯秦關。深知衙署如傳舍，未信終南是舊山。巨室綠蔭消溽暑，閉門卻掃喜幽閒。晚來獨立空庭望，烽火家書涕泗潸〔一〕。

〔一〕時陝水利局移至長安西大街路北城隍廟西隔壁，予住局中正廳巨室內。

江城子　七月十日為予結褵四週紀念寄素芬南京

暑中歸計又經年，滯秦川，思淒然。八月圍城，痛定豈忘筌。只為兵戈關塞阻，形與影，兩無緣。

白門高會小神仙，四年前，喜珠聯。對酒秦淮，意氣滿坤乾。今夜月明眠不得，人萬里，共嬋娟。

炎夏喜雨新霽感懷

三旬未下雨，炎夏甚苦艱。熱風卷黃塵，盡日祇閉關。昨宵降霖雨，簷流聽潺潺。今日獲新霽，夕陽已在山。
庭陰洗雨後，繞繞綠雲鬟。陽光返照之，葉底黃金斑。清風時來吹，公退益清閒。撫梧讀陶詩，盤桓庭中間。
寂寞無人聲，鳥雀自關關。悠然頗自得，想像出塵寰。僮僕亦注目，竊語想高攀。幾生修到此，足以慰頹顏。
而我正有缺，久不見家山。老母在東海，念子淚潸潸。阿兄新寄書，問我幾時還。金陵寄一妻，愛我至怨訕。
我豈不思之，羈旅誰所嫺。祇為師友情，強留不可刪。又為兵戈阻，不得越關山。更窮無旅費，風袖愧鄉關。
我生真不辰，遭此百憂患。憂來還自解，狂詠學癡頑。

喜雨

世事滄桑變，詩人冷眼中。數旬增酷熱，一雨洗長空。移椅迎新月，開襟接好風。個中多樂趣，不與別人同。

水調歌頭　丁卯生日

明月一何潔，屈指已新秋。恰逢初度之夕，懷想怕登樓。暗灑仲宣悲淚，遙念高堂老母，望子倚門愁。
陟屺嗟行役，堪笑覓封侯。　鸛鴝賦，勞燕飛，恨悠悠。歸山計拙，環江河日狎沙鷗。兩載家書烽火，
八月圍城困乏，憔悴滯邊州。庭樹搖風影，仰臥看牽牛。

卜算子　用東坡韻寄素芬

越客滯秦川，常念歸山好。秦越山川易地同，何必歸山早。　書與意中人，不管文章草。待到來書二月期，縈望愁人老。

對月懷素芬南京

屋角湧冰輪，庭槐漲綠痕。白門今夜月，曾否似青門。

東歸雜詩一百零五首有序

予於民國十一年夏，從師入秦，籌辦涇惠渠及漢惠渠等水利工程。以時局不定，工費無著，不能成功。中經長安八月圍城之變，死裏逃生，悲喜交集。然兩袖清風，愧對故鄉父老，故城開後未能返里。又以李儀師之托為守陝西水利殘局，復以嚴敬丞（名莊渭南人）之情，助創陝西建設廳初基。然亂後陝西，經濟極度拮据，雖任科長，實不能做得成績。且予經此浩劫，急欲南歸省親，而敬丞以予經手事多，尚不放行，並斷絕予交通工具。予陰與胡仲侯兄謀，始得附陝西財政廳保險車東行。臨行時，敬丞贈予現洋五十元，作為酬勞。時陝用流通劵，嚴云此現洋用以濟緩急者，高情厚誼，感不能忘。而予生平俯仰無愧怍，沿途作詩一百零五首，自為生平一快，拉雜寫成，不暇修飾也。

秦川滯跡憶鄉情，幾度依裝不得行。今日東征車馬隊，青門外望眼光明[一]。

〔一〕予乘陝西省政府保險車，一行十餘輛。

嵯峨鬱鬱表離情，渭北工程尚未成。何日桃林牛馬放，決渠為雨潤蒼生〔一〕。

〔一〕出長安城，見嵯峨，山下為予工作之所，對之有留連不忍去之意。

思饑思溺在民生，作沼修堤一願成。灞水驪山均在望，飛鴻爪印慰生平〔一〕。

〔一〕今春在建設部，修華清宮池；在水利局築灞堤；為在陝之新成績。

灞陵測量誨諸生，涉水登山子弟兵。風景依然秋色好，秦川寒暑二回更〔一〕。

〔一〕前年秋率西北大學諸生，測量於灞陵一帶，今重過此，已隔二年矣。

北雁南飛到處家，蘆花灞滻是生涯。秋風浩蕩舒雙翼，列陣長空傍日斜。

萬里還鄉隨秋色，柳枝披拂灞陵橋。熙熙攘攘無相識，誰為行人折一條。

高堂華屋不為富，甕牖繩樞不為貧。人畜同居茅店月，此生只合老風塵〔一〕。

〔一〕夜宿臨潼。

滿天星斗出臨潼，長夜漫漫路影通。除卻車聲與蟋蟀，打頭瑟瑟有秋風。

夾路蒼蒼官道柳，連田唧唧草蟲吟。華嶽雄奇高百仞，白雲岫口出無心。

煙郊鞭影聯珠礮，快馬輕車歸里人。日午霧收見華嶽，三峯瀟灑出風塵〔一〕。

〔一〕車夫時以鞭作響，驚駝馬，車多響亦多，相續若放連珠礮。

疊嶂峩峩水潺潺，東歸最愛二華間。村莊草木林園化，亂石玲瓏若假山〔一〕。

〔一〕華州華陰之間風景特好。

輕盈二八採蓮娃，不及華山粧點華。葱白纖雲為額帶，蓬鬆雜樹勝簪花。

我愛華山山愛我，五番相見各慇懃。此次分離應較久，愁容頓起滿山雲〔一〕。

〔一〕予來往長安道，曾經華山五次皆清朗，是日有雲。

潼關客舍過中秋，草草杯盤自獻酬。花好月圓人兩地，故園東望路悠悠。

扶攜老幼入潼關，聞說兵荒度日艱。我自西來君莫問，終南渭北尚安閒〔一〕。

〔一〕出關時，逢豫西災民之入關者頗多。

潼關東出逢新霽，道不揚塵惠我多。拂面東風憑軾冷，坐觀飛雨過黃河。

曾記來時秋雨後，車翻路滑傘遮燈。挽車惟有江陵健，畏匪啣枚越谷陵〔一〕。

〔一〕予二年前來陝，道出閿底鎮，天暮，畏匪，急行。而車翻路滑，親自挽之行，以傘遮蠟為燈。

舊地重來猶膽驚，不關護送有雄兵。天涯羈旅依然我，物換星移徧兩京〔一〕。

〔一〕過閿底鎮感舊。

不論東歸是與非，清秋作伴總相宜。清風兩袖千程路，華嶽黃河對賦詩。

昔過潼關車被奪，黃河泛浪意匆匆。往事顛連那可說，路長船劫惡兵凶〔一〕。

〔一〕五年前，予歸自秦，車至潼關被兵劫，船至盤豆又被兵劫。

月光如水影如魚，走馬原頭影戲蕖。河聲不為更深息，嶽色已隨夜氣虛〔一〕。

〔一〕閿鄉城外早行。

鷄鳴野店喚晨光，燦爛明星起白芒。黍稷滿郊人意樂，行行不覺到稠桑。

田文策馬急逾關，老子騎牛緩緩攀。為國為身應兩便，我從忙裏且偷閒〔一〕。

〔一〕出函谷關。

昔日西征乘駝馬，登岡涉谷苦奔波。而今鐵道通函谷，百二秦關坦坦過〔一〕。

〔一〕予六年前入關，火車僅通至觀音堂，今則已抵函關矣。

口呼筆戰成何事，畧地攻城亦運耳。築路修橋開實利，千秋事業有誰知。

二年久別勞懷想，萬里還鄉只一身。最喜車中談傾蓋，天涯邂逅兩情親〔一〕。

〔一〕陝州火車站，遇友林君元炯，新自俄國回，分別已二年矣。以下四章，皆與林君所談之話。

國事蜩螗鳴不平，迢迢負笈赴俄京。傷心無補分崩局，話到滄桑淚欲傾。

救國救民徒口號，爭權爭利甚恒人。方剛血氣青年夢，好果還須種好因。

射人射馬為名論，斷水抽刀勢不行。我自無能傷老朽，枝枝節節趕前程。

數年擾擾苦艱辛，卻喜晴天霹靂聲。有土皆豪紳盡劣，翻天覆地為他人。

千頃細柳已成林，營舍街溝護綠陰。辛苦經營萬事業，英雄末路豈初心〔一〕。

〔一〕弔洛陽西宮。

洛陽宮殿久為丘，何事雄圖不肯休。無綫電台高百尺，八方消息會中州。

鄭州南去棗林多，林裏峩峩盡瀉沙。黃水為災千古恨，人為劫運禍中華。

蕎麥花開一片白，許昌城外幾勾留。一向客車祇到此，今朝可達信揚州〔一〕。

〔一〕軍興以來，京漢路南段只通許昌，予至鄭州之日，始通至信陽，又翌日，始通漢口。

彭家灣裏盡山丘，丘上耕犁水牯牛。一樣家山好風景，竹籬茅舍正宜秋。

人貨同裝鐵甲車，人嫌悶氣貨嫌奢。車頭停走因兵劫，兵費誅求車價加〔一〕。

〔一〕此路初通，無客車，而車價較尋常加倍，云補兵費。

銀鈔濫發不成錢，購食攜鈔等乞憐。彷彿長安行紙券，萬民汗血化雲煙〔一〕。

〔一〕時漢口中交兩行鈔票有打倒之勢，市面蕭條不堪。

車停上下各忙忙，覓食尋挑負重裝。冷眼看人多可笑，千奇百怪亦尋常。

青門東出苦勞憂，車馬征途不得休。何事奔忙揚子水，蕩蕩浩浩亦東流。

前度河街獨步行，傷心國土禁夷兵。臨江草色今朝好，來往齊民兩眼明〔一〕。

〔一〕予於民國十年初次至漢口，見河街外兵，不准中國人行於路，予心深惡之，此次已開放矣。

江頭曉氣一何清，兩岸青山一水盈。數點風帆天際黑，地平出日水波明〔一〕。

〔一〕自漢口附英輪循長江東行。

廬山秀出青天外，湖水歸江分濁清。樓閣綠蔭連十里，巍莪古塔九江城。

江山如畫生豪氣，秋景宜人起逸情。我欲乘風天際去，人寰擾擾蟻縱橫。

秀絕孤山插大江，驚濤拍石響淙淙。飛閣危樓俱粉白，滿山竹木碧幢幢。

過了雙姑達馬當，中間又列一彭郎。好山好水好秋色，可興可觀可洩狂。

長江烽火慘天昏，商旅無由達海門。自昔帆檣如櫛比，而今英日兩江輪〔一〕。

〔一〕兵興以來，吾國商船不能行，如此大江，只有英日艦二艘耳。

自開海禁航歐艦，衹有招商〔一〕可與爭。聞說扣船運兵火，經年未一次江行〔二〕。

〔一〕輪渡局名。

〔二〕招商輪船，已一年未航揚子江矣。

蕪湖下碇看兵操，運礮荷槍舞短刀。舉國人心浮且動，江流日下自滔滔。

重重門戶阨江間，自昔兵爭憑險艱。奪主喧賓成慣例〔一〕，空留形勢二梁山。

〔一〕傷吾國輪船，不能航行長江。而英日兩江輪則暢行無阻。

千呼萬喚出長安，萬苦千辛行路難。當面分馳原有數，也應我命屬孤鸞〔一〕。

〔一〕予至金陵，聞素芬於中秋日赴滬，行將走廣東云。

自計此生經九死，未期書劍返金陵。說真說夢吾休管，太學言歡有舊朋〔一〕。

〔一〕第四中山大學，遇丘伯忱、白季眉二友，見張雲青、楊允中二師。

十載師生情誼長，感恩知己不能忘。殷殷問我秦中事，松菊園林尚未荒〔一〕。

〔一〕清涼山，逢李師宜之。

清涼一帶盡洋房，拆毀焚燎滿眼荒。庚子聯軍燒清室，循環報應固無妨〔一〕。

〔一〕清涼山一帶，為外人寄居之所，今則斷垣遺瓦，不堪回首。

築場納稼晚秋天，黍稷稻粱滿陌阡。火熱水深聊解困，大兵之後賴豐年〔一〕。

〔一〕滬寧路上，禾稼豐登，予心頗樂。

越客秦川久倦遊，何堪兵火擾邊州。而今得見江南景，遠水長天一色秋。

江南烽火駭傳聞，錦繡河山裹慘雲。一事差堪安旅客，惠山江水色欣欣。

憐汝滿腔裝熱血，澄清士劣掃塵埃。叵測人心誣共产，六旬牢獄始消災〔一〕。

〔一〕上海遇文光侄，伊新出杭州陸軍監獄。

背井離鄉萬里遙，今朝始見浙江潮。家山卻在錢塘外，有女同車伴寂寥〔一〕。

〔二〕滬杭路上，與素芬同行。

鄉村曲曲水盈盈，早稻登場晚稻成。尚是中華乾淨土，不須侵略不須兵。

行偏天涯衹覺囂，不知西浙景清寥。滿田香稻滿園竹，槳打清天屋舍搖。

嘉興南去走桑叢，烏桕經秋葉已紅。多少家山新景物，行人到此莫匆匆。

船滑琉璃輕蕩槳，人游鏡裏水無波。高僧舊雨同舟渡，行近孤山水路斜〔二〕。

〔二〕儀齋哥及意周和尚自湖濱旅館下船，送我至西湖陶社。

煙霏迷霧失群山，一片波光獨扣關。仿佛西泠停畫舫，是誰寂寞覓幽閒〔二〕。

〔二〕予至西湖，適終日下雨，幸住處之樓，可看湖中雨景。

蘇堤南接淨慈寺，隱約湖濱幾白斑。最是湖心亭畔樹，水晶盤裏綠珠環。

九日吳山登絕頂，高天爽氣滿吳鈎。挾妻遇友平生樂，山市江湖一望收〔二〕。

〔二〕吳山遇林家松。

杏花村館雨紛紛，蟹粉魚羹風味存。冒雨趕船敦戚誼，滿湖煙水已黃昏〔二〕。

〔二〕贈儀齋。

雨中寂寞岳王墳，獨立蒼茫萬緒紛。懷古傷今增一歎，中原誰為治絲棼。

靈隱山門處處幽，飛來千佛映龍湫。鐘聲響應林深處，佛鼓頻催澗水流。

風聲澎湃遠山來，帽雨衣雲履綠苔。洞府清幽真福地，滿山竹木似天台〔二〕。

〔二〕雨中獨遊紫雲洞。

滿湖風雨滿湖煙，恰我棲霞下碧巔。不速客來違十載，王欽福與許文淵〔一〕。

〔一〕最後一句自改為『重逢隔世一欣然』。

艤舟渡過小瀛洲，曲沼迴欄汗漫遊。蓴菜知名惟此處，詩人千載傲王侯。

蘇堤隔水白雲庵，樓閣池塘護梗楠。僧俗不分同食肉，忽談革命忽喃喃〔一〕。

〔一〕庵中意周和尚，喜習拳、寫字、使酒、食肉，並樂談革命事。

二十五年陳老酒，開樽劇飲解頤談。金石玲琅堆滿堂，無塵一榻面三潭〔一〕。

〔一〕白雲庵僧房，正對三潭映月，内陳列金石字帖極多。意周留予飯，並以二十五年陳酒飲予。

攻城克敵執蝥弧，選將操兵拔劍呼。同學少年多不賤，貔貅虎帳駐西湖〔一〕。

〔一〕同學至柔、芝青、摶風等，皆為團營長，駐兵西湖，常與之相見。

無風水面淨琉璃，萬道燈光映水湄。仿佛噴泉顛倒掛，各隨噴力射高卑〔一〕。

〔一〕西湖夜船，觀湖濱一帶燈光，映水成趣。

輕舟短棹月朦朧，槳打岸移似駛空。保俶燈光出天表，林端馳聘若飄風。

滿湖明月放歸船，山小湖寬不見邊。行近西泠輕蕩槳，高樓落月好安眠。

孤山泉石足清幽，曲檻迴廊徧壑丘。放鶴亭邊幾懷想，梅花白鶴勝朋儔。

此日去年劇可憐，不堪回首話秦川。與君同是圍城客，握手談心隔一年〔一〕。

〔一〕十月十日，遇須愷君悌於龍翔里。

湖濱盛會逢雙十，士女歡呼處處聞。蓬勃民心新氣象，滿期闊斧劈紛紜〔一〕。

〔一〕最後一句自改為『漫談龍虎逐紛紜』。

車聲碌碌迅如雷，塞路桑麻次第開。堆草納禾秋事好，農村處處碧林隈〔一〕。

〔一〕君悌招遊海寧塘工局，乘汽車去杭，路中所見。

坐車宜坐汽車尾，車尾顛狂作馬騎。更有一番假威武，牙兵排列兩行卑。

八堡潮頭勝海寧，東南兩派急相傾。驚濤拍岸千堆雪，塘曲迴流萬馬聲。

堤上歸車趁暮煙，潮平岸闊渺無邊。江頭落日雙菱鏡，海眼浮空一綫天〔一〕。

〔一〕錢江落日，見水天雙日影，極目海天，僅隔一綫。

踏破西湖南北峯，西來萬里自華封。煙霞洞〔一〕畔逢僧話，談笑風生量海容。

〔一〕煙霞洞，用章炳麟先生韻，贈復三居士。章詩云：『南高峯與北高峯，兩地何時入禹封。畢竟南高有勁力，煙霞縱不壞姿容。』蓋諷馮國璋也。

曲檻迴廊入畫圖，劉莊裝點甲西湖。洞開門戶任遊覽，遠客歸來亦樂乎〔一〕。

〔一〕最後一句原爲『資本何關主義殊』。

葛洪當日煉丹銀，覓得林泉遠市塵。到底為民謀樂利，至今染色界尊神〔一〕。

〔一〕葛嶺懷古。

寶石山頭保俶塔，奇形古貌壯名城。當時鼎足荷公餗，榮國雷峯惜已傾〔一〕。

〔一〕湖上三塔齊名，即寶石山之保俶，南高峯之榮國，與南屏山之雷峯是也。

山徑陰翳竹木蘇，韜光〔一〕清朗見江湖。雨山環抱如盤谷，三竺芳林類草蕪。

〔一〕韜光挺出林間，俯視三竺如平地也。

石屋煙霞水樂洞，人工到底勝天工。沒非斤斧開千佛，埋沒空山塞梗蓬。

風篁嶺上雙龍井，山石玲瓏映急湍。想像獅峯茶葉好，過溪亭畔四盤桓。
郭莊門外臥龍橋，小酌橋頭止腹枵。炒麵全魚香味美，停杯我復上輕舠。
松陰路轉入清涼，澗水淙淙逸興長。虎跑名泉兼命寺，烹泉說虎細平章。
捨車步上玉皇山，汗濕征衣似錦班。竹徑清涼達峯頂，飄風我自出人寰。
歸途斜日發狂吟，空谷無由辨足音。浩蕩東風拂電綫，蘇堤處處鼓瑤琴。
獨酌高登樓外樓，消愁只有發清謳。魚羹風味司空慣，何用平章待舌頭〔一〕。

〔一〕後兩句又改為『魚羹風味斯樓好，仔細平章用舌頭』。

家庭樂趣吾無分，萬里歸來只一身。樓外樓頭頻獨酌，醉來顛倒見天真。
濟公死去留高塔，瞻仰遺容一屈身。化鶴歸來何日是，掃除濁世幻煙塵〔一〕。

〔一〕塔在虎跑山麓。

掃除濁世幻煙塵，握筭凌虛自在身。八表空空何所有，天台活佛是鄉親〔一〕。

〔一〕濟公和尚天台人。

天台活佛是鄉親，苦海無涯寄此身。知足方能長快樂，大千世界一微塵。
群山環水海飛奔，浪打船頭白雪翻。海上居民生活業，捉魚煮水駕輕帆。
象山港外海多灣，雲影波光相與閒。萬里長風來東北，白頭浪起雪沿山。
紅樹青山好畫圖，靈江裝點勝西湖。隨潮船上三江口，隔岸深林是我都〔一〕。

〔一〕最後一句又改為『隔岸深林息役夫』。自臨海溯靈江乘船西上將到老家。

化鶴歸來丁令威，家山良是感人非。鄉人驟見驚顔老，消長盈虧天地機。

民國十七年（一九二八年）

西湖舞臺看戲崧英贈詩次韻答之

秦川久客乍歸東，舊雨湖山取次逢。濁酒悲歌催別意，匆匆未盡述離衷。

附崧英詩：

十年勞苦各西東，此日杭州邂逅逢。相見莫談心裏事，同來舞榭遣愁衷。

丁卯除夕

金陵僑寓，醒之、輝甫以電話來約聯詩，因步醒韻，成四首。

十年客裏經除夕，萬里他鄉作故鄉。今日雙星欣聚會，庭梅為放一枝香。

細雨斜風滑路長，聊將電話說家鄉。年頭歲尾兒時樂，伴母堂前燒好香。

君家對飲酴酥酒，卜夜杯盤入醉鄉。萬戶迎春燃爆竹，洞房深處暗生香。

蓬矢桑弧射四方，無關隻影與他鄉。風流韻事今宵足，麗句清詞滿紙香。

戊辰元旦閲曹立人和詩復步原韻成二章

六載秦川壯氣長，秦川是第二家鄉。思饑思溺思援手，非為長安酒肉香。

盛氣白虹慣日長，我曾兩過鄭公鄉。為誰抛卻天倫樂，斗酒羔羊齒頰香。

卷珠簾　賀陳夫人壽

萊彩斑衣盈衮繡，寶婺星輝自是神仙胄。正值陽和放春透，造工展布丹青手。紅牙奏曲爭為壽，春鳥啣盞共願人長久。偷得蟠桃薦壽酒，慶八秩，盈親舊。

南京農業學校觀櫻花會後次李寅恭韻二首

濃杏疏梅花已落，春寒那禁百花開。分明點綴櫻花會，為有詩人特地來。

疑雪猜銀味嫩芳，詩人蜂蝶一猖狂。天昏會散歸蜂蝶，燃燭觀花夜未央。

晨起有懷山東

時民軍北伐，為日本干涉，止於魯。

上巳辰將届，清明節已過。絮飄幽徑滿，花落廣庭多。流水雖無盡，韶光易折磨。舉頭望河朔，熱血滿胸窩。

送友北征

匹夫盛氣吐長虹，莫道文章天地空。抛卻江南好風景，落花時節樹奇功。

辭中央大學職登燕子磯懷秦川

半年忙筆墨，脱綱作閒人。風景當年舊，江山此日新。壯懷經百折，素志在三秦。欲去京華地，抽身遠濁塵。

鍾山雜詩七首有序

十七年夏，予應中山陵園工程處之招，率隊測量鍾山地貌，一閲月，凡鍾山南北及陵園全部皆完成。又鍾山測量極努力，工作較苦，而山中瘟蚊極多，致染疾。加上靈谷寺中有養肺病者，病極惡，尋即死去。予住寺中，未與隔離，或者予之肺病，自此傳染。作詩記事。

靈谷寺二首

為厭京塵入靈谷，綠陰十里蔽炎天。晨光飽飯行多露，日午饑腸洗渴泉。陟屺陟岡親舍遠，遊山遊水客心偏。

清風明月龍王殿，夜夜僧窓借榻眠。

鍾阜靈谷路，走馬看山門。綠樹雲堂合，清溪竹院分。林聲疑有雨，僧話似無根。富貴非吾願，清閒慰客魂。

雨中返靈谷寺

急雨停工後，拖泥帶水還。蛙聲煙雨裏，山色有無間。草刷芒鞋淨，林迷佛殿殷。聞鐘知近寺，雲氣滿禪關。

浴靈谷龍潤

茂林新雨後，解帶浴清流。夕照穿枝腳，泉聲咽石頭。山深萬籟寂，人喜一聲謳。自顧無牽掛，飄然一白鷗。

鍾山蚊

鍾山南北產蚊蟲，嘴似鋼槍聲似鐘。刺肉作聲施痛癢，晚來嘯聚布山空。

晝寢

見壁上有詩云『誰將濁世返鴻蒙，萬物齊歸渾噩中。不累寒衣與饑食，有何富豪與奇窮』，因作詩以補其意。

物之不齊物之忱，莊生齊物祇高吟。欲將今世返乎古，先使古人活到今。穴處野居屏機巧，茹毛飲血不衣襟。眾生老死無來往，物質文明永不侵。

自蔣廟入城途中口占

急足還京為有家，此心牽掛祇為她。非關獸慾專尋偶，本是人情已作爹[一]。棗實離離籬夾道，槐陰鬱鬱路分叉。鄉村是處當農隙，屋舍陰翳夕照斜。

[一] 予在鍾山測量，妻子則住南京城文德橋。

蘇州雜詩六首〔一〕

科學社年會諸同志宴蘇州各團體於滄浪亭席中作

姑蘇臺榭未全荒，盡日湖山遊覽忙。今夕群賢高會處，清風明月在滄浪。

船遊寒山寺

蓼花水國早秋天，船滑琉璃靜好眠。醒來已是寒山寺，橋影鐘聲入畫船。

登靈岩

子胥江上駕扁帆，船入天河人脱凡。千古興亡一彈指，舘娃宫殿寺靈岩。

乘輪船遊寶帶橋

飛輪激浪駛如風，寶帶橋頭看落虹。藻荇清流波影裏，江山爽氣畫圖中。

船過拱橋群見一個個團扇山水

胥江一帶盡穹橋，團扇江上景若描。經過横塘至木櫝，河船時傍屋邊摇。

七子山香期蘇人借進香之名行賭錢之實

七子山頭賽會忙，船中竹戰汗流漿。更有大官標白幟，豪華粉黛滿船艙。

〔一〕中國科學社開年會於東吴大學，予參加年會中與社友作吴中遊覽。

黄河雜詩有序

十七年，任職華北水利委員會，設置黄河上下游水文站，奔走河干，備極辛苦，成病；歷十年始愈，得詩詞三十四首。

寄素芬〔一〕

離南京至滬，航海赴天津華北水利委員會，船中作。

清晨車馬走京塵，握别高樓素〔二〕與濱〔三〕。朝雨車行增厭世，秋風旅宿暗傷神。解衣分贐憐飄侄〔四〕，屈足低頭鍊客身。一事差堪頻告慰，無風無浪到天津。

〔一〕編者注：原詩題為『離南京至滬，航海赴天津華北水利委員會，船中寄素芬』。
〔二〕素，予妻。
〔三〕濱，予子。
〔四〕指文光侄。

輪出長江口

黄浦登輪出大江，海天空闊浪聲撞。波頭雲腳知多少，宇宙穹廬合一雙。

過山東半島〔一〕

淵源文化説山東，島嶼星羅海上雄。而今滿地腥羶染，真個睡獅夢夢中。

〔一〕時日軍阻止北伐軍取山東。

臨江仙　天津遇劉輯五

記得歲寒盟白水，五年久别堪驚！兩人異地有同情，只緣關塞阻，不得賦偕行。　亂後兵戈尚未息，朔南千里遥程，誰知天做美完成。今朝相見面，對酒與君傾。

黄河風沙

一風頃刻卷黄塵，對面相逢不見人。濁浪排空聲颯颯，塵中萬馬逐河濱。

柳園口夜渡黄河〔一〕

寒風率率滚金波，濁水滔滔漾白坡。夜船上灘占水理，黄河明月此宵多。

〔一〕在柳園口測黄河流量，以河千二十里，往返為艱。曾用全力替船夫撑船，吐一口血，為肺病之始。因後來不以為意，工作不息，病亦漸深，歷十餘年始小癒。

又渡柳園口

柳園渡口西南風，北渡揚帆南渡窮。百夫攬縴齊吶喊，一步一屈上灘東。沿灘斜行四五里，一渡須費七八鐘。風又大，水又急，百夫水中均乏力。船中人畜趕歸程，只為渡河費一日。安得長橋臥波作蛟龍，普渡衆生一一無愁容。

詠懷示友人

人非太上怎忘情，走入情場不自禁。樂少苦多牽此心，百般回想盡酸辛。靦面求人為無恥，人而無恥不如死。

若不能死當自新，切莫昏昏終夕醉夢而消沉。吁嗟乎，爾須三復成湯之盤銘，爾須三復成湯之盤銘。

自新鄉赴輝縣勘瀑〔一〕

曉日融融徧陌阡，晨霜皓皓滿原田。許與國民謀樂利，甘為牛馬走山川。路柳鵝黃籠鐵軌，村陰深碧覆園廛。

太行王屋形何峭，千仞嵯峨插遠天。

〔一〕薄壁瀑布，在太行山中。

遊輝縣蘇門山百泉〔一〕四首

衛源高遠衛流長，泉匯蘇門出太行。湧起珍珠千萬斛，化為霖雨濟黔蒼〔二〕。

邵雍講學孫登嘯，守義共姜樹式型。等是芳名傳沒世，也緣人傑地斯靈。

湖上紅樓接碧空，蒼波橋影映長虹。藻荇冬青溫水底，鳧鷗岸白夕陽中。

繞水風篁門細枝，淇園綠竹羨當時。清暉閣上頻流覽，水木清華慰客思。

〔一〕百泉為衛河源，下游為南運河，相傳為淇園故地。

〔二〕又自行改為『農桑』。

薄壁看瀑二首

十年湖海任飄流，行役登臨乘興遊。王屋太行俱足底，健兒擁護閱龍湫〔一〕。

百丈流泉掛碧巔，地心吸引化為煙。峭壁石層間石隙，層層千萬水珠聯。

〔一〕時太行山中多匪，曾仗兵士護送。

大風過黃河

瀟瀟落木舞高風，四顧中原陰霧籠。累累〔一〕土牛觀不盡，黃河北岸客車中。

〔一〕『累累』二字，又改為『隄上』。

過崤陵〔一〕

欲自陝州隨黃河東下，看三門鐵謝諸險，以大風中止。是夕雨中過崤陵。

風動太陽津，關河一片塵。三門迷砥柱，四野絕行人。我欲探天險，天翻憐我辛。二陵風雨夕，徒慕古豪民。

〔一〕編者注：原詩題為『欲自陝州隨黃河東下，看三門鐵謝諸險，以大風中止。是夕雨中過崤陵』。

自洛陽赴鐵謝鎮經北邙山遇雪

輕車快馬涉崇岡，雨雪霏霏滿大荒。四顧雲天低接地，寒風颯颯入車廂。

雪中自鐵謝返洛陽之義井舖

天寒路滑馬蹄僵，雪滿關山返洛陽。行過北邙三十里，淒淒荒塚掩村莊。

雨雪中至鐵謝鎮謁漢光武陵次黃猷吉韻

光武千秋尚有靈，墳頭古柏鬱青青。我來自越為傳語，七里灘仍屬客星。

附黃詩：

白水真人信有靈，墓栽建武柏猶青。煩至為我施行幄，帝座由來共客星。

義井鋪待火車不至與輯五投宿野人家二首

車去站空雨雪紛，天寒日暮叩荒村。蔓菁作粥蘆鋪坑，飽腹吹燈息客魂。

我是天台行腳僧，繩樞甕牖視如恒。深更擊柝可憐子，風雨聯床有舊朋。

雪中自義井鋪返鄭州車中即景二首

嵩山一脈雪如銀，伊洛清波絕點塵。棋局田疇溉渠水，柳枝黃落麥成茵。

車行霽雪夕陽天，錦繡河山布白氈。玉宇瓊樓非濁世，風馳雲駛掠原田。

臨江仙 黃河柳園口工次壽劉輯五用二月前贈輯五原韻

天下滔滔皆如是，黃河日下堪驚！中流砥柱念高情，風雲龍虎會，攜手喜同行。三十功名塵與土，

斯君萬里鵬程。相期河就範平成，柳園遥寄祝，舉酒為君傾。

黃河看冰

清晨河上看河冰，霜滿長隄水滿淩。壩下旋流轉冰簇，冰聲擊動客心憎。

雪中自柳園口赴開封訪輯五四首

昨暮忽聞津客到，喜心一夜不成眠。今朝早飯梁園路，雨雪交加歲暮天。

雪裏無風氷凍嬌，疎林樹樹掛瓊瑤。翻疑春汛今年早，十里梅花放昨宵。

征途雪後絕無塵，安步當船駛玉鱗。彷彿山陰訪安道，無窮豪興貫周身。

行行漸近開封郭，冰柳淒淒鐵塔高。何物横流頻亂注，黄沙三丈没城濠。

雪霽河干晚眺有懷天津顧濟之

長河落日去無聲，萬頃汪洋一掌平。叔度襟懷如水静，鍾期志趣托琹鳴。三生有幸隨驥尾，千里神交憶石城。冰雪歲寒勞想像，暮雲極目繫深情。

黄河霽雪

雪壓野田平，長隄踏碎瓊。柳枝結素彩，草舍覆瑶英。岸白黄河窄，凌多濁浪清。來年應兆瑞，二麥好收成。

霽雪次厚三韻

雪裏見陽光，乾坤共一色。黄河天上來，人在天河側。

大風雪自開封赴柳園口將回金陵救侄

一天風雪太猖狂，瀝瀝烏烏徧大荒。蔽體雨衣飄玉礫，遮頭水傘響丁璫。側身北向雙肩倦〔一〕，懸念南牽一綫光〔二〕。路滑驢僵徒步苦，足冰手裂上高崗。

〔一〕北風緊，須側身避之。
〔二〕時文光侄在寧獄。

卷七　民國十八年至二十一年

民國十八年（一九二九年）

隴海車中乘雪三首

雪滿關山猛着鞭，中原如粉白無邊。愁腸千結難消遣，竭意消愁愁更添。

陰雲漸散見陽光，大地瓊瑤吐白芒。也許天憐勞瘁客，故教迷路達康莊。

廿年浪跡苦奔波，求學求名究為何？死別生離回想處，不禁涕泗一滂沱[一]。

[一] 自一九一七年至南京讀書至此，家中祖母、伯母、父親、嫂、（前）妻、女，相繼逝去。又自一九一二年離家至臨海讀書起算，近二十年了。

隴海車雪月

雪月集清光，車行掠曠野。微風逐浮雲，客子憂心寫。惟念世事紛，誰為勝敗者。黑白一局棋，得失幾人知。

萬物本無情，何必徒自癡。相彼不繫舟，中流任所之。委懷以順化，聊以減憂思。

滬寧車中三首

一雪兼旬始放晴，江南是處放風箏。兜風脱綫兒時樂，此刻迴思百感生。

麥舟義舉有同情，每過丹陽憶曼卿。此願不知何日償，為霖為雨惠蒼生。

鎮江風景東南冠，雪後江山更好看。湖鏡返光山映白，樓臺倒影水流丹。

西湖元宵時小住葛嶺養病

元宵明月在西湖，皎皎明湖勝玉壺。葛嶺之巔觀湖景，湖濱燈火走聯珠。

滬寧車中感懷

在姑蘇救侄無效，返金陵。

生不逢辰運不通，求人到處豈豪雄。年頭歲尾匆匆過，盡在愁中與病中。

津浦車中寄素芬

昔年京口送卿行，渡下飛虹不見卿。津浦車中談傾蓋，京華道上勉前程。半殘舊襪仍登足，四絕新詩永寄情。浦鎮笛聲分手處，九年回想上心驚。

津浦路歸車將籌劃台州水利〔一〕

一事無成意感傷，十年飄泊歷星霜。願違身瘁雄心短，母老家貧旅夢長。河北風寒煩作客，江南草長好還鄉。
平生事業休嫌小，尺寸收功仗力行。

〔一〕時辭華北水利委員會工程師職，決意去台州建築西江及金清二閘。

滬寧車中寄素芬南京

中秋節過又中和，兩度分離別感多。事與願違徒憤慨，心為形役苦奔波。消沉勇進心交戰，歲尾年頭命折磨。
此去家鄉應努力，千秋事業莫蹉跎。

舟出黃浦

自滬赴台州。

中秋達中和，兩次出黃浦。中間一百七十日，江南冀北僕僕風塵苦。黃河南北朔風寒，陝洛鄭汴逐塵土。
冰天雪地走金陵，三到姑蘇救侄仍無補。昏暮乞人憐，清晨叩人戶。有事求人始覺難，百計千思多礙阻。
身倦心憂又疾病，大道當前若無覩。年頭歲尾集百憂，自製一聯挽千古。一息尚存到新年，自誓自新猛着鞭。
兩次走杭州，甘應桑梓求。河北掛冠，台嶠來遊。事小或輕而易舉，素願或可以少酬。成敗利鈍，尺劍恩仇，
皆置不顧，我行其休〔二〕。

〔一〕十七年除夕大病，自挽聯：母難拋，兄難拋，妻難拋，子難拋，一生事業更難拋，生固所欲；儉做到，勤做到，慎做到，勞做到，半世遨遊也做到，死亦如歸。又一九五三年二月除夕病中改自挽聯：詩難拋，書難拋，文難拋，畫難拋，人民事業更難拋，生固所欲；勤做些，儉做些，慎做些，勞做些，西北水利亦做些，死亦如歸。

自評：自上海去台州，進行閘工，凡事草創，心身極苦。又決意自我犧牲，為故鄉人民節省工程費，固二閘工程自測量而設計至工程，以一人當之。當時熱情所至，不覺過勞。

横湖舟中口占五首〔一〕

自海門赴黄岩温嶺二縣，籌建新金清閘及西江閘。

前度劉郎今又來，麥鬚破莖菜花開。緑波碧草仍疇昔，裘葛驚心十四回。

芳郊夾水百花洲，煖日熏風一葉舟。船駛岸移山後退，横湖到處可遨遊。

南風鼓浪阻行舟，舟子呼天怨不休。坎止流行原有數，委懷順化可忘憂。

石婦奇峯見昏暮，喜心翻倒到方城。深更江上歸帆盡，明月中天水色清。

文公六閘為陳跡，民到於今頌大名。我亦臨風頻懷想，當年霖雨惠蒼生。

〔一〕編者注：原詩題為『自海門赴黄岩温嶺二縣，籌建新金清閘及西江閘，横湖舟中口占五首』。

自新河重赴温嶺横湖舟中喜雨二首

天旱河乾船阻行，漿田無水麥難精。望雲此日堪明眼，一片歡呼欲雨聲。

沿河兩岸桔槔鳴，一葉中流欸乃聲。卒聽蕭蕭篷背響，雨聲錯雜水盈盈。
農夫雨裏仍車水，田婦忙忙送笠蓑。我啟篷窗看雨點，喜心不禁發狂歌。

赴臨海下塗勘壩冒雨返城〔一〕

勘壩歸來逢急雨，泥行捷足為嬌兒。如何一病連旬日，長使勞人繫苦思。北固蒼蒼雲漠漠，南山鬱鬱雨絲絲。
家鄉風景良堪慰，滿腹愁懷付託之。

〔一〕時素與濱已自南京歸台州，濱病，予至家看之。不料隨即死去，為予生平最苦之境遇，而閘工又正忙之時。

十八年七月劇病月稍大風雨

予所居新河蝸廬為之震動，有感〔一〕。

風雨敲窗急，三更驚短眠。一雙病裏眼，瞠扎到明天。歲月如流電，生涯似破船。急須修理好，鼓棹過深淵。

〔一〕金清閘正測量設計忙極，忙極又吐血了。力不從心，心情極苦。

養病西湖至中秋前三日少癒遊黃龍洞攝影

病癒新尋洞府遊，偶留指爪誌龍湫〔一〕。為霖為雨平生志，不死還須努力求〔二〕。

〔一〕攝影於洞側，為瀑布之下。

〔二〕病實未癒，而自以爲癒，仍返工地，完成新金清閘設計工作，準備施工。於是閘工與病情分不開了。時黄岩西江閘又須興工，我的工作更忙。

十二月十五日葛嶺看雲

煙雨樓臺西子湖，江山縹緲入虚無。白雲壓屋南窓静，葛嶺之巔寄病夫。

病後住葛嶺西湖療養院

冒雨上山，頗覺疲倦，為生平所未有。

仰瞻碧嶂與雲齊，冒雨登山暮靄迷。陡徑蒼台寒滑屐，空山落木濕侵綈。燈光夜市開星斗〔一〕，雨點湖聲亂馬蹄〔二〕。疾足嶺頭肢體倦，吾衰冋想有餘悽。

〔一〕湖濱電燈如明星，極可觀。

〔二〕葛嶺位空谷迴音之上，故雨聲極好聽。

葛嶺夜雪

平生渴慕西湖雪，此夕相逢葛嶺坰。霰灑玻窓噴玉屑，光浮穹頂〔一〕映明星〔二〕。迷離下界留電火，杳渺天空舞粉翎。待曉披衣窮遠目，江山縞素入窓櫺〔三〕。

〔一〕予住處之房頂呈穹形。

〔二〕雪光入窗，映於房頂，一若電影。

〔三〕窗內外望，得見西湖、吳山及錢塘全景。

葛嶺俯瞰雪裏西湖

人間天上說西湖，玉宇瓊樓間有無。雪掩湖冰雲朵白，人遊冰上鵲斑烏〔一〕。

〔一〕湖冰結時，為風吹縐，雪壓紋顯如雲朵。冰甚厚，溜冰之人頗多，自孤山可直達小瀛洲，遠觀如白麵之鵲斑也。

民國十九年（一九三〇年）

歲暮新河歸途口占

溫黃連坦道，往返並舟車。處處河渠網，家家水竹居。平原饒稻麥，傍海產鹽魚。歲暮如無匪，農閒樂有餘。

寒食節前黃岩路上遇雨

水陸舟車興不孤，雨絲風片送歸途。清明路上行人少，山水迷雲若有無。

清明前一日椒江歸棹四首

樓船椒浦駛崇山，萬壑千峯四面環。最是馬頭山矗立，淩空直上白雲間。

清明作客屢思家，漢水東歸獨鳥嗟。七載還山方償願，無涯歲月逐生涯〔一〕。

滿船名利滿船囂，僕僕征夫暮復朝。山草山花何靜寂，椒江之水亦蕭蕭。

巾峯塔影兩巍峨，江廈千間映綠波。柱腳架空成泛宅，崇山插水擬青螺。

〔一〕七年前，自漢中駕片帆東下，預計清明可到家；船沉，乃由子午谷返長安，至今始償夙願。

自海門經黄岩赴新河路上書所見

暮春天氣雨初晴，麥浪隨風送我行。淺岸青青搖柳色，原田漠漠鬧蛙聲。好山好水窮遊日，江草江花競美情。一載新河勞汗血，閘工尚未動金清。

於陳蕙甫處見題石婦人詩次韻

封侯萬里教親夫，百丈岩頭淚欲枯〔一〕。玉立臨風懷方石〔二〕，凝粧倒影入横湖〔三〕。容顏未改青春色，節操不隨流俗汙。閱盡滄桑經世故，氷霜浸潤好肌膚。

〔一〕石婦人在百丈岩之上。

〔二〕方岩在其西。

〔三〕横湖在其下。

溫嶺水利工程處一週年記感

民十九年四月二十一日，時值穀雨。

工次一週年，恰巧逢穀雨。有雨方有穀，農夫口頭語。此邦在水鄉，雨反害塲圃。一雨連三日，高田不見土。淹沒動兼旬，掘塘僅少補。廬舍飄流後，五穀盡朽腐。每年夏秋間，淫雨不可數。洪水浩滔天，農夫畏如虎。水退修牆屋，無糧祇空肚。壯者挺走險，去入盜匪伍。老弱轉溝壑，命不絕如縷。水匪兩相成，貧民何太苦。憶昔趙宋時，此邦本斥滷。朱子築六閘，蓄淡禦潮侮。平原足稻粱，到處為樂土。滄海變桑田，生今不反古。六閘盡埋沒，無處尋基礎。亦有繼作者，琅嶴一砥柱〔一〕。金清玉潔閘，云纘禹之緒。海漲閘失修，港底高如堵。閘門久滲漏，淡水不能聚。鹹潮既倒灌，排洪又礙阻。官民爰相商，急欲固吾圉。陵谷雖改易，豈不可步武。科學日昌明，或可超初祖。凡事在人謀，天助仍自輔。我辭華北來，肩負此盛舉。原有此夙願，饑溺思大禹。國亂建設難，此志誰期許。若收尺寸功，亦可光吾侶。維此桑與梓，不陟屺及岵。更當竭吾力，並日謀建樹。詢工四走杭，購機兩至滬。測繪與計劃，勇氣何鼓舞。疏浚早施工，日夕染汙土。中間雖遭病，亦不覺其苦。一年勞汗血，成績尚不負。設計已成功，施工定程序。奈何值凶年，籌款不能普。無米巧難炊，實施不易覩。微聞欠捐者，尚屬各大戶。大戶錢田多，不肯拔一羽。平民反輸將，名登徵收簿。集腋難成裘，徒增鄉閭苦。安得有人心，大刀兼闊斧。忍痛在須臾，成功驚聾瞽。不然勞無功，後災君記取。水利變作害，急早掩旗鼓。茲當一週年，百感集肺腑。

〔一〕琅嶴閘。

遊長嶼石倉諸洞

峭壁重扉復道通，人工到底勝天工。千鎚萬鑿痕齊整，石作穹廬水映空〔一〕。

〔一〕各洞以起運石料故，均有重門複道，蓄水為池，仰天成井，架木為梁，懸橋渡空等勝。

立夏日登望雲山

新河城東北角，一小山無名，擬錫為望雲。

今朝春老去，忙裏一登山。四野青苗靜，千山翠黛閒。金清明若鏡〔一〕，白果〔二〕碧如斑。他日望雲處，孤亭縹緲間〔三〕。

〔一〕金清港名。

〔二〕島名。

〔三〕擬作一亭於茲山，曰望雲。

郊行即事

六鬥勞工罷，水田照影歸。艷陽光已熱，春草綠初肥。麥熟香生隴，農忙體卻衣。耦耕吾甚樂，欲去尚依依。

新河城頭之一

朝上城頭，暮上城頭。麥黃麥綠，迎我雙眸。鶯鶯燕燕，巧轉歌喉。水田漠漠，春樹油油。遠山覆雲，靜水行舟。農夫耕稼，童稚牽牛。晚霞晨曦，涼風颼颼。憑高一嘯，足以消愁。

新河城頭之二

朝上城頭，暮上城頭。萋萋茂草，覆於道周。油油稻苗，布滿平疇。曉霧在山，猶見山陬。頃刻盈野，僅賸長楸。山巔楸頂，遠近若浮。旭日出海，重霧四收。蕩蕩原野，炮壘高樓。

新河城頭之三

朝上城頭，暮上城頭。露珠綴草，足印雙留。夕陽在山，人影孤舟。金風送暑，景物清幽。稻實離離，海水悠悠。氷輪湧出，一脈銀浮。田平山小，天大星稠。四顧空闊，以遨以遊。

新河城頭之四

朝上城頭，暮上城頭。冬日可愛，納諸山丘。北風不到，抵一羊裘。晚來雲蔽，氣亦溫柔。繽紛一夜，雪滿渠溝。早起登城，玉宇瓊樓。東望無際，海天相浮。西瞻雁蕩，不見龍湫。

在溫嶺縣城開水利成績展覽會後雨中泛舟返新河

水漲橫湖緲接天，雨珠煙影棹歸船。篷窓啟處饒清景，綠滿山原白滿川。

首夏自黄岩返新河道中

迷離夏樹護岡巒，坦道東馳隴畝間。香稻油油煙漠漠，水渠照影走青山。

自海門夜航赴溫州過金清港口

參加永嘉建設行政會議。

月夜輪舟過浪璣〔一〕，劍門港裏白沙〔二〕微。何年滄海成平陸，三造金清卄八扉。

〔一〕山名。
〔二〕山名。

永嘉雜詩十首有序

十九年夏，應浙省府命，自溫黄工次赴永嘉，參加行政會議，會罷遊覽各地，記景。

登永嘉積穀山俯觀中山公園四首

積穀山頭積穀亭，平原積穀似山形。去年風水蟲災穀，室罄野空山不靈。

峭壁崔嵬綴一亭，大田水白稻青青。山下環潭叢碧樹，廻欄曲檻掛疎櫺。

拆壘為園通曲水，堆山作沼建茅亭。籬笆卍字冬青美，北接中山紀念廳。

少年結隊逐浮萍，水面飄游似繫瓶。泳罷扁舟横夕照，長身玉立好模型。

登華蓋山四首

宇宙大觀華蓋巔，北臨甌海接長天。群山四繞如拳石，蕩蕩東南萬頃田。

平川溝洫水平流，傍水人家盡畫樓。繞屋桑麻何鬱鬱，禾苗徧野綠油油。

西向江城十萬家，珠簾畫棟競豪華。夕陽影裏炊煙起，為逐東風一片斜。

斜陽返照映江心[一]，島上青林變碧林。宛在水中央一撮，小舟如鯽湊清潯。

登永嘉城頭看江心寺

甌江潮退水紋斜，小艇隨風傍永嘉。一抹夕陽雙塔影，江心寺樹繞汀沙。

曉登華蓋山大觀亭

曉日湧甌海，銀光徧水湄。四山何秀麗，五塔益參差。潮漲江流闊，野平村樹卑。風帆來遠近，名利競晨曦。

〔一〕寺名。

自溫嶺城乘轎返新河

萬綠叢中白布棚，桔槔聲裏筍輿行。滿身珠汗農夫苦，靜臥輿中百感生。

重遊長嶼雙門洞三首

石上藤蘿洞上雲，清秋爽氣日初曛。靜觀雲駛藤蘿動，白玉盤中翡翠紋。

聲傳伐石響丁東，四壁迴音鼓樂工。洞口雲行倒井底[一]，風頭人臥仰穹中[二]。

朝天洞裏看虛無，晴雨無常足自娱。斜日返光明石壁，光前細雨灑珍珠[三]。

〔一〕洞口朝天，故云倒井。

〔二〕穹廬仰口，故云仰穹。

〔三〕雨點灑日光中，襯以碧色岩壁，粒粒發光如珠。

秋雨後自黄岩赴新河

中秋雨後起西風，水轍輕車捷向東。一路嘉禾齊放穗，黄溫此歲預年豐。

遊堂嶴裏道源洞

洞天福地構樓居，蘭桂芬芳繞玉除。石壁岩衣層疊翠，山潭藻鑑泳金魚。

浴道源洞下石潭

年來病骨歎支離，久負山靈會合期。此日道源洞下浴，石潭秋水冷生肌。

中秋臥家中東廊下對月感懷

故里中秋月，別來十八年。四方牛馬走，那得玩嬋娟。此夕堪為樂，清光分外圓。明年復何處，飄泊在人間。

重九前一日自黄岩赴新河

高秋山水絕纖塵，橘綠橙黄滿眼新。最是南郊多喜氣，路南路北納禾人。

住黄岩縣政府東樓計劃西江閘工程

九峯排闥入樓東，大好秋光造化工。紅樹青山互掩映，落霞飛雁駛長空。

登明寺東樓小住即景

卜居新河城，登明寺樓東。斗室僅容膝，湫隘暗塵封。我來居年餘，臥室兼辦公。出作而入息，方寸尚從容。僉雲宜修飾，闢窓剪疏篷。陽光兩邊入，大氣三面通。拂塵展圖畫，壁上觀程工。更張素幃幕，夜臥於其中。秋月三五夕，白光來蒼穹。我自夢中覺，睡眼尚矇矓。萬籟俱靜寂，遊心於太空。此時心最樂，恍入水晶宮。遐想猶未已，佛殿響丁冬。上方發清磬，下方擊鼓鐘。其聲清且脆，啟聵而發聾。和光與同塵，老子其猶龍[一]。

〔一〕時方讀老子。

重陽後一週登明寺後園賞菊

僧園暫借賞黄花，身入花叢對日斜。荒圃莫嫌秋淡泊，高朋喜有興豪奢。陳王鬥技雙杯舞，蠏酒爭風一席嘉。

我獨臨淵為假醉，夜來花睡始歸家。

九日獨登穹廬山

新河寺前山，予以其名俗，故改今名。

昨日傾盆雨，溝渠涸而盈。今朝逢九日，日好氣澄清。獨上穹廬山，秋光兩眼明。仰觀冥冥天，俯瞰新河城。

四顧棋局田，蕩蕩一何平。黄雲覆隴畝，晚禾好收成。金清水盈岸，明鏡發光瑩。屈曲來自西，六閘中流横。

閘内網魚船，高架如欃槍。聯珠斗泥艇，吸川若長鯨〔一〕。濬河不用力，軋軋聞機聲。閘外廻環水，東去

接滄瀛。滄瀛方漲潮，海山如浮萍。海門見白塔，山勢何崢嶸。西北百千嶂，雁蕩莫與京。挺出而秀拔，

餘脈向南行。黄濕富庶地，山水又多情。樂哉觀止矣，曠心而怡情。解衣浴日光，秋陽何昭明。兹山可落帽，

何用龍山名。清遊可樂饑，何必酌兕觥？不用玄黄馬，兩足如風輕。日落下山去，萬家燈火生。

〔一〕時工程處新購挖泥機一台。

陳復初君和花韻詩復次韻

登明九日菊初花，僧去園空日已斜。寂寞秋容誰賞識，殷勤老友意華奢。已尋彭澤逢陶令，何必龍山學孟嘉。

卜夜杯盤添座客，相期不醉不歸家。

民國二十年（一九三一年）

與素芬自新河同乘船赴溫嶺

天暗河氷相對愁，横湖到處冷颼颼。為誰奔走勞牛馬，風雪扁舟逐浪頭。

春遊山陰道四首

西江金清二閘設計完成，至杭州請総工程師白郎都核定。而白每日覓小問題為難，久不簽字。及予請白给我以計劃大意，則為一船閘之一端的單閘門。予批评不可，乃簽字，已費時極久矣。

春晴挾侶駕青驄，渡過錢塘折向東。近水遠山皆畫意，山陰道上乘長風。
西湖辜負好春光，花落花開底事忙。此日車行還有意，滿郊麥綠菜花黄。
日日杭州工事忙，清明未得返家鄉。徒觀古墓封新土，遊子心驚一感傷。
越人蕩槳手兼足，越水汪洋岸渺漫。最是河心築縴路，石梁十里幻奇觀。

蘭亭路上作二首

偏門西出泛輕艖，碧水連天不見涯。起伏小山叢茂樹，平蕪大地綴閒花。

筍輿冉冉步聲齊，一路清香繞越溪。峻嶺崇山仍昔日，茂林修竹已芟荑。

遊玄武湖〔一〕

湖州裝點入時新，水浸長隄路絕塵。紅瘦綠肥陰五島，落花飛絮綴三春。

〔一〕自杭州至南京請導淮委員會校正金清西江二閘設計工畢。

靈谷觀水

昨夜傾盆雨，今晨山澗盈。臨流觀滾滾，萬木正華清。新陽出樹梢，朝氣何欣欣。好鳥樂枝頭，惠我以佳音。

我心悠然去，若與水浮沉。奔流入滄海，四顧渺無津。誰云出山濁，汪洋自澄清。

靈谷雨後

雨洗莓苔石徑新，深林鋪草綠成茵。小橋箕坐觀流水，春服飄零值暮春。

靈谷寺牡丹盛開

劉師夢錫述及去年賞花事，並出名人唱和詩三首，因步原韻。

聞道去年今日宴，群賢觴詠賞花王。移宮換羽人間世，餘韻流風翰墨場。瞬息花開花凋謝，繁華一代一興亡。

惜余未與諸仙會，下界奔波無事忙。

湯山道中二首

東出中山〔一〕樹兩行，風馳電閃走鍾湯〔二〕。麥黃麥綠連阡陌，涉谷登陵越遠岡。

大地兵戈滿眼荒，牛山無木水無光。溫湯泉水虛遊樂，國計民生顧未遑。

〔一〕門名。

〔二〕路名。

滬杭車中過楓涇二首

二閘設計畫图，又携至南京，請導淮委員會為之校定後，再返杭，通过白郎都，始筹備在上海招標興工。予以地方人急待興工，並用畝捐筹到的款，故事前予心極急，然欲速反不達。

稻田漿水鋪明鏡，油菜因風倒翠絨。最是三江盈岸水，小舟東去逐西風。

京華僕僕已三旬，底事奔忙歷苦辛。幸有山林消積悶，亦無行李累勞人。

遊西湖自錦帶橋至斷橋

白隄夾水覆新荷，蕩漾湖光雨後佳。更喜湖濱橫夕照，參差樓閣映蒼波。

瑪瑙山居大雨

瑪瑙山居逢急雨，林聲錯雜潤聲宣。對山雲掩千林碧，隔水人歸一傘圓。

為丁任生兄壽懺慧詩人　用悅韻

石門女史號懺慧，奔走革命典佩帨。西泠悲秋曾揮涕，急流勇退無濡滯。閉門卻掃為文藝，餘韻流風天日麗。
白雲蒼狗人間世，君不見北邙蔓草沒公卿，西湖終古屬詩人。

十月十七夜海上逸園看跑狗〔一〕

圜場碧草映銀光，標赤標黃眾犬狂。逐兔空期充口腹，爭雄競勝為誰忙？

〔一〕時在滬為西江閘工招標，住中國科學社。其隔壁為逸園，滬人藉跑狗之名，行賭博之實。

與金醒之兄遊肇豐花園

故知逢海上，言作肇豐遊。十里紅塵軟，三秋景物幽。白楊衰草地，蓼嶼荻花洲。更喜陂塘闊，兒童放小舟。

遊法國花園

短林流水逕逶迤，秋草秋花綴路歧。羅綺場中清淨地，忘機鷗鳥亦皇羲。

民國二十一年（一九三二年）

三月二十五日遊韜光寺

次韜光禪師答白樂天詩原韻。

韜光竹逕夾流泉，竹韻泉聲靜好眠。拾級叩門摹石刻，登堂入室坐金蓮〔一〕。明湖一角窺深谷，滄海千年接遠天。最愛松頭護靈隱，參差畫棟綴山前。

〔一〕池名。

葛嶺山巔暮景

夕陽西下步山巔，暮靄迷離遠接天。湖上群山冥若失，蒼茫獨立數歸船。

春夜過白隄

白隄夾水柳重重，人定更深何處鍾。錦帶斷橋相望處，路光燈影幻成龍〔一〕。

〔一〕電燈下路面特高，陰處則低，相間為幻，煞是好看。

夜上葛嶺山

山下燈光透碧穹，山中黑暗路微通。亭臺草木形多幻，登棧攀蘿直履空。

葛嶺山上息廬三層樓上曉景

窓紗外接江湖，風帆明滅如幻。更有隔江山色，淡掃娥眉顧盼。

滬杭車中書所見〔一〕

江南春水艷波光，千里平原接大荒。錦繡滿前觀不盡，草花藕色菜花黄。

〔一〕自杭州返台州。

還鄉過舟山列島

舟山列島徧人家，傍水登山曲徑斜。碧海白翻銀縐浪，青山紅染杜鵑花。

西江閘工程處

院中藤花兩株，一紫一白，各依坿一大沙朴樹，綠雲蔽院，蒼龍轉空，殊富風情，因誌之。

藤花兩樹綴園門，瀟灑臨風雅趣存。白袂青衫標冷豔，紫英絳葉漲新痕〔一〕。

〔一〕紫花新葉帶絳色。

二十一年春自黄岩至新河路中書所見共三首〔一〕

蛙聲雨後滿禾田，草長鶯飛春暮天。墨突未黔仍道路，聊將好景慰顛連。

水輸車行增栗碌，征衫汗濕半泥塗。休嫌行役勤四體，春水春山夾旅途。

農夫南畝競分秧，為冀秋收覆隴黄。閘廢河淤頻水害，思饑願未遂斯鄉。

〔一〕時西江、金清二閘相繼興工，予在黄岩及新河兩處奔走。

聞復生家南樓看長嶼山雲景

山上青雲繞翠鬟，岩頭雲襯見層山。風吹雲駛岩飛舞，雲去峯青自在閒。

七月二十九日自黄岩至臨海前里與德兄偕行

雨後行山徑，輕輿疾向東。白田鋪薄水，綠野動新工。掩幕遮朝日，開襟納好風。追隨兄長後，花萼意融融。

西江閘工程處

此處本為關公祠，有扁額六，曰民不能忘，曰功著海塘，曰化洽岩疆，曰戴德詠仁，曰實心實政，曰去思堂。予贅一聯云：『名宦相承，圖畫祠堂酬德澤。大功不朽，春秋祭祀集官民。』復總其扁額辭，仿柏梁臺體成詩。

豐功偉業著海塘，民到於今不能忘。實心實政洽岩疆，戴德詠仁去思堂。

與輯五等雨中遊九峯

九峯雨後合登臨，雲彩漫空沒半林。牆外青山分白水，門前塔影映潭心。

中秋前一日黃澤路上有懷金清閘工程

三月未經黃澤路〔一〕，秋風此日蓼花天。金清消息仍沉寂〔二〕，下任官兒莫戀權〔三〕。

〔一〕辭溫嶺水利工程處兼職已三月。
〔二〕林陳諸君為予所薦用，然自予離職後少通信，且永不提及工程事。
〔三〕雄心未死，仍是戀權之表示，因錄明儒管東冥先生語於壁上，用以自警。『以深心提人於生死之海，而人以淺心鈍置之，毋亟毋棄。以熱心共人於風波之舟，而人以冷心遐遺之，毋支毋求。』

卷八　民國二十二年至二十三年

民國二十二年（一九三三年）

題西江閘上公墓碑陰有序

西江閘工興以來，遷塚移棺，頗受地方人士之非議。惟截江建閘，學理昭示吾人，當以所利者大，不顧一切而為之。現閘工行將告竣，江干一帶義塚之未被遷移者，多為土封成丘；恐其久而埋沒也，故捐廉建公墓一座於大閘西南偏，以垂永久。墓座用鋼筋混凝土造成，似一碑亭，碑用溫嶺鳳凰山青油石，面書『魂兮歸來』四大字，蓋取宋玉招魂篇之成語也。並請黃岩縣政府於本年植樹節，將此項義塚地，偏植林木，永禁剪伐。將來公墓之旁，佳木成林，一片旺氣，綴為風景，倘孤魂有知，亦有所寄託而欣慰。此非媚鬼，聊示解鈴繫鈴意耳。

公墓新成傍水湄，孤魂可托免流離。掩埋所賸無多地，陵谷相移有此碑。北郭西橋齊拱衛，橙黃橘綠正分披。更憑大閘衡霪旱，文筆雙峯潤碧陂[一]。

[一] 碑臨水，正對文筆雙峯，黃人以筆潤水，則生文人。

西江月　西江閘完工書感四闋

建閘西江蓄淡，開河北郭排洪。黄溫兩縣利交通，今事履行昨夢。築壩言屏潮滷，疏渠免病航工。
舊河漲地給耕農，上上厥田宜種。
擬植江干細柳，還栽閘畔青楓。綠蔭水上覆晴空，下有帆檣舞弄。四面崇山繞翠，雙江清水彎弓。
橙黄橘綠蓼花紅，一段秋光目送。
辭富居貧介介〔一〕，離群索處庸庸。三年海角愧無功，割愛逃名忍痛。一片真誠接物，幾番風雨飄蓬。
愁邊病裏趕程工，駑馬那堪負重。
北郭雙障倒影，西橋五洞垂虹。八門新閘隔西東，外海內河受用。荒塚移成新塚，河工為利農工。
翻山倒海縱成功，畢竟浮生一夢。

〔一〕予辭華北水利委員會職（薪水二百七十元），來台任建閘工程（薪水一百八十元）。

玩月西江閘有感用杜甫韻二首

今夜西江月，臨流獨自看。潮平兩岸闊，閘啟八門安。首夏連天冷，清輝落水寒。程功回憶處，百折淚痕乾。
敝履與遺簪，悠然亦好看。非關大業就，聊慰寸心安。水月江流靜，天風夜氣寒。扶笻招月影，不覺漏声乾。

西江閘志别四首

言收行李斂圖書，辭别同僚及里居〔一〕。偷向西江一灑淚，流連不忍詠歸歟。

樓氏追隨亦有年，西江囑别一潸然。閘工託付聲珍重，病裏成功劇可憐〔二〕。

暴雨狂風出北城，碼頭寂寂水盈盈。卸肩此日回家去，了卻黄溫一段情。

黄岩港裏水平平，江口三山白浪生。我欲乘桴浮大海，了無牽掛一身輕。

〔一〕西江閘完工蓄水，予以肺病增重，乃自浙江水利局辭職，歸家養病。

〔二〕樓氏中奎係西江閘工程處看工，現被黄人任為閘夫頭。

茅庵消夏詩次韻六首有序

某君作晚眺詩云：『極目巾峯寺，雙巒鎖斜陽。翠微留古跡，碧落漾秋光。一葉歸舟急，孤村過客忙。人生殊碌碌，那得侶義皇。』

小雨初晴後，疏林透夕陽。靈江浮塔影，固嶺絢山光。宿鳥聲音亂，歸帆名利忙。茅庵宜晚眺，高臥亦義皇。

舉目河山異，疆埸失魯陽。軍中人苟活，城下國無光〔二〕。世亂閒非計，蟬秋噤不忙。臨風懷易水，上殿刃秦皇。

蕭寺當餘雨，秋聲起晚陽。風來傳爽氣，潮落滚流光。淘盡英雄氣，無關得失忙。登山懷謝朓，臨水弔英皇。

巾山新雨後，蒼翠映斜陽。雙塔峯懸影，孤帆水漾光。煙雲千疊起，燈火萬家忙。高臥消塵慮，長歌傲帝皇。

聞道新詩好，苔箋貴洛陽。琳瑯堪立懦，金石自生光。亦有淩雲志，那因入俗忙。文章千古事，死士勝生皇。

山不在高水不深，在能美秀而清沉。嶺西風景堪稱冠，應有新枝出桂林。
小雨霏微潤坦途，連山迷霧入虛無。涼秋八月單衣適，輿裏清遊亦樂乎。
滴瀝聲中大雨來，布幃内漏輒成災。絢珠訪友兼避雨，促膝談心笑口開。
十年久别兩相望，此日相逢如願償。留宿賜餐兼贈畫，東堂剪燭話滄桑〔三〕。
一夜簷流斷續聲，清晨少霽趕歸程。大田〔四〕積水為明鏡，祇賸長途一綫横。
潮來水湧沒長途，行陸涉川踏有無。一片汪洋蕎荳盡，稻頭掠水似漂蘆。
臨海東鄉為富庶，人文蔚起早聞名。如何不劃安瀾策，一任横流地上行〔五〕。

〔一〕山中稻黄熟。
〔二〕村名。
〔三〕李善畫，贈予紅梅一幅。
〔四〕鎮名。
〔五〕指鄉先生不注意在大田港口建閘。

海寧看潮歸途口占

潮壓海寧雪浪鋪，萬頭攢仰看虛無。汽車所至如風雹，一路兒童熱烈呼。

有感二首 〔一〕

二十二年十二月三日，聞浙閩開戰，杭江鐵路停運客貨，浙江一省出戰，費一百八十萬元。

外侮方興未艾中，又聞浙閩構兵戎。可憐垂死人民血，為染蕭牆一片紅。

清天白日滿紅旌，浩劫中華不可逃。火熱水深同一運，江河日下自滔滔〔二〕。

〔一〕編者注：原詩題為『二十二年十二月三日，聞浙閩開戰，杭江鐵路停運客貨，浙江一省出戰，費一百八十萬元，有感二首』。

〔二〕時日本已占據東三省，而內戰猶不已。

養病西湖詠梅影

折得孤山數點梅，憑燈照影誌花魁。非關色相生心住，祇為淩寒獨自開。

葛嶺閒居題照片

江山俯拾坐高齋，湖上山居葛嶺佳。海日朝山人早起，一庭花影上苔階。

報載閩浙邊境戰爭甚烈

飛機轟擊福州城，外僑無恙云云。

九一八來競購機，為防空領振軍威。未聞鷹隼陰山度，徒見蜻蜓點水飛〔一〕。報導空軍轟戰劇，爭傳外僑受災稀。可憐邦本無人問，紓難毀家心事違。

〔一〕湖上時見飛機戲水。

葛嶺山居霽雪

清晨雪霽氣濛濛，白滿湖山接太空。絮被鋪沉蜃幻市，林光穿透水晶宮。松頭累累垂羊尾，竹竿彎彎扭角弓。惟有六橋柔弱柳，垂枝圓滑舞隨風。

煙霞洞乘雪訪復三居士再次章炳麟韻

西湖秀麗集南峯，我又來遊白雪封。重訪煙霞老居士，六年未改舊姿容。

風入松六闋　西湖居病

一

勞生因病作閒人，暫借慰生平。幾生修到西湖住，無牽掛豈沒前因。賞識春秋冬夏，探嘗風雨陰晴。

高居葛嶺瞰湖濱，人馬蟻行行。瓜皮艇子如魚陣，飛機舞點水蜻蜓。江遠風帆明滅，隔江山色輕盈。

二

六橋煙柳密如麻，汽笛逐香車。煖風薰得遊人醉，春草碧青水蒼波。畫舫明湖蕩漿，筍輿龍井觀茶。
裹湖繞岸碧桃花，映水作雲霞。劇愁風雨摧花落，春老去難挽狂波。折得幾枝照影，案頭永見鉛華。

三

風光六月甲周年，映日有紅蓮。色香湖景皆稱絕，日落後水氣燻煎。不適臨湖鬧市，宜居葛嶺山巔。
西湖初夏出荷殘，十里水清漣。柳梢輕拂搖空碧，微風起白漾青鈿。淡蕩煙波畫裏，參差樓閣湖邊。

四

平湖秋月發光華，雲淡水無波。浮槎月下神仙境，彌望處山小隄斜。待至湖心亭畔，一堆細柳濃遮。
有時皓月魄生多，電炬照銀河。湖山點綴隨形勢，濱湖處水滾金蛇。天上人間星斗，山林城市人家。

五

北風凜凜起彤雲，大雪正紛紛。迷離一片山河白，氷湖上反顯波紋。車馬尋常鬧夜，此時咳嗽無聞。
天明雪霽縮乾坤，江左見農村。近市遠山猶歷歷，錢塘水青白斜分。雪日光芒萬丈，樓臺朱碧為吞。

六

年來湖上倍鮮明，園囿壓柴荊。風聞強半達官宅，京都近貴戚公卿。一代興亡未定，豪華贏得城傾〔一〕。
內憂外患正縱橫，風雨作鷄鳴。心長不合人微小，語雖重並不驚人。任爾巴人下里，休提白雪陽春。

〔一〕時西湖上新洋房極多，而宋子文等竟欲在寶石山修馬路，通其公館。

民國二十三年（一九三四年）

病歎

病痛磨人一泫然，強為餬口事殘編〔一〕。體熱時增時輟筆〔二〕，奈堪湖上數湖船。

〔一〕時為浙江水利局編輯三年總報告。
〔二〕時病劇，一執筆即增體溫，隨時強迫停止工作。

雨後葛嶺遊眺

紅英零落綠陰成，雨後湖光滿眼清。白泛之江桃汎水，隔江山色倍鮮明。

湖東有序

與至柔、文淵、幼植、長福、鳴湘、蘭生及素芬小酌樓外樓，攝影孤山亭，復蕩舟湖中。薄暮過湖東，見夕陽映水，點點作銀斑。一似落花隨水飄泊，而北望裏湖一帶，山容水色，氣象萬千，尤為可愛，因攝一影，並題一絕句於其上。

湖東返棹意安閒，斜日層波湧白斑。流水落花春去也，夕陽影裏看湖山。

題西洋畫片四首

山高長積雪，日午縮重陰。原草纔勻綠，村居春意深。

蜂房依海角，溽暑晚風涼。近水翻波白，遠山壓黛長。

崇岡懸塔影，大澤傍蘆花。山色濃於黛，林光絢落霞。

野草青冬煖，閒雲出雪山。新村古建築，湊入畫圖間。

五月四日自葛嶺遥望杭州灣及紹興諸山二首

湖外之江江外山，山山啣接海天間。白雲襯出低鬟碧，紅日烘成灣水殷〔一〕。

海帆葉葉乘天風，海闊帆微天又空。極目海天相接處，風帆駛入白雲中。

〔一〕錢塘江即浙江，又稱之江，其尾閭為杭州灣。

念山竹

茂林零落獨葱葱，雪壓千竿盡曲躬。庇得新篁梢放後，舊枝黃葉萎春風。

西湖葛嶺閒居感懷

快樂不尋尋煩惱，生成傲性忍人憐。徒聆外論甜如蜜，豈識中心苦似蓮。敦厚溫柔誰體貼，病勞漂泊命顛連。

高堂有母虛晨夕，伯道無兒慰大年。

自葛嶺瞰西湖曉景

白堤暗柳映明湖，密密疏疏水面鋪。最愛長天初破曉，湖光雲錦幻虛無。

遊湖題照片

山居久靜心旌動，湖上逍遙半日遊。柳舞遊絲牽逸興，波搖金影急歸舟。

至柔贈詩次韻有序

民國十六年之秋，予遊西湖，遇至柔於鳳林寺，曾記一詩，至近日始示之。云：『登城克敵展鳌弧，命將操兵拔劍呼。同學少年多不賤，貔貅虎帳駐西湖。』周以予因病誦《金剛經》得效，別有所感，本佛家之心以為心，次韻答云：『崎嶇世路徧張弧，沒法惟將佛號呼。懺悔眾生千萬劫，時輪法會建西湖。』蓋引國內居士言，今日為沒法時代，故建時輪金剛法會，以期救苦與難，並招予任航空學校事云。予復次韻，且辭其招。

當年蓬矢射桑弧，壯氣羞憑佛號呼。逆水行舟吾倦矣，餘生祇合老江湖。

題手攝西湖照片

新荷出水滿湖頭，黃裹綠衣水面浮。最愛兩峯啣落日，湖光十里一漁舟。

六月一日新生活運動集會

予自葛嶺遠看湖濱公共體育場，旗幟飄揚，飛機七架舞空中散傳單，湖山間增新景色矣。

飛機飛舞傳單落，花雨繽紛天壤間。運動今朝新生活，滌除昨日舊痕斑。

清和之夜大雨

晨已見日遊觀江湖山海二首。

山外青山襯白雲，雲天猶為碧山分。初陽出海一輪赤，雨後江湖漲翠文。

我來客歲清秋半，玩月西湖共素芬。幾度月圓幾度缺，而今隴麥覆黃雲。

溫處雜詩十首有序

為浙江水利局勘測處州大小溪水力發電工程，公餘作詩記事。

縉麗道中

行過千山與萬山，憑山逼水路迴環。崎嶇宛似陳倉棧，六載西遊彈指間。

過杉樹坑

峭壁千仞暗日曛，萬山夾水亂紛紛。五丁鑿破金牛路，坦道高車風駛雲。

麗青江行過燕窠山

雨後青山出白雲，一江漲水綠沄沄。嵯峨怪石山頭虎，風送灘聲處處聞。

麗青公路工程

沿江百里盡危崖，代石平山護水涯。重礟忽從山半發，飛岩激浪水湝湝。

大溪中勘水力發電至船寮阻雨四首

冒雨登山看水標，石藤溪畔問漁樵。青田一縣惟平土，洪水連年田舍漂。

石門洞畔樹重重，上有飛泉掛碧峯。餘韻流風懷往哲，两番阻雨未能逢[一]。

大雨連綿絕望晴，船寮夜泊止江行。杯盤草草黄昏後，浪打船頭夢未成。

預計三天江上遊，重探水力問田疇。我來恰值黄梅雨，江漲焉能上處州。

永嘉阻雨不能遊雁蕩山乃乘寶華輪赴海門

臨行時猶隱約見江心寺雙塔。

江行雨鎖石門洞，浮海雲迷雁蕩林。一別永嘉遺兩憾，船窗望眼戀江心〔二〕。

雨中歸途口占

公餘便道過台州，既入鄉關且少留。細看濛濛煙漠漠，筍輿臥看漲江流。

〔一〕石門洞為明劉基讀書處，予舟兩過洞下，均被雨阻，不能登覽。

〔二〕自永嘉乘船出甌江口，航行東海濱，達台州海門。

病中西湖上晚眺

西風習習欲晴天，萬疊行雲向海邊。雲隙夕陽窺南浦，綠痕光潤倍新鮮。

病中感懷二首並寄李儀祉師及友好

病驥常思千里程，可憐伏櫪隱吞聲。壯懷託付東江水，吐氣妬誇北海鯨。少試羸軀當酷暑，原期負重作長征。

支離仍失親知望，衹合家山寄此生。

行舟逆水趕兼程，力竭舵工喘發聲。白浪頭高摧短棹，黃粱夢醒斬長鯨。榮枯得失迷微命，几杖湖山勝遠征。

尚幸未虧兒女債，從容進退盡餘生。

鄭松筠自北平中南海來書並和程韻詩復次韻

半生牛馬走鵬程，每憶三台伴讀聲〔一〕。幾度過門觀止水〔二〕，者番渡海話騎鯨〔三〕。吳山立馬虛南畧〔四〕，燕市高歌壯北征。玉蝀金鰲誰作主，不殊風景屬書生〔五〕。

〔一〕君係三台同班同學，且曾同舟共棹者。
〔二〕君家池水止靜，有類其主，予曾三次叩門訪之。
〔三〕夏中與君同舟航海至申江，送君北上。
〔四〕予住西湖年餘，尚未一登吳山。
〔五〕君今居中南海金鰲玉蝀之間。

附松筠詩：

春申分袂各登程，忍聽病鵑啼月聲。遊目西湖隄上柳，騁懷北海水中鯨。邯鄲枕夢原虛幻，莊惠濠梁勝出征。靜養江南風景地，當軀二豎得長生。

焦山次蘇東坡韻有序

予於二十三年十一月，因病小住焦山松寥閣。是月二十六日，適逢海門各礮臺（臺因九一八後抗日而設）試礮有感，因步蘇東坡自金山放舟至焦山詩韻成詩，並留別松寥閣雨村和尚。

東鄰虎視何眈眈，奪我東北擾東南。縱横華夏數萬里，受困東海小島三。狼子野心予求取，蕭蕭食葉恣春蠶。木朽蛀生憶疇昔，干戈邦内應怍慚。此處新都阨門戶，中流砥柱鎮江潭。我病暫來訪泉石，對此江山興何酣。

又值海門試大礮，山人相向變色談。烈烈聲從煙雨裏，我自安常伴佛龕。追慕了禪一僧弱，緇衣蔬食淡自甘。抵死守山全山土，法寶不劫豺狼貪〔一〕。舉國朝野應效法，楚弓楚得情方堪。掃蕩妖氛固吾圉，閒來重訪松寥庵。

〔一〕焦山志載，了禪于洪楊亂時，抵死守山，得以保全；而金山北固，則成焦土。

家乡好八闋〔一〕

二十三年十二月下旬，連日陰寒，殊悶。憶及家鄉兒時釣遊處，作家鄉好八闋。

環江風柳

家鄉好，江水繞村流。春到江邊楊柳嫩，風歸柳上浪聲柔，老幹綠新抽。春光好，飛絮滿江洲。點點因風飄白雪，紛紛隨水滚纖球，轉化綠萍浮。

夏谷耕耘

家鄉好，男女競耕蠶。登彼西山耘植杖，採來南畝葉盈籃，作息在煙嵐。稱盤谷，土肥而泉甘。三面雲山環級地，一泓活水注平潭，佳處留茅菴。

煙渚牧隊

家鄉好，洲渚似遐荒。首夏曉煙迷遠近，風吹草偃見牛羊，牧笛韻洋洋。農村樂，五月了耕桑。千犢水邊消溽暑，一鞭牛背帶斜陽，晚飯月昏黃。

老人枕石

家鄉好，秀拔尖山峯。中有老人依石枕，外無世事臥潛龍，曹許可追蹤。登峯頂，脚下若臨空。氣爽天高宜遠眺，疏林寒水壯秋容，逸興慕高風。

地洋紅葉

家鄉好，紅葉滿長林。可比丹楓盈嶽麓，徧栽烏桕綴江潯，冬煖曉霜侵。村人技，采桕若飛禽。樹末梢頭緣繩索，千紅萬紫拂衣襟，葉裹發長吟。

青蓮古剎

家鄉好，古剎建何年？百萬人天聞石鼓〔二〕，大千世界見青蓮〔三〕，緲緲駐神仙。一池水，長證佛門前。止作琉璃明本體，放為雲雨潤原田，功德大無邊。

焦岩砥柱

家鄉好，水上湧焦岩。岳立中流真砥柱，壁垂四面挽狂瀾，天險扼江關。焦光老，三詔避山間。楊子有心渡揚子，椒山無意合焦山，易地可追攀。

雙江歸舟

家鄉好，白日看歸舟。名利一船人逐逐，天仙〔四〕兩邑水悠悠，莊惠自春秋。斜陽晚，江水自東流。

千葉風帆歸棹急，雙江銀浪接天浮，驚起一沙鷗。

〔一〕編者注：原詩題為『二十三年十二月下旬，連日陰寒，殊悶。憶及家鄉兒時釣遊處，作家鄉好八闋』。

〔二〕予家在石鼓村。

〔三〕村外寺名。

〔四〕指天台仙居二地。

卷九　民國二十四年至二十六年

民國二十四年（一九三五年）

贈陳仲和[一]

西湖山居，忽聞陳仲和病，訪之，知已於前二日回諸暨原籍，作詩慰之。

住近偏成遠，半年若睽離。乍聞君已病，即訪我嫌遲。靜養休論命[二]，閒居莫作詩[三]。春來滋草木，湖上待相知。

〔一〕編者注：原詩題為『西湖山居，忽聞陳仲和病，訪之，知已於前二日回諸暨原籍，作詩慰之』。
〔二〕君精性命之學，云伊今歲流年不好。
〔三〕君詩學杜，深入堂奧。

乙亥春客岳家多日一夜夢作詩可誦

醒時僅記其末句，因補成一首。

四山環黛春初煖，宿雨收時夜氣清。一枕羲皇人意爽，東窓曉日臥新晴[一]。

〔一〕時又有秦中之行，曾拜別嶺垠岳母。岳母病在床上，含淚送行。

二十四年四月九日夜夢中作詩四句

醒後依夢境贅二句於其後。

涼宵輕枕簟，有客意殷勤。蘭玉同枝秀，月星照眼明。山亭臨水鏡，潭水鑒山形。

江蘇黃炎培任之先生遊涇惠渠作詩次韻並呈李儀祉師

汪洋澄碧在山泉，出作飛花雨漫天。萬里來源經百折，一隄蓄水挽千漩。相期惠偏關中水[一]，少試功成渭北田。霖雨蒼生懷往哲，千秋事業仗時賢。

[一] 儀師有興建關中八惠渠之倡議，現涇惠渠早成，洛、渭二惠渠亦相繼進行，餘五惠渠較小，則更易為力。

附黃任之先生詩：

萬峯深處響飛泉，不信人工竟勝天。大脈平行仍挹注，伏流忽現幾洄漩。三年奮鍤千夫汗，一碧禾錦萬頃田。盡力溝洫我何間，敢將工拙較前賢。

八月五日長安病中讀德兄書以詩答之

母老家遙我自愚，思親憂病兩何如？挑燈強起因嘔血，急難天涯讀怖書。

六日大吐血有感

血灑胡床滿眼紅，盈杯盈皿捥心胸。白雲親舍六千里，死去原知萬事空。

病中讀李儀師乘隴海鐵路快車東行詩次韻

我師東來視我疾，倏忽東去其猶龍。病榻瞻望已勿及，想像數仞隔牆宮！聞因黃禍及東海，席不暇煖別華峯。追憶頻年河屢徙，用師智力挽向東。胼手胝足築金隄，不辭勞瘁烈日中。只為蘭叢生荊棘，急流勇退聲隆隆。曲突徙薪求心安，焦頭爛額任搖紅。自來薰蕕不同器，看朱成碧且雍容。功罪之口不可封，蓋棺論定為英雄。中流砥柱足自豪，不管東南西北風。願師努力崇明德，東西睽隔當重逢。昔日秦關百二重，而今鐵道利交通。師若乘桴浮大海，由自好勇即相從。我病漸愈豁心胸，急欲報訊向長空，託付南去之征鴻。

附李師詩：

蜿延雙軌幾千里，我乘長車似乘龍。雲蔽長安愁不見，隨人指說漢唐宮。灞橋楊柳何須折，頷首三呼太華峯。黃河北來自朔漢，與我期乎首陽東。並駕齊驅相競走，君過三門我洛中。山面削成頻掠鬢，雷鳴澗底乍隆隆。忽焉陰晦入地獄，忽焉柳翠與花紅。原田歷歷雜芳樹，近者疾奔遠從容。關口丸泥未可封，崤函虎牢失其雄。鄭衛許陳成一片，列國諸侯拜下風。與君揮袂兮蘭封，別矣黃河會再逢。徐州是汝舊遊地，若逢故舊信可通。沂沭迎我鞠其躬，嗟爾小子來胡從。我來東海披襟胸，西北莊爵吐長空，化為渺渺之飛鴻。

涇惠渠頌並序

陝西為天府之國，號稱陸海，顧地勢高燥，雨澤不均，自秦用鄭國開渠，西自谷口，循北山，絕治清漆沮諸水，東注洛，溉田四萬五千頃，關中始無凶歲，是為引涇利民鼻祖。漢太史初，趙中大夫白公，以堰毀渠廢，上移渠口，引渠東行，由櫟陽入渭，改名白公渠，溉田四千五百頃。以今考之，鄭多而夸，白少而實。自漢迄明，代有修改，皆以堰口毀壞而上移。清乾隆二年，以涇水毀隄淤渠，於大龍山洞中，築壩拒涇引泉，改稱龍洞渠，溉田減至七百餘頃。清末渠身罅漏淤塞，溉田僅二百餘頃，利棄於地，殊可惜也。民國初建，臨潼郭希仁與蒲城李儀祉，屢謀續鄭白功。九年渭北大旱，富平胡笠僧等，復建議引涇，設立渭北水利工程局。十一年夏，李儀祉回陝，長水利局，兼渭北水利工程局總工程師，命其門人劉鍾瑞胡步川，組織測量隊，測量涇河及渭北平原，繼命須愷等，設甲乙兩種計畫；並議借賑款施工，既以兵禍中止。十七年後，陝復大饑，死亡無算。陝當道宋哲元，與北平華洋義賑總會，議舉引涇大工，卒未果。迨楊虎城主陝政，復邀李儀祉回陝，襄陝政，兼長建設廳，由陝政府籌款四十萬元，華洋義賑總會籌四十萬元，為引涇工費，復得檀香山華僑捐款十五萬元；朱子橋先生捐水泥二萬袋，中央政府撥助十萬元，合力開工，議遂定。於是義賑總會擔任上部築堰鑿洞擴渠引水等工程，美人塔德任總工程師，腦威人安立森副之。陝政府擔任下部開渠設斗建築橋閘跌水等分水工程，李儀祉任總工程師，其門人孫紹宗副之。自十九年冬至二十一年夏工始訖，即於是年六月中旬舉行放水典禮，邀請海內外名流參觀，頗極一時之盛。而渭北荒廢之區，得以重沾膏潤，人民歡呼，是為第一期工程。其後三年內，復賴北平華洋義賑總會與上海華洋義賑會及全國經濟委員會之資助，由涇惠渠管理局完成第二期工程，召劉鍾瑞來陝襄工事，如修補攔河大堰，建築引水退水閘，挖掘支渠，修理幹渠，俾引水分水工程臻於美善；管理方面，如保護管道，改良用水及灌輸人民灌溉常識，亦次第進行。至本年夏至，溉田已增至六千餘頃，將來計定蓄水方法，人民用水得當，猶可浸潤擴充，雖鄭國陳跡不可復得，而白公之澤則已恢復而光大之矣。

頌曰：

秦用鄭國，開渠渭陽。關中以富，秦賴以強。越四百年，渠毀待修。漢白公起，比美千秋。歷宋元明，代有改築。渠口上移，入於深谷。有清一代，利用山泉。改名龍洞，僅溉低田。鼎革以還，渠更淤漏。饑饉連年，莫之知救。追懷前哲，思繼古人。郭胡倡始，李主維新。涉川登山，遠逾谷口。計熟圖詳，絲毫不苟。籌借賑款，即待興工。胡天不弔，適降兵凶。擾擾數年，庶政俱廢。救死不暇，遑論灌溉。天心厭亂，寓振於工。華洋集款，得竟全功。二十一年，六月中旬。放水盛典，中外觀欽。自後三年，設管理局。渠道修護，朝夕督促。民享樂利，實涇之惠。肇錫嘉名，流芳百世。洛渭繼起，八惠待興。關中膏沃，資始於涇。秦人望雲，而今始遂。年書大有，麥結兩穗。憶昔秦人，逃荒四方。今始歸里，村堡生光。憶昔秦人，饑寒交迫。今漸富庶，左棉右麥。秦俗好強，民族肇始。既富方穀，人知廉恥。登高自卑，行遠自邇。復興農村，此其嚆矢。

民國二十五年（一九三六年）

丙子正月初三日〔一〕為李儀師生辰

時大雪初霽，河山一新。曾相約作華清池之遊，因事中止，作詩記事二首。

雪洗河山綴壽辰，欣逢大地恰回春。朱顏綠鬢成仙侶，玉宇瓊樓靜俗塵。渭水長流波浩蕩，南山極目玉璘珣。

舉觴但願人長久，海屋籌添一歲新。

講座春風樂有餘，華清想像意何如？滔天黃禍將沉陸，霖雨蒼生祇式閭。上壽既非金石固，榮名且演洛河書。

濟川舟楫終須用，暫借青門學隱居。

〔一〕為民國二十五年一月二十六日。

三月二十二日謁杜甫祠

終南長大半天遮，春煖依然冠雪紗。我至樊川瞻杜甫，又來杜曲問桑麻。

東韋村興教寺謁唐玄奘塔二首

三藏老去留高塔，千古人豪壯勝遊。當日經文馳絕域，而今譯述滿神州。

法寶普光為疏記，闡揚玄奘紀西遊。巍峩三塔同終古，鄒衍空談大九州。

清明之夕李儀師招住其馬廠舊居即事

春宵如水月如霜，馬廠僑居樂未央。四壁圖書容借閱，清明依舊我思鄉。

咸陽道上與李儀祉師同車赴渭渠工次

暮春新雨後，麥菜透陽光。千頃平原碧，幾條壓綫黄。風清人意爽，路滑汽車慌。歷碌驚雙耳，行行傍遠岡。

自郿縣工次返長安

輕車坦道駛原田，麥浪隨風遠接天。古道咸陽三百里，村童到處採榆錢。

五月五日自西安赴郿縣工次二首

西出長安當首夏，麥頭簇簇路平平。傷心最是扶風道，一片煙花照眼明〔一〕。

西京勝跡盡埋湮，殘照西風一慨呻。野草閒花仍古道，咸陽煙水馬嵬塵。

〔一〕時煙（指罌粟）未禁絕。

自郿縣工次返西安

輕車坦道疾如飛，越陌度阡麥緑肥。雨後無塵行路好，東風習習入玻扉。

從儀祉師自西安乘火車赴武功〔一〕

如黛南山襯白雲，雲山歷亂可平分。涼風雨後棉苗翠，大好山原錦繡紋。

〔一〕時長安以西隴海鐵路新通車。

自武功赴郿縣用前韻

太白嵯峨覆白雲，雲光山色妙平分。長渠坦道輕車快，目逆終南翡翠紋。

擬寄江西燕惠民及丘伯忱未果

平生不慣謁諸侯，自在此身浪漫遊。盛意殷勤無以報，馳書不為稻粱謀。

天氣炎熱已至華氏表一百零六度

下午退公返寓，臥北園綠蔭中，而炎威猶逼人無已。

移椅依廕避日光，夕陽猶自吐豪芒。孤雲一片南飛北，遮沒炎威靖一方。

上郿縣北原題像片

面上虬鬚額上紋，行年四十寂無聞。登山臨水仍疇昔，獨上原頭坐日曛。

路祭李仲特先生〔一〕

十月三日晨，與渭惠渠工程處同仁路祭李仲特老先生於琉璃廟街口，即事。

中秋時節雨初晴，曙光街燈分外明。淡月疏雲沉北斗，素車白馬出西京。蓋棺論定有為法，解脱生西無盡情。

此刻琉璃街口過，香花祖道送公行。

〔一〕編者注：原詩題為『十月三日晨，與渭惠渠工程處同仁路祭李仲特老先生於琉璃廟街口，即事』。

重九日自西安赴武郿看工

重陽久旱值西巡，滿眼黃沙滿路塵。行過扶風三百里，原田麥綠喜初勻。

五丈原道中

五丈原邊路，禾田泛白痕。悠悠斜谷水，處處綠楊村。

獨登翠華山頭放歌

平生煞有登臨興，一病多年未敢嘗。此日翠華遊眺處，水湫池畔詠滄浪。

河海文库
006

雕蟲集 後册

胡步川 著

河海大學出版社
·南京·

民國二十六年（一九三七年）

長安火車站送陳澤敷南歸

六千里外別同鄉，握手依依意感傷。浩劫敉平〔一〕還聚首，鋼車〔二〕東去剩空場。江南碧草遙無際，渭北春天限一方。安得化身為候鳥，東西南北任飛翔。

〔一〕時當雙十二之後。

〔二〕綠鋼車初通隴海路。

咸陽道中

冬去春來仍苦旱，黃塵滿地日無光。麥菜奄奄埋赤土，咸陽古道直遐荒。

夜宿郿縣監工處聽風雨聲有感

渭濱一夜聽風水，輾轉軍床未好眠。雨打玻窗敲玉屑，風飄壩浪響飛泉。半年苦旱三秦困，此夕逢甘四野鮮。莫道清明阻行旅〔一〕，斷魂殘夢亦欣然。

〔一〕予本定清明南歸省親，因事中止。

武功道中

汽車駛入扶風路，夾道椿榆正發芽。百里長渠輸渭水，澆成麥綠菜開花。

陪客看武功跌水

高渠跌水滾流泉，旭日新光映水簾。三峽[一]倒翻萬疊浪，銀河瀉落九重天。

〔一〕跌水有三缺口。

東歸雜詩九首有序

穀雨日自秦川工次東歸，往返及居家共一月餘，為入秦以來旅運交通便利之時。

過開封遇雨

東南春雨整天陰，西北風沙悶客心。春雨若能移北地，黄塵不動佈成金。

過蕭山

二年未走山陰路[二]，夾道新槐變作林。此日還鄉頗有意，年華逝水又驚心。

過紹興

稽山起伏色蒼蒼，倒影明湖水一方。欸乃一聲分玉鏡，條條綫浪漾波光。

過蒿壩二首

西湖幾夜傾盆雨，如箭歸心不得行。此刻喜心翻倒極，輕車坦道駛新晴。

水田漠漠動微波，丘隴欣欣徧野花。久雨新晴人意樂，詩情鼓舞漲曹娥〔二〕。

過斑竹

桑麻沛沛氣森森，公路彎彎入谷深。丘壑人家遮綠樹，雨絲風片洗塵襟。

遊天台題石梁瀑布

群峯疊翠綴仙鄉，雙澗飛流匯石梁。瀑布仰觀林缺處，飄珠滾雪接天長。

題天台銅壺滴漏

巖穿水滴建銅壺，漏盡何時萬物蘇。大象轉輪三疊漏〔三〕，千年一變舊規模〔四〕。

自江南返長安遇雨

者番西北厭風沙，既至東南雨若麻。一月假期愁裏過，數天息影又離家。此來江左當晴日，行至關中雨洗車。

風景不殊晴雨好，休提牛馬走天涯。

〔一〕我於一九三五年春自越重入秦。

〔二〕時曹娥江新漲。

〔三〕看巖石形狀已造成三次壺形。

〔四〕吾國自有史以來已四千餘年，則每千餘年可毀一銅壺。

長安蝸廬初夏即事

地僻門常閉，公餘弄簡編。紛紛過去事，歷歷在當前。久靜思勞動，習勤警懶眠。雨晴鋤草罷，新浴晚涼天。

擬送李師儀祉赴蘇俄

白髮朱顏耳順年〔一〕，踞鞍顧盼擬前賢。匈奴未滅家何計，時日偕亡志愈堅〔二〕。此去交鄰逾朔漠，相期銘石勒燕然。滄桑世變尋常事，憂患當為天下先。

〔一〕師年五十六歲。
〔二〕時蘆溝橋事變發生，李師方從廬山談話會歸，即將赴俄聯絡邦交。

為素芬作繡題抗日軍人衣襟上二首

裁布為衣，穿針聯綫。寄語征人，保邦抗戰。

國瘁寇深，勉固吾圉。北地早寒，征衣幾許。

雪後之晨赴灞橋看壩河堵口工程

國難寇横湧杞憂，雪餘犯曉略田疇。此身常試經奇冷，他日相期挽逆流。撑起兩根窮骨幹，可興三戶楚幽囚。灞河堵口成功日，翹企同時報國仇。

西安圍城解圍紀念越二日記夢[一]

時十二月二十八日為民十五年。

十二月卅日夜午，長安蝸廬夢魂中。曾至巴山訪死友，目光閃閃發雙瞳。與我殷殷談往事，文章盛氣吐長虹。惜自長安解圍後，文苑傳中一席空！我向留心君死事，語不達意未啟衷。亦防隔垣有長耳[二]，故意約君一反躬。或者神明不出戶，將身化像踞深宮。細視不像君面貌，猶問北平雨僧[三]蹤。據云自今無用矣，片言驚醒鐘樓鐘。憶去長安解圍之節僅一日，又值舉國遭劫日寇凶。安得碧柳再生握大筆，完成詩史紀戰功[四]。

〔一〕編者注：原詩題為『十二月二十八日為民十五西安圍城解圍紀念越二日記夢』。『民十五』為中華民國十五年（一九二六年）。

〔二〕意在君妻竊聽。

〔三〕吴雨僧，涇陽人。清華大學教授，現陷北平危城中。

〔四〕碧柳姓吴，四川人。為西北大學同事，與予曾同患難。其平生以詩名，惜已物故矣。

卷十　民國二十七年

民國二十七年（一九三八年）

賀新郎　賀陳紹綱王啟梅新婚並序

大除夕前一日，接陳紹綱王啟梅結婚照片及信，洋洋千言，其樂趣不啻若自筆出。據云，啟梅於杭州失守之前夕，離蕭山傷兵醫院看護職（本在杭州高中讀書，雙七事變後，加入傷兵醫院，未死蕭山大轟炸中）。赴永康，欲尋陳弟紹微（本在杭州高中讀書），而微已加入遊擊隊矣。以一少女徘徊於兵荒馬亂之中，莫知適從。恰好逢杭高女同學，得坍車至金華。本擬返義烏傷兵醫院，偶遇一不相識之青年團體赴贛，乃轉意乘免費火車，由浙贛路達九江，欲轉至漢口尋陳（陳系予友燮卿之子，王系予内侄女，曾由予妻為之介紹訂婚者）。陳固商船學校畢業，現任職江漢輪之二副，亂離中久不通訊，各不知生死存亡。時適駛輪至九江運兵，恰相值，即乘該輪至漢口，並在輪中大餐間結婚，而以船艙為新房，賀客盈船，花影繽紛，頗極一時之盛。予得訊殊喜。計抗戰已半年，強半日子，均從苦悶中度過，今聞其事，不啻飲一服興奮劑。乃信筆書意，成詞為賀，並寄内兄儀齋南巢村巢旅中。

烽火連天緊，喜漢皋傳來佳話，並親儷影。離亂江南回首處，炸彈飛機人命，想一路驚魂難定。江漢輪聲空想像，看潯陽江上煙波景。一邂逅，雙淚傾。浮家泛宅銀河近，借船艙權為鵲駕，且陳鴛枕。

禮畢酒闌人散後，月色波光一境，休忘卻島夷問鼎。待曉分飛事天職，縱雄心重為山河整。長安遠，勞引領。

送侄從軍四首〔一〕

人日，送文光侄及其同事吴廷璋、張清化、樊雲驥，赴臨汾前方從軍，作詩四首並寄德兄安徽阜陽專員公署。

英雄時勢兩相因，人傑地當應運新。華嶽黄河增殺氣，堯封禹甸〔二〕阻妖塵。山河破碎雖無色，家國隆興尚有人。縱目乾坤今古事，巍巍公理屈能伸。

日寇猖狂恣鼠貪，鯨吞蠶食虎眈眈。報仇雪恥為佳士，射馬擒王仗魯男。三晉關山屏西北，千夫集合護東南。神州板蕩蓮心苦，民族重光蔗境甘。

國魂民族各顛連，羡汝忠心貫日邊。擊楫中流懷祖逖，横戈邊塞望燕然。吾衰未即同奔走，家遠安能計播遷。客裏送行寧忍淚，萬方淨土正腥羶。

子侄蒼生一例看，忍將蘭玉列庭欄。時艱遑顧天倫樂，國難全憑赤膽安。此去匡扶堯舜澤，重來恢復漢唐觀〔三〕。臨歧草草無多語，謹慎小心應萬端。

〔一〕編者注：原詩題為『人日，送文光侄及其同事吴廷璋、張清化、樊雲驥赴臨汾前方從軍四首，並寄德兄安徽阜陽專員公署』。
〔二〕山西为堯舜禹故都。
〔三〕此聯似過望，然亦勉而致於道之意。

觀興平縣檢閱壯丁

誰使為之孰致之，農離甽畝荷槍支。旌旗展處塵頭起，正是男兒報國時。

三月十一日曉送李儀師靈柩赴涇陽安葬〔一〕

西京各界公祭於西關，憶及二十五年十月三日送仲特太先生之詩，因用原韻。

靈車曉發值春晴，依舊街燈分外明。兩代重喪摧魯殿，三年二度哭秦京。遺留人世維公德，永別師顏繫我情。

巷陌依依瞻旅櫬，西關擁祭斷人行。

〔一〕編者注：原詩題為『三月十一日曉送李儀師靈柩赴涇陽安葬。西京各界公祭於西關，憶及二十五年十月三日送仲特太先生之詩，因用原韻』。

哭李儀師三首

引渭功成退急流，竟為讖語慟千秋。興平除夕團餐聚，豐鎬新春駕鶴遊。噩耗傳聞驚舉國，遺言繼述付吾儔。

江河治導誰問業，四顧茫茫湧杞憂〔一〕。

廿年几杖喜追隨，時雨春風憶我師。功業文章嫌少助，氣求聲應感相知。矯情別去因公促，冒雪歸來見面遲。

木壞山頹身莫贖，頻頻握手記臨危〔二〕。

兩儀閘上涇渠畔，負土為墳慰苦辛。流水高山聲已杳，蒼生霖雨惠常新。國仇未報生前恨，壯志期成後死身。

此刻隨棺送葬者，不期而會五千人〔三〕。

〔一〕師嘗言：渭功告成，即閉户著書，不問世事。又二十六年除夕，師赴興平渭渠管理局，集諸同人聚餐，慶渭工告成，以留紀念。二月前事耳。

〔二〕予于三月三日，自興平赴西安，看師病。因渭惠渠管理局初成立，百端待理，曾于六日返局，師尚握手為别。及八日冒雪赴省，離師没時已半小時矣。

〔三〕涇惠渠兩儀閘上葬地，係遵師遺命，以該渠為師功業之出發點也。予憶民國十一年，從師至其處。師云：將來涇渠功成，人民必建予廟，而以贊助此事者為配享。現送葬者至五千人之多，師心當少慰。

附一：祭李師文

中華民國二十七年三月八日正午，先師儀祉李公既没於西京。越七日，遵遺命營葬於涇陽社樹之兩儀閘畔。門人胡步川謹致奠於師之靈前曰：惟師正直，立懦廉頑。孝友任，惠及孤鰥邮。立身治事，如瞻南山之岩岩；好學不倦，無間出處與忙閒；蓄書善教，陶冶羣彥而致於清班。此犖犖大者，皆吾國人所共仰，非予小子一人私心之追攀。憶自金陵受業，從師入關。涇渭河洛，華北江南。垂二十載，與聞堅艱。師興百廢，功並丘山。川雖贊襄碩畫，邈乎其微，而聲應氣求，習之已嫻。茲者萬方多難，國瘁夷蠻。師為救國，籌謀彌患。聲嘶力竭，心勞鬢斑。但悲國土之日蹙，致遭疾病之頻頒。記臨危之緊握予手，問寇燄之曾否少慳。已奄奄兮一息，猶老淚之潸潸。哀哉哀哉，師竟一瞑而不復返顧耶也。當易簀之前後，正雨雪之紛紛。天地一白，為弔忠魂，迨雪消而雨霽，乃負土以築師墳。念雨雪之落不上天，悲音容之不復見聞，悵腥羶之滿地，愧後死之昏昏，何以慰師，我心如焚。兩儀閘畔，憑弔斜曛。

佇立懷想，春樹暮雲。盼神明兮不寐，望來格而來欣。嗚呼哀哉！尚饗！

附二：挽儀師聯

廿年來几杖追隨喜時雨春風今生有幸

兩旬內膏肓病痛悲人亡國瘁後死何堪

附三：儀師事蹟

師名協，姓李氏，字宜之，後改字儀祉，陝西蒲城人。幼有至德，孝友性成。兼以家學淵源，國文素有根底。曾作《無鬼論》，為前輩所驚奇。清光緒十六年，年九歲，從劉時軒先生學。二十四年，以冠軍捷歲試，學使拔入崇實書院，及宏道書院肄業，專攻實學，深得當軸器重。然不屑事舉子業，又以實學各科原理，來自歐美，故對於英文頗注重。三十年，考入京師大學堂。則復注意德文及法日等文。三十四年，預科畢業。宣統元年，由西潼鐵路局派赴德國留學，入柏林工業大學，攻鐵路及水利二科。曾與郭希仁先生徧遊歐洲，商繼鄭白事業。返德後，專注意於水利一門。民國元年，聞武漢起義，回國參加革命工作。及二年南北議和，復返德國，繼續學業。四年學成歸國。時張季直先生創辦河海工程專門學校於南京，師參與焉。計自是年春，至十一年夏，任該校教授及校長職。十一年秋，回陝任陝西省水利局局長，兼渭北水利工程局總工程師，籌劃引涇事宜。十二年春，兼任陝西省教育廳廳長。十三年，兼任西北大學校長。是年冬，渭北水利工程設計完竣。十四年冬，赴平津京滬等處，籌措引涇工款，及擴充西北大學經費。十五年，因事變，未能返陝，任北京大學教授。年終回省，當道委任陝西省政府建設廳廳長，堅辭允就水利局局長職。十六年春，赴榆林，考察無定河。是年秋，任南京第四中山大學教授。嗣赴四川，任重慶市政府工程師，修築成渝公路。十七年秋，任華北水利委員會委員長，籌劃白河黄河及華北水利各事宜。十八年夏，任導淮委員會委員、工務處長及總工程師，計定導淮碩畫，並兼任浙江省建設廳工程顧問，設計杭州灣新式海塘，今仍行之。十九年冬返陝，任陝西省政府委員兼建設廳廳長，進行引涇工程，及秦中各項新建設。二十年，兼任國民政府救濟水災委員會委員兼總工程師，主辦江河復隄工程。二十一年夏，涇渠第一期工程完工，即辭去建設廳長職，任水利局長，赴漢南考察水利。秋大病及愈，計劃關中八惠渠，而先籌辦洛惠渠工程。二十二年秋，任黄河水利委員會委員長兼總工程師，籌畫並實施黄河治本及治標工程。又親赴黄河上游查勘，兼籌辦渭惠渠工程。二十三年春，洛渠興工。二十四年春，渭渠興工。是年冬，辭黄河水利委員會委員長職，仍專任陝西水利局局長，籌畫梅惠渠工程。是年夏，涇渠第二期工程完工。二十五年冬，兼任揚子江水利委員會顧問工程師。是時，渭惠渠第一期工程告竣。二十六年春，親赴揚子江中上游查勘，並赴江北一帶，調查導淮入海工程。是年秋，參與廬山談話會，對於抗日戰中水利事業多所貢獻。冬，渭渠第二期工程告竣，洛梅二渠即將完工。綜先生生平事蹟，計從事水利工程教育，凡十年，門人遍國中，具有相當成績。從事江河治導工程凡九年，澤被十七省，救濟災民無算。從事灌溉工程凡十五年，成就灌溉區域三萬頃，惠徧關中，實為全國水利界之先導。且任全國經濟委員會水利委員，建議水利統一；與水利建設規畫，已蒙政府採納施行。及連任中國水利工程學會會長，至七年之久。出版水利雜誌，又主辦河海月刊，凡七八年，所著論文及翻譯等文，足以溝通世界水利學術，其散見于《科學雜誌》、《華北水利月刊》、《黃河水利月刊》及《陝西水利月刊》等著作，均可為水利界及其他各界圭臬。

至師立身廉正，治事精嚴，好學不倦。接物唯誠，實數十年如一日，尤為當世所共仰。又自盧溝橋事變，自京返陝，以羸弱之軀，加入陝西抗敵後援會，每次開會，凡他人所顧忌不敢言而不能言者，師則侃侃言之，復常臨西安廣播電台，大聲疾呼，陳述利害，警惕民眾。又西京市防空工程之建築，秦中禁煙種麥之提倡，傷兵難民災童之養護，救國公債之募集，以及戰時經濟建設，多仗大力推進。復親作宣傳文字，寄登國內外各報章，以伸張抗戰正義。

此次大病之前夕，親草戰時經濟建設提案，以工程師學會名義，電經濟部，綱舉目張，則為師最後之呼聲。猶記去年除夕，師赴興平，召集渭惠渠同人敘餐，慶祝大功告成。及返西安，似有傷風症，今年一月四日，抱病赴鄠縣，參加渭惠渠攔河大壩南土壩合龍工程歸，病更增重。然臥床數日，得告痊愈。吾人正喜臘盡春回，其羸弱之軀，將與得春草木，同發榮茂盛，與國家民族同日新而無已時，忽於二月十九日偶得腹病，痛苦劇烈，偏體流汗，四肢發冷。大便不通，飲食不進，氣逆眠失。經醫通便、吃藥、止痛，及每日注射營養針等，均無大效。醫復斷為胃瘤，為不治之症。致十餘日未用藥，時便雖通，多係紫黑色之稀血糞，及流有粉紅色液體。而溫高脈急，呼吸短促。嗣另請醫治，則斷為急性胃炎。雖心理稍寬於一時，然病入膏肓，勢已沉重矣。經輸血後，便復帶有鮮血，喉似有痰，屢打強心劑及營養針，仍無效。至三月七日夜，病更增劇，惟神志甚清明，能口述遺囑及後事頗詳。迨八日正午，竟與世長辭矣。哀哉！

當師彌留之際，大雪紛飛，天地一白，如張素幕，如布白氊，似特為舉哀。及靈柩出長安之日，西京各界公祭於西關，備極哀悼。至涇陽安葬之時，涇陽、三原、高陵各縣民眾，遠道奔喪，不期而會至五千人之多。又噩耗傳出，全國震驚，唁電交馳，近國府又褒揚遼學，獎勵有功，令予公葬。師九原有知，亦當瞑目。

師嘗言，渭惠渠完工，即擬辭去職務，閉門著書，不料此語竟成讖語。然際此國瘁寇深之日，師決不甘自隱遁。試看其最近八月來之救國工作，可知梗概。若天假之年，其對於建國準備之襄助正多，豈祇盡瘁水利而已。今則賫志以沒矣。時中華民國二十七年四月。

附四：悼儀師

儀師一生，立身正直，治事精嚴，博學儁德，均足以模楷群倫，為萬流所仰鏡，毋待贅述。計自去秋參加廬山談話會歸來，體頗衰弱，似未復原。惟時當吾國全面抗戰暴日之初，後方人力物力之整理，實為當務之急。乃首先加入陝西抗敵後援會。每於盡瘁水利本職之外，竭力推進抗敵後援工作。如西京防空之建設，秦中禁煙種麥之提倡，全省救國捐款之募集，以及傷兵難民之養護諸大端，多賴登高一呼，而收萬山響應之效。又常至西安廣播電台及水利局每星期一紀念週會，發表救國演講，建設後方民眾之心理，亦復不少。間以其餘，擬撰救國宣傳文字，寄登國內外各報章，申張抗戰正義。以未復原之衰軀，忽加多職務以外之工作，而體力益覺不繼矣。猶記本年一月四日，師赴鄠縣，參加渭惠渠攔河大壩南土壩合龍工程歸來，輒患傷風，臥床數日，始得告痊。正喜臘盡春回，其羸弱之軀，將與得春草木，同以發榮茂盛。俾靈光魯殿，與國家民族共日新而無已時，則凡小子後生之來西京，禮於其廬者，亦可多得致德問業之實效。

竊自思維，特蒙知遇，於民國十年，助教河海工程專門學校一年，較受業時為多得師誨。及十一年，追隨來陝，即委以涇惠渠測量工程之任。時當秦地大亂之餘，又值關中大饑之時，事事捉襟見肘，且才疏學淺，綆短汲深，時虞覆餗，致貽公憂。幸承耳提面命，俾得襄助涇渭等渠水利計劃，並得參與實施工程，循規漸進，以抵於成。每遇困難之事，自計不能斷決者，然得師一言，即中理解。十餘年來如一日，即在浙江水利局任事，亦多賴師函札指教。俾稍稍有所建樹，飲水思源，皆師之賜。

今猝遭大故，科學界頓失宗范，而邦國之損失尤大。雖師之功名學業，久耀中外，堪垂不朽，茲全受全歸，已無遺憾。然思之者，哀不自禁。況在西京一隅之同仁，多屬受業於師之門人，及追隨多年之僚屬，或與侍湯藥，悲從中發；或親聞遺語，痛裂肝腸。而當師彌留之際，大雪紛飛，天地一白，如張素幃。及靈柩出長安之日，西京市各界公祭於西關，備極哀悼。至涇陽安葬之時，涇原各地民衆，遠道奔喪，不期而會至五千人之多。凡識與不識，無不交口稱揚師德，痛惜師逝。此師德入人之深之食報，正所謂天地為之舉哀，舉國為之悲悼，豈止巷哭一鄉一邑之人，又豈止門人等痛失導師，五內分崩而已哉！

茲者國府褒揚邃學，獎勵有功，令予公葬。師九原有知，亦當心慰。惟遺囑諄諄，言猶在耳。某敢不竭其綿薄，本後死之責任，努力進行，以期繼述於萬一。若以師在天之靈，使得於國軍告捷、民族重光之日，對於江河治導之探討，灌溉事業之管理諸大端，亦有尺寸之完成，即當隻鷄斗酒，告祭於師之墓。此心此志，永矢勿諼！

有感〔一〕

四月二十一日大兵踏破渭渠局園，對殘花零草頗有所感。

手植一園花草木，鋤澆春旱歎無光。昨宵正喜沾霖雨，今日翻悲遇禍殃。不忍眼看踐踏慘，相同身受寇災傷。為言多士將兵者，火熱水深惜戰場。

〔一〕編者注：原詩題為『四月二十一日大兵踏破渭渠局園，對殘花零草頗有所感』。

晚春與儀齋遊華清池看雨景

華清池上最清華，泉影林光雨後奢。對坐迴廊觀好景，新荷出水柳開花。

春夜自郿縣火車站步行至魏家堡管理處留宿二首

吾衰力不繼宵行，此刻如風腳步輕。兩個團丁隨擁護，月明一路聽泉聲。

壩頭滾水落蕭蕭，風雨交加逐浪飄。人定更深眠不得，寇中憶起浙江潮。

西江月〔一〕　二十七年閏七夕

賀楊中平王瑞蓮結婚，王自台州飛陝，楊任西京高射礮隊營長。

天上鳳槎飛至，人間眷屬初逢。輕羅小扇拂秋風，涼夜完成好夢。大地腥羶水火，巨輪時勢英雄。中興名將望成功，無限前途珍重。

〔一〕編者注：原詩題為『西江月·二十七年閏七夕，賀楊中平、王瑞蓮結婚，王自台州飛陝，楊任西京高射礮隊營長』。

卷十一　民國二十八年

民國二十八年（一九三九年）

儀師逝世週年紀念日記感

長別忽經年，艮齋逐物遷[一]。音容成縹緲，咳嗽隔人天。治水循遺囑，抗倭猛著鞭。相期勝利日，急報達重泉。

〔一〕時艮齋藏書以避敵機轟炸運藏蒲城。

附一：儀師逝世週年紀念日祭文

維中華民國二十八年三月八日，為先師儀祉李公逝世週年紀念日，門人胡步川等，謹祭以文曰：嗚呼！西京長別，於今一年，音容縹緲，永隔人天。雖惓惓之情，不以生死為轉移；然諄諄之教，已隨歲月而推遷。所幸遺規尚在，遺澤依然，將垂千百年於勿墮，何況一週天之轉旋。（吾）等遵循軌轍，鑽仰高堅，謹畧舉一年以內之工作，虔誠稟告於吾師之墓前：計水功之學，業經出版；遺著之目，亦已成編；事畧事蹟，殺青撰述；師堂師墓，經營後先。涇渭梅渠，已進程于管理；洛褒灃灞，亦改善於鑽研。近復施工漢惠，致力蜀川。陝南陝北，滑黑丹汧，或通航運，或惠農田。此皆吾師去後經年之成績，予小子等敢云繼述乎先賢。茲復抗戰入於後期，克敵制勝，企一洗乎腥羶，是尤為吾師生前所殷望而勿及。今則暴敵餒氣，相期再衰三竭，終可告勝於九泉。吁嗟乎！仲山峩峩，涇水淵淵。炊煙滿眼，麥綠連阡。陽春浩蕩，大地芳妍。笙鶴來遊，河山豆籩。千秋萬載，永慰長眠。尚饗！

附二：縱談陝西省水利局

吾國地大物博，各省出產不同，需要各異。則其生產建設，亦須因之而有所偏重。此抗戰建國之時，政府尤須因勢利導，補助各地個別需要。俾發展其個別生產，以期充實資源，則殊途同歸，可踏到抗戰必勝建國必成之目的。陝西地屬大陸高原，雨量缺少，向有十年九旱之諺，而土質肥美，厥田上上，極宜棉麥及各種農產物。故歷代講求水利，以濟個別需要者，實為全國之冠。而鄭白二渠之成績，尤膾炙人口。其餘灌溉漕運等工程，亦史不絕書。

民國初年，政府設全國水利局于北京，設分局於各省。陝西水利局，首先應運而生。十一年以後，開始引涇工程，由坐言而起行，已創造全國振興水力之先聲。迨北伐告成，為應政府求治之熱心及副人民雲霓之切望，對於灌溉事業，尤進行不遺餘力。如防災航運及水力發電等工程，亦逐步推進。至水文氣象等研究，及凡為水利工程之基本工作者，無不樹立基礎。

關中八惠渠工程，為前局長李儀祉先生所手訂。而陝北陝南各惠渠，數又倍之，約計可得三百萬畝之水地，免除荒旱。就中涇惠、渭惠、梅惠及織女四渠，均相機完工，普徧灌溉，並業已分渠設局，推進管理工作，及研究經濟用水等問題，以期擴充灌溉面積。洛惠、黑惠、漢惠三渠，均在建築期中，或將竣工，或初着手，正需督導完成。其餘渠工雖計劃完成者，為數不少，而急待勘測設計者，方興未艾，均需要有係統之整理。

自二十一年，涇惠渠完工以來，成績昭著。今年公家可收水費二十五萬，其盈餘之農產，存于民間者，約有六百萬元，然尚未精確統計。渭惠渠與之相若，梅惠渠及織女二渠則較少。然均可深刻人民之印象，而固定其信仰心，吸引中央及地方之投資，足為之保證券。嗣後順序推進，互為挹注，所有各水利工程之經費，正可自給而足，綽有餘裕。

茲者，對日抗戰，已入後期。凡屬黄帝子孫，均有快幹、穩幹、苦幹、實幹之精神，何況本局同人，經十餘年之沐浴熏陶，已成有系統之人才幹部。雖目前政府經費困難，則枵腹從公，亦應為全國水利界樹之風聲，努力後方生產建設，以報答前方浴血抗戰之將士。且年來在國家方面，尚撥專款，設工程局，辦理各渠之水利。想吾陜政府決不因噎廢食，而能因勢利導，源源供給本省所個別需要之水利工程，永遠使此多年辛苦經營之水利事業於勿墮也。

附三：儀祉堂記

以人名堂，紀念先師李儀祉先生也。先師道德學問、功業文章均可垂於不朽，今茲全受全歸，其精神所托寄者大而遠，固未必戀戀於斯堂。然掘地見泉水，隨處無弗得，亦若師在天之靈，可隨感而通，則川以師名命斯堂也，不亦宜乎？當民國二十六年大除夕，渭惠渠工程告竣，管理局組織就緒，而斯堂亦粗完工。原為每年春秋二季開水老會議之用，時師特自西安來興平，會集渭惠渠工程處全體同仁談話聚餐於此。其言有曰：『本處尚有未完工程，本可延長一年半載，然後結束，方可成立渭惠渠管理局。然際此國難當頭，故提前進行，以赴政府緊縮之旨。是以管理局成立後，同仁所得之薪水減少得多，而所擔之責任，增加得多』。又云：『吾陝十年九旱，際此寇深國瘁之時，若又遭大旱，則後方之紛亂不可設想。今渭功告成，當可增加生產，惟管理之事，千端萬緒，均待進行。猶憶涇惠渠管理局初成立之二三年，經過種種困難及磨擦，然後漸入正軌。渭渠應本涇渠之經驗，以應付事機，則省事不少。』又云：『敵人攻我日益急，但予信其不致西渡黃河攻西安，及北渡渭河達興平。吾人仍須照常工作，並須努力進行。』此畧畧數語，即為師當日在斯堂對渭惠渠同仁所發最後之遺音。又師常言於川曰，待渭惠渠完工之日，即擬辭去一切職務，閉門著書，不聞世事，則為師當年對渭惠渠工程所發先機之讖語。從可知師生前之眷眷于渭惠渠工程，而精神寄託于斯堂者久矣。川故于師沒之後，特陳師遺像遺囑于堂之中，而將所撰師之事蹟，及挽師之詩，于其左右。堂外東西兩廊，則懸掛渭渠工影五十幀。俾後之人，覩物懷人，登堂思哲。念當日工程之艱難，使長保此先人辛苦經營之最後事業于勿墮，並定每年大除夕繼續會集渭惠渠管理局同仁于斯堂，聚餐談話，檢討一年事業之過去，策劃來年之進行，亦藉以紀念渭工告竣及管理局成立之日於永久云爾。

時中華民國二十七年大除夕　門人胡步川識於陝西省渭惠渠管理局

附四：艮齋憶賸

儀師道德高尚，學術湛深，事業偉大，著作宏富，一代人豪，久為中外所景仰，不必由川稱揚其萬一。惟追隨較久，聞知或較多，曾本一得之愚，謹祭以文，輓以詩，撰為事畧，發於話言，以就正於當世。但拘於體例，尚覺未盡予懷。故將記憶所賸，復拉雜書此，不覺累幅。然仍多掛漏。師晚年榜其書齋，曰『艮齋』，故用以名此篇。

民國六年，川負笈金陵，始晤師於河海工程專門學校之教員院，蒙一見如故，心殊感激。嗣後對師所授之課程，即覺津津有味，如飲醇酒。課餘嘗相隨登紫金最高峯，上棲霞絕頂，及溯江而上遊大冶及武漢三鎮等處。言志論事，頗有沂水春風之樂。民十之夏，川河海畢業，留校為師助教一年。每當授課之餘，對坐一室，更覺師治學之精嚴，志行之高潔，直如數仞宮墻，尚不得其門而入。然經長時期之熏陶，頗覺立身之門徑，與學業之進境，似較授課時為有進步。師一向對同學，多主嚴厲。而對川則奬勵其看小說，俾通達世情，亦猶孔門施教，因人而進退乎？閒嘗一叩師鼓樓寓所，則見四壁書畫，內外肅然，即有留連不忍去之意。十一年秋間，師將離南京赴陝，任水政，招同行。川欣然從之。時師闔家西返，以道途多梗，曾由靈寶以東之觀音堂折返鄭州，取道平漢正太二路，始由太原南行，達風陵渡，過河入關。行程一月餘，得詩數十章，自為平生一快。及至渭北水利工程局，即令率隊入涇谷測量。師亦常自長安、三原兩地來觀工，指導備至，慰勞有加。空谷足音，尤令人心喜。中間曾兩次落涇水中，頻危未死而病。望池陽師友，如望父母兄弟也。當時有詩云：『壬癸流年值水憂，兩重災難速傳郵。池陽師友遙瞻望，涕泗橫流一楚囚。』十二年春，川任三原工程局內業。師命於業餘，授其妹班姑英文，客旅中又得家庭之樂。夏，川返南京娶妻，師贈三十金。川辭，師云：『以此作吃氷淇淋之需』，受之。時陝豫間兵匪橫行，鐵路未通，行旅極不便。川不以背井離鄉受痛吃苦，而仍繼續工作者，以有師在也。十三年春，師令組織探險隊入涇谷。二月之內，往返于數百里無人煙之窮山僻壤，而卒得到測圖而歸。此心尚有餘快。是年冬，師令赴漢南辦漢江水利工程，時道途梗塞，川一人獨行終南千里，頗有離索之苦。然散關鳳嶺，棧道陳倉，在在均足啟發詩興，反為行旅之樂。且工地在定軍山麓，武侯墓畔，亦以常聞黃鸝好音為喜。但陝亂方殷，渭北工停，漢工亦以經費無着，于十四年春中輟。乃廢然欲從漢江南下返浙。師雖屢函招還關中，亦不之顧。即於清明前日動身，然舟行一月餘，沉船三次，歷水程僅三百里。雖探得黃金峽等險地，為繪圖作説，自鳴得意。然前路正長，風波險惡，荊棘偏地，到家無期，不得不捨船上陸，取道子午谷返長安矣。時師長西北大學，命擔任該校工科教課。竊以為朝夕可親眉宇，計亦良得，遂安之。是年冬，師為籌大學校款，及渭北水利工程經費而出關。青門送別，望柴車而依依。誰料十五年西安八月圍城，與師暌違至一年之久，中間絶糧，致寄食師門。曾記寄食李師家之首章云：『寄食李師家，李師客京華。去年當此際，送別望柴車。西北謀水利，太學計亨嘉。一籌終莫展，客旅苦生涯。偏地干戈起，不得還其家。』川雖不辭枵腹，備嘗艱苦，於亂離中得見工科同學之畢業。然師則在數千里之外，欲赴湯蹈火，歸秦而不可得。年終城開重逢，不禁有生死之感。猶憶當時記有詩句云：『兵戈暌隔追隨願，死去憑誰報得知』，又云：『魯連陳義邯鄲解，丁令還鄉城郭移』。時城圍已解，氣象一新。但經大亂之後，陝局百孔千瘡，且當軸鋭意東征，實無暇及水利事業。十六年春，川雖隨師築灞隄，修華清宫池，建革命公園，及計劃西潼鐵路等門面工程，而渭北水利，仍無辦法。師雅不欲虚就陝建設廳長職，棄之如蔽履而東去。臨行指引涇計劃圖表等謂川曰：『此一套事物，為年來心血之結晶，宜付與何人？』川知師意，似特為託付之計，故慨然允為管理。但從此以後時局益壞，師既不能歸，川亦不能久羈秦。當時曾于《炎夏喜雨》篇中有句云：『而我正有缺，久不見家山。老母居東海，念子淚潸潸。阿兄新寄書，問我幾時還。金陵寄一妻，愛我至怨訕。我豈不思之，羈旅誰所嫻。祇為師友情，強留不可刪。又為兵戈阻，不得越關山。更窮無旅費，風袖愧鄉關。我生真不辰，遭此百憂患。憂來還自解，狂詠學癡頑。』又《贈別李桐萱太先生》詩云：『國家逢厄運，大陸起風塵。百興俱已廢，一事亦無成。先生試靜聽，請為一一陳。昔年具遠畧，蓬矢射四鄰。五載金陵後，從師入咸秦。本吾饑溺志，焉望沒世名。竭力營渭北，不避艱與辛。測量落涇水，嚴寒值早春。北山居帳幕，淫雨失昏晨。又渡陳倉道，雪霜如白銀。漢江三遇險，幾葬身巨鱗。一事差堪慰，求仁而得仁。無功尚寡過，足以對秦人。九仞為山日，忽遭風雨頻。飄零失其所，太學講經綸。取子復毀室，炮火蔽重城。畿輔盡瘡痍，京華遍荊榛。人命如芻狗，饑疫益沉淪。半載家書絕，萱堂念老親。我生固蹭蹬，遑論我家貧。不如歸家好，猶得樂天倫。耕田可得食，採山可得薪。桃源避秦地，亂世作幸民。甚感先生厚，甚知先生真。諄諄常教我，後果與前因。入室暫未能，聊以悟自新。行將入東海，嘉惠早書紳。尚戀終南山，情留涇水濱。追隨復何日，天涯萬里身。』即於中秋節南歸。當出長安城，回顧嵯峨山，有留連不捨之慨。川《東征雜詩》中首章云：『嵯峨鬱鬱表離情，渭北工程尚未成。何日桃林牛馬放，決渠為雨潤蒼生。』比至金陵，見師於第四中山大學，有感事詩云：『自計此生經九死，未期書劍返金陵。說真說夢吾休管，太學師生似舊朋。』又云：『十載師生情誼長，感恩知己不能忘。殷殷問我秦中事，松菊園林尚未荒。』時川妻方畢業東南大學，待予久不至，已赴滬，傳即去粵，予電招之返。師為卜卦云：『一紙官文火急催，奉行員役迅如雷。縱然目下多驚恐，保爾平安渠復毌。』一日之後，予妻果至，其靈驗大抵類是。時師將入蜀，薦川任第四中山大學教員。十七年秋，師返南京，養病於中山陵園之三茅山。川適在陵園工程處任事，得朝夕存問為樂。嗣後師任華北水利委員會主席，招川赴天津，令查勘黄河及設置該河水文站事，並以川人地生疏，曾親送至開封，為介紹當道，特為吹噓，俾得順利進行其事。十八年春，川以浙江水利局之招，擬赴台州故鄉，建西江及金清二閘。時以閘工急待進行，又恐師不放歸，竟不告而別，匆促南旋，事後又恐師責言，曾託友人在師前說項。而師毫不責其非，且隨時函札往返，教以建閘之要點，俾得完成其功。二十二年閘工粗成，而川則大病，常以家中一母、秦中一師為戀戀。既療養於西湖之葛嶺，夏日炎炎，師忽登山枉顧，云：『來杭無別事，特為看汝病，故不先通知。俾汝得意外之喜悦而愈病也。』高情厚意，感激萬分。及伴遊西湖數日後，川將應浙江水利局招，為赴甌江調查水利發電事，師則諄諄教以建設此項工程之原則甚詳。二十三年，洛惠渠興工，師函招入秦任事。川固以秦中為第二故鄉，急欲重遊，然以病尚未大愈辭，當報以詩云：『病冀常思千里程，可憐伏櫪隱吞聲。壯懷托付東江水，吐氣妬誇北海鯨。少試羸軀當酷暑，原期負重作長征。支離仍失親師望，祇合家山寄此生。』又云：『行舟逆水趕兼程，力竭舵工喘發聲。白浪頭高推短棹，黄粱夢醒斬長鯨。榮枯得失迷微命，凡杖湖山勝遠征。尚幸未虧兒女債，從容進退盡餘生。』是年初冬，遇師於鎮江焦山之定慧寺，盤桓數日，共覽江天，頗有江山依舊國勢日危之慨。二十四年春，渭惠渠將興工，師復電招為助。時川與江西水利局有成約，可得高位重薪。然自思維，非富貴中人，雖一向逆水行舟，頗有所成，實得不償失（覺渺小），故仍決定從師遊，冀得相當學識與經驗，藉謀精神之快樂。乃自南昌西行，重入秦。先參觀涇惠渠大功，憶及當年，每夢寐中隨師聞渠引涇，而土坡高陡，不能通水為焦慮，及水流過閘，灌及農田，又為狂喜，今則實地見之矣。因用黃任之先生遊涇惠渠詩原韻記詩云：『汪洋澄碧在山泉，出作飛花雨滿天。萬里來源經百折，一隄蓄水挽千漩。相期惠徧關中水，少試功成渭北田。霖雨蒼生懷往哲，千秋事業仗時賢。』繼任職渭惠渠工程處。夏間又大病，師自開封來看予，既東返。蒙寄示《乘隴海鐵路快車東行》詩，奉讀之餘，深知師心之蘊，當次韻答之云：『我師東來視我疾，倏忽東去其猶龍。病榻瞻望已匆及，想像數仞隔墻宮。聞因黃禍及東海，席不暇煖別華峯。追憶頻年河屢徙，師與之抗挽向東。胼手胝足築金隄，不辭勞瘁烈日中。只為蘭叢生荊棘，急流勇退聲隆隆。曲突徙薪求心安，焦頭爛額任搖紅。自來薰蕕不同器，看朱成碧自雍容。功罪之口不可封，蓋棺論定為英雄。中流砥柱足自豪，不管東南西北風。願師努力崇明德，東西暌隔當重逢。昔日秦關百二里，而今鐵道利交通。師若乘桴浮大海，由自好勇即相從。我病漸愈豁心胸。急欲報訊向長空，托付南去之征鴻。』冬，師返陝，朝夕過從，尤得耳提面命之益。每逢困難之事，自計不能斷決者，得師一言，即中理解。二十五年春，師五秩進五生辰，秘不招賓客，擬乘雪約作華清池之遊。因事未果，川賦詩記事云：『雪洗河山綴壽辰，欣逢大地恰回春。朱顏綠鬢成仙侶，玉宇瓊樓淨俗塵。渭水長流波浩蕩，南山極目玉璘珣。舉觴但願人長久，海屋籌添一歲新。』又云：『講座春風樂有餘，華清想像意何如。滔天黃禍將沉陸，霖雨蒼生祇式閭。

上壽既非金石固，榮名且演洛河書。濟川舟楫終須用，暫借青門学隱居。』清明前夕，師囑移居其馬廠寓所，予欣然樂。曾記詩云：『春宵如水月如霜，馬廠僑居樂未央。四壁圖書容借閱，清明依舊我思鄉。』十月十日水利局新廈落成，中國水利工程學會諸君子，咸集開會，攝影紀念。川曾云，此刻為陝西水利局黃金時代，師亦首肯，並云：『俟渭惠渠工程完竣，即辭去一切職務，在尚義路新居書齋中，閉門著書，不問世事。無論何人，皆屏之於齋外，以自樂其樂。』此言猶在耳也。雙十二事變，師事前赴武鄠各工地，籌備渭惠渠放水典禮事宜，及歸，以時局不能解決，常終日不樂。曾云：『希望無情炸彈落于頭上，倏忽即死，了卻愁思。』至除夕前一日，始喜形於色云：『國步艱難，如人之患臃腫然，若內毒未淨，決不得愈。此次事變，係國家出淨內毒之日，將走入隆昌之運乎。吾人更當振起精神，為增加西北生產事業而邁進。暴日之寇我東南，不能亡我國，蓋自來外族之亡中國者，皆自西北而來。若日人大蒙古國、大回教國之政策成，即可制我死命，故西北之國防及生產，實為當務之急。』以今憶昔，可謂知言。二十六年夏，師須赴廬山參加談話會，甚忙，令代編《十年來中國之水利》，限二十日交卷，屆時如期編成，師頗嘉奬。然所有參考書籍，皆得之於師書齋之內也。及師自京飛返陝，時盧溝橋戰爭已發生，師將有蘇俄之行，川贈詩云：『白髮朱顏耳順年，踞鞍顧盼擬前賢。匈奴未定家何在，時日偕亡志愈堅。此去交鄰逾朔漠，相期銘石勒燕然。滄桑變易尋常事，憂患當為天下先。』嗣後交通斷絕，此行未果。常語吾人曰：『戰事初開始，一時之得失，不必介懷。吾人學工，不熟軍旅，自今日起，每日費一小時之工夫，研究軍事。同時須節衣省食，儲費作國家不急之需。吾不信無黨無偏積弱無援之國家，而先遭此暴風疾雨之摧殘，吾不信四萬萬五千萬之民族，即煙消雲滅於地球之上。現敵雖攻我益急，但吾信其決不敢渡過黄河，攻西安。吾人仍照常工作，以求增加後方之生産。』其言論大率類此。渭惠渠大工在抗戰期内，得竟完功者，即本師旨。但遺言猶在，而師之聲音笑貌已不可復接矣。

追憶二十年來受恩良多，報德殊少。深夜思維，徒呼負負。今後敢不竭其綿薄，恪遵遺訓，以求盡後死之責。然未知能繼述千萬分之一與否，思之憮然！

村中新八景詩八首並序

景標『新名』，為别於舊。村中舊有八景，年久，不無失實之處。予曾為一度之增刪，而作『家鄉好』八闋為詠。兹新八景詩，粗視之，均為空中樓閣，然皆依照實地情形，根據水利科學原理，為工程家預定之計劃書，亦為村人興利除害所急需解決之民生問題，非徒吟風弄月、傍花隨柳已也。吾年逾不惑，雖三十年來為游子奔走天涯，不無所就，然揆諸葉落歸根之理，仍以家鄉為歸宿之地。預計五十以後，即挂冠歸里，若天假之年，則再致力二十年，希將新八景逐一造成，以償平生最後之志願，姑誌之以爲他日之券。時中華民國二十八年二月書于陝西興平渭惠渠上。

鳥湖峯影

鬧得山泉灌野蕪，連峯倒影入明湖。休言霖雨蒼生事，泉石膏肓亦自娱[一]。

長隄柳浪

十里長隄護碧沂，偏栽楊柳綠依依。奔馳萬馬騰空浪，浩蕩春風柳上歸〔二〕。

陵岸復道

伐石鳩工堆複道，連環洞影映池塘。非為點染村莊色，為免牛羊避水忙〔三〕。

渡頭垂虹

長橋利涉架清河，攘攘熙熙過客多。一變渡頭陳舊跡，雙垂虹影倒蒼波〔四〕。

飛輪行雨

製就飛輪激逆流，為雲為雨潤田疇。繞村四野無乾旱，鼓腹賡歌慶有秋〔五〕。

三江挑溜

築壩挑溜入正漕，保坍止決護江皋。人工應勝天工巧，永固三江抑怒濤〔六〕。

桂堂清芬

村邊老桂如華蓋，秋日開花十里香。我欲結廬大樹下，將花名命讀書堂〔七〕。

塔山香雪

江頭峭壁疊崔嵬，一片清香雪裏開。佳處為吾留草舍，梅花塔影點蒼苔〔八〕。

〔一〕烏湖坑建閘蓄水，可灌溉下大洋之田，而西山連峯倒影水中，煞是好看。
〔二〕黄金溜一帶，須築順水長隄，以防洪波挾沙毁地。隄上栽柳，俾披拂水面，抑制强流，有利於本村極大，然無害於落馬岩渚。
〔三〕繞村皆低地，每年洪水驟至，水勢環村没屋，牛羊即無歸山之路。擬循陵岸塘邊，築複道，達牛皇殿後，可濟病涉。
〔四〕石鼓渡向用船，多不便，須用鐵筋水泥建弓橋於河上，務使洪水時，帶陰樹可從橋下衝過。
〔五〕後洋港岸設水輪，打始豐溪水上岸，可灌溉上下洋全數地畝。歐洲荷蘭之風車，吾國甘肅一帶之水車，富有前例。
〔六〕三江水溜，未能歸漕，則三江渚一帶，東坍西漲，永無窮期。須築挑水壩於船埠頭，挑流入正漕，以期一勞永逸。但以無礙三江村為原則。
〔七〕小坳頭老桂，婆娑可愛，擬構堂於其下，設立桂堂小學校，教育村中子女。予晚年將自號桂堂先生，以樂伯道之暮景。
〔八〕青蓮寺岡之下，向稱塔山後，可見舊時有塔，近無遺跡可尋。擬建塔於焦岩對岸之山嘴上，可增加江山秀氣，全岡植梅，俾成香雪海，予將埋骨於此。

植杏有序

春來作事順遂，心境亦佳，而辭去陝建設廳秘書主任，仍返渠上，栽植椿榆雜樹十五萬株，造成杏林十里，尤爲平生一快。雖作客他鄉，未必見到開花結果，然此心樂爲之。

頻年樂事此春多，敝屣簪纓易薜蘿。手植杏花連十里，待看渠上樹交柯。

挽樹堂叔祖

忽傳家信附哀音，適值秦關倭寇侵。國悴人亡徒寄淚，回思送考感恩深。

附挽聯：

當年送考三台，雪花墨卷，青眼識寒微，三十年為浮生一世。
此刻增功八水，烽火家書，白頭逢浩劫，六千里寄秦失三號。

渭惠渠雜詠十五首

欄河大壩〔一〕

築壩攔河起水頭，當年艱苦費籌謀。而今一綫當長渭，坐看飛流弄白鷗。

引水閘〔二〕

啟閘為雲渭作霖，面臨太白背高岑。河山偉大容吾小，舊景新工湊短吟。

排洪閘〔三〕

皇皇鐵閘半圓形，聞道排洪啟閉靈。青遠菴前青且遠，荷池南望白冥冥。

第一渠〔四〕

汽車駛入扶風路，夾道椿榆正發芽。百里長渠輸渭水，澆成麥綠菜開花。

三凹口跌水〔五〕

高渠跌水滾流泉，旭日新光映水簾。三峽倒翻萬疊浪，銀河瀉落九重天。

渡槽〔六〕

天際長虹渡雨雲，俯觀漆水綠沄沄。槽欄倚處成仙侶，複道行空踏落曛。

斗門〔七〕

聯珠開斗綴長渠，鍊鐵為門任卷舒。斗內農渠盈右輔，四千里路潤田廬。

退水閘〔八〕

虹吸閘門退急流，盈虛消長仗人謀。奔濤駭浪隨坡落，漆水清深自在游。

二三渠分水閘〔九〕

金鐵分流似兩儀，二三渠道各奔馳。馬嵬坡下留連處，周漢陵前退水時。

三孔四孔及五孔橋梁〔十〕

太白嵯峨覆白雲，雲光山色妙平分。重橋百里連阡陌，盡傍南山翡翠紋。

雙凹口跌水〔十一〕

雙龍噴水落滔滔，白沫如珠綴怒濤。消殺狂瀾成水塊，象形個個大胡桃。

階落跌水〔十二〕

三級遞升水力消，安流跌落滾鮫綃。濤聲響處驚長夢，應起英雄射怒潮。

滾水〔十三〕

滾水湯湯刻不停，均流溝澮灌畦町。決渠為雨三農慶，赤地澆成四野青。

三四渠分水閘〔十四〕

三渠分水四渠流，流向咸陽古渡頭。設閘平衡輸水量，隰原挹注兩無憂。

雙孔及單孔橋梁〔十五〕

水泥作石鐵為筋，合建長橋臥野雲。利濟蒼生無病涉，波光虹影正繽紛。

〔一〕位郿縣城北郊外渭河中，長一千公尺，用鋼板樁為基，混凝土築身，花崗石砌面。

〔二〕分六孔，坿冲刷閘二孔，各高十公尺，寬二公尺，鋼筋混凝土建築，鋼鐵為門，位郿縣魏家堡，與攔河大壩相接，面對太白山，背負高原。

〔三〕分三孔，鋼筋混凝土建築。鋼鐵扇形閘門，位青遠菴前荷池之北。

〔四〕長百餘里，經過郿縣、扶風、武功三縣，昔稱右輔扶風。

〔五〕共十四座，均在第一渠上，鋼筋混凝土建築。每座每秒鐘可跌落水量三十立方公尺。內有二座用鋼板樁為跌水墻。

〔六〕架漆水河上，長七十二公尺，架分九孔，每孔高四十六呎，寬三十五呎。每秒鐘可渡渠水三十立方公尺。槽上兩旁樹欄杆，設行人道，全部用鋼筋混凝土建築。

〔七〕分佈一、二、三、四各幹渠，共一百四十九座。斗內農渠長四千餘里，可溉地六十萬畝。

〔八〕分三孔，坩三條虹吸管，位漆水河畔，鋼筋混凝土建築。臨河有退水坡，長一百五十公尺，亦鋼筋混凝土建築。

〔九〕位金鐵寨。一渠至此，分二、三兩渠。二渠過馬嵬坡下，經武功、興平二縣，長二十五公里。三渠經武功、興平、咸陽三縣，流過周漢陵前，長四十二公里。

〔十〕共五十座，皆在太白山下，渭河北岸第一渠之上。每橋平均長二十一公尺，寬四公尺半，可通行五噸載重汽車，俱用鋼筋混凝土建築，水管鐵為欄杆。

〔十一〕計五座，皆在第三渠上，鋼筋混凝土建築。

〔十二〕計二十一座，分佈於二、三、四各渠，混凝土及青磚建築。

〔十三〕計三座，在第三渠上，混凝土建築。

〔十四〕位周村之南。三渠至此，又分流為四渠。自興平西境起，至咸陽古渡入渭河，長三十公里。

〔十五〕共七十二座，分佈二、三、四各幹渠。每橋平均長十二公尺，寬四公尺，鋼筋混凝土建築，可通行五噸載重汽車。

渭惠渠管理局十景詩十首

雙塔建標〔一〕

巍巍雙塔聳興平，唐代建標有令名。閱盡滄桑昭古道，莊嚴色相壯荒城。

五陵壓黛〔二〕

五陵雲樹昔稱雄，豪俠徙居衛漢宮。喪亂頻經遺墓土，原頭累黛壓西東。

波光橋影〔三〕

長渠流水送層波，波上重橋映影多。最是夕陽平地落，反光萬疊漾銀河。

渠水原田〔四〕

原田莓莓舊謀新，覆隴黄雲褪緑茵。渠水縱横互挹注，化為霖雨潤三秦。

隴海笛聲〔五〕

東來西去走長車，汽笛迴音餘響奢。驚醒勞人行旅夢，悠悠隴海際天涯。

馬嵬塵土〔六〕

馬嵬坡下起車塵，當日六軍劫美人。竊國竊鈎休論辯，幾人取義與成仁。

高閣臨流〔七〕

高閣臨流水半環，閒來憑眺俯潺潺。不安四壁為窮目，愛看終南山外山。

華堂思哲〔八〕

新成大廈亦輝煌，故命嘉名儀祉堂。飲水思源應紀念，先賢事跡莫相忘。

清文闢園〔九〕

槐蔭路轉入芳園，花木新栽改舊痕。為紀當年清丈蹟，將花標格姓名存。

渠隄漲綠〔十〕

年來植樹與栽花，樹影花光競歲華。入夏渠隄三百里，綠蔭漸漸漲平沙。

〔一〕古唐塔。
〔二〕周漢陵。
〔三〕過渠橋。
〔四〕澆水田。
〔五〕隴海路。
〔六〕馬嵬坡。
〔七〕枕流閣。
〔八〕儀祉堂。
〔九〕清丈園。
〔十〕渠隄樹。

次韻六首〔一〕

奉讀馮孝伯〔二〕段劭巖〔三〕二先生謁茂陵及驃騎墓唱和之作。

謁茂陵二首

武帝豐功著外攘，茂陵終古自新妝。夕陽絢出高原碧，反襯無邊雲錦章。

秦嶺千峯傍渭河，河山俎豆繞陵坡。名姬大將仍陪葬，笙鶴來遊譜舊歌〔四〕。

登驃騎墓四首

國破寇深近二年，愁看大地滿狼煙。匈奴未滅家何用，爭取將軍衣鉢傳〔五〕。

石刻雄姿漢代延，皇皇藝術此淵泉。不關馬踏匈奴跡，華族文明已遠年〔六〕。

石嶺巍峩俯萬家，登臨故有徑欹斜。河山大好開圖畫，麥秀新添錦上花。

渭渠極目水沄汾，為雨為霖右輔聞。天下興亡承一責，後方生産報前軍。

〔一〕編者注：原詩題為『奉讀馮孝伯段劭巖二先生謁茂陵及驃騎墓唱和之作次韻六首』。

〔二〕孝伯，光裕，興平。

〔三〕劭巖，民達，岐山。

〔四〕陵左李夫人墓，右衛青、霍去病墓。

〔五〕霍去病云：『匈奴未滅何以家爲？』

〔六〕霍墓上，漢代石刻頗多，皆虎虎有生氣，就中有馬踏匈奴二石像。

雨後渠上即景

久旱逢甘雨乍晴，清和佳氣水澄清。郊原坦坦村莊靜，渠北渠南刈麥聲。

減字木蘭花〔一〕　二十八年重陽

前七日，閱報知湘北大捷，大喜；又以十月十日以後，敵機狂炸陝地已四日，悲歡之餘，獨遊茂陵作減字木蘭花二闋。

茂陵秋晚，古道黃花懷上宛。國瘁寇深，強作登臨一散心。英雄老去，碧落黃泉無覓處。錦繡河山，炸彈聲中血淚斑。

重陽佳節，原上蘆花一片雪。再上陵堀，仰望蒼天四面垂。遙看麥綠，生意盈盈連渭曲。捷報南來，雲夢洞庭強虜摧。

〔一〕編者注：原詩題為『二十八年重陽前七日，閲報知湘北大捷，大喜；又以十月十日以後，敵機狂炸陝地已四日，悲歡之餘，獨遊茂陵作減字木蘭花二闋』。

清平樂　憶内用黃玉林韻

空園冷寂，花草淒然泣。踽踽涼涼頻出入，自顧形單影隻。休提海樣深恩，徒看月落園門。又聽火車過去〔一〕，更深人定天昏。

〔一〕内人若自西安來，必乘夜火車。

卷十二　民國二十九年至三十年

民國二十九年（一九四〇年）

贈王頤謙一首有序

予於民國二十九年元旦後七日，自興平乘小車勘渠至郿縣大壩。適李燦如為其友王頤謙餞行。據云王能詩，君子人也。此次赴盩厔縣審判官新任，曾出示贈別古風一首，囑為寫之連紙，藉光贈品。予憶與王君初次見面，甫談一刻，遽爾分襟，然茫茫人海，有一面之交者亦有緣，因贅拙句於李君詩後，以贈王君。

邂逅逢君清渭湄，歡談未竟遽分離。橫渠學術中孚節，車笠相期黑水陂[二]。

相送柴門對落暉，水光人影望依依。流行坎止前緣定，交淺未遑話入微。

〔一〕張橫渠郿縣人，李二曲盩厔人，皆理學名儒。

一月二十一日節氣大寒[一]

恰值大雪，至二十二日放晴。予曾沿三渠東行至大阜村跌水北折，登黃山之頂，箕踞荒城之上，遊覽久之，作詩二首。

連朝積霰白縣縣，今曉新晴別有天。恰值大寒下大雪，已逢豐歲兆豐年。黃山渭水交爭媚，玉樹銀花正鬥妍。
青女素娥仍努力，誓為大地洗狼煙。
循渠看水又登山，霽雪郊遊半日間。凍路開時泥活活，冰澌轉處浪潺潺。平瞻太白千峯玉，俯瞰秦川九曲環。
箕踞荒城觀落日，雪光人影自閒閒。

〔一〕編者注：原詩題為『一月二十一日節氣大寒，恰值大雪，至二十二日放晴。予曾沿三渠東行至大阜村跌水北折，登黃山之頂，箕踞荒城之上，遊覽久之，作詩二首』。

黑白貓有序

蝸廬中畜一貓，黑質白花，善懂人意。如將偷食，見予及素來，即止。又性喜臥床椅之上，予屢禁之，故見予至，往往即自床或椅上一躍至地。又不時以舌洗其毛，故頗清潔，而同時又洗其貓伴。捉鼠技能極靈敏，而喂以食物，則似甚呆，十九為貓伴爭去，亦無慍色，似度量甚寬大者。但有時食物為小狗爭去，則不憚奮其爪，以擊狗頭，狗不敢正視。每自外歸，扣門作微響聲，蓋使吾人知之，而不厭其擾也。每夜睡室中，天將明，須出恭時，則亦微發聲，使人知之，而為之啟門。其在中庭排糞也，先以足挖一地窟，排畢復以足挖土蓋之，故不污穢。此種種可愛之事實，尚未能盡書。昨日見其踞侯南墻下，聽鼠消息至大半天，而不歸室。及夜猶捉到一大鼠，故不殺之，作爲遊戲之資。今日晨不之見，午聞朱僕云，死于東北墻角炭堆之上。予細察之，則見口及腹均有血跡，腿毛拔去一方寸見肉，脊背不平，顯係為暴鄰打死，而拋返墻內者。乃令朱僕埋其尸，因有餘情，故筆之於書。

物性猶人性，溫恭黑白貓。不爭同類食，能保各房鏕。潔淨豐毛羽，嬉遊弄鼠梟。胡為非命死，頓起客心焦。

西江月　和趙寶珊先生感懷儀祉先生次韻

大德守先待後，水功霖雨蒼生。振衰起廢掌權衡，生佛萬家錫慶。報國丹心貫日，潔身白水為盟。
等身著作已完成，丘隴可寧幽夢。
君子死以為息，精神不與淪亡。涇渠渭澮自流芳，泉水亦名廉讓。先哲流風餘韻，千年皋壙生光。
仲峯高聳徑汪汪，俎豆河山供上。

附趙寶珊《西江月》詞：

河嶽精靈間氣，哲人應運而生。承天法地志縱横，博愛斯民可慶。胞與襟懷自在，百年利濟為盟。
如何溝洫告功成，盡力莫忘魂夢。
秦地土田黄壤，那教呼癸流亡。前賢鄭白有遺芳，繼此追蹤勿讓。饑溺當時猶己，仁聲世代馨香。
我公已往澤汪汪，光燄雲霄直上。

儀師逝世二週年紀念改詩

絳帳聆音道貌親，杏壇露冷兩經春。遺書誦讀河渠舊，水政施行溝洫新。惠澤長流揚四瀆，大功利濟徧三秦。
權衡霔旱兼天巧，廣廈為懷拯萬人。（張景星）

河渠山海著名家，禹跡茫茫度歲華。人救江淮登衽席，渠開涇渭利桑麻。大星失墮留遺囑，白雪紛飛慟落花。

吾黨追思垂兩載，閭閻頌德正無涯。（常均）

先生老去好歸真，自在長眠遠六親。杖履生塵春二度，音容回首歲三新。猶疑南國違清誨，恍若東山作隱淪。

蒿里歌殘思未已，仲山遥望倍傷神。（李燦如）

前年警報擾西京，斗宿摇摇此日傾。涇渭成功酬夙願，江河待治負生平。關中黎庶歌遺德，海内文人頌盛名。

回憶興平諄訓語，怎教俯仰不傷情。（吴鐘華）

患道從來不患貧，但求水利裕蒸民。江淮工舉任勞怨，涇渭渠開慰苦辛。桃李爭妍彌八表，棉禾挺秀徧三秦。

宏猷未盡身先逝，黎庶于今淚濕襟。（周巽）

畚鍤成渠為禦荒，那知萬禩報烝嘗。伊誰倡首建祠宇，我亦陳詩譜樂章。數字褒揚榮衮冕，春來肅拜薦馨香。

兩儀閒上一片土，也共先生百世芳。（周巽）

彪炳事功人勝天，音容莫覩又經年。黄淮大计勞規劃，涇渭流芳映後光。觸目枌榆堪墮淚，逢春桃李共爭妍。

關中沃野連千里，不死精神徧陌阡。（原步青）

附一：儀師逝世二週年紀念為水利工程學會陝西分會作輓聯

是河嶽靈秀所鍾，家傳厚德，世慕長才，策籌邦族，書著河渠。及為國任艱區，門盈桃李，人救江淮，蜚聲華北，著績浙西。晚年治黄，將學理合事實。能勇退以潔身，至歸宿於秦川水土。俾涇渭梅織，次第成渠；洛黑漢褒，相機為雨；惠澤沾五萬頃赤地，功德並丘山，直若萬家生活佛。

負國家興亡之責，物與民胞，守先待後，立懦廉頑，思饑援溺。當日寇擾東南，盡職投艱，毀家紓難，心瘁神勞，聲嘶力竭。早春寒疾，憒腥羶滿京城。恨烽煙堆大地，竟殉身於浩劫風波。使故吏門生，撫膺太息；斗夫水老，仰首合悲；閭閻哭十七省蒼生，精神難泯滅，永垂千古作完人。

附二：挽儀師聯並序（為河海同學會陝西分會作）

中華民國二十九年三月八日，為儀師逝世二週年之辰，同人齊趨涇陽兩儀閘畔師墓園開會紀念。當過咸陽原，下脩石渡，見涇河之陽，嵯峨仲山之麓，萬千氣象，籠罩吾師墓地。及渡涇遇大隊棉花車，浩浩蕩蕩而來；至涇陽近郊，則麥田一碧，渠樹千章，皆有欣欣之色。入城，見人民之富庶，街市之繁華，均有長足之進展。此皆涇水之惠，吾師之功。觸感之餘，擬成此聯錄呈冥鑒。而擬句至二三子同心協力之時，不禁淚下，附誌之。

水利已抬頭涇渭，想當年遭逢百折，鍥而不捨，歷十七年慘淡經營，得成就千秋事業。

吾師竟撒手人天，際此日紀念二週，踵事增華，須二三子同心協力，纔繼承一代光榮。

附三：改儀師逝世二週年紀念會水利局祭文（周矢勤）

嗚呼，光陰荏苒，歲月不居，先生逝世，忽忽二週年矣。本局水利事業，在此二週年中，賴政府極力提倡，籌巨款於萬難之中。全局同仁，均能同心協力，遵照遺囑，切實奉行，計已成各渠灌溉面積，涇渠已擴展至七十餘萬畝，渭渠已達三十餘萬畝。實施清丈註冊後，當可大量增加，梅渠八萬三千餘畝，織女渠一萬畝，所可告慰先生在天之靈者一也。黑渠本年夏即可觀成，漢渠已成三分之二，褒渠明年可以竣工。嘉陵江陜境内水道整理工程，本年六月可完工，所可告慰先生在天之靈者二也。灃、滑、牧、汧、定、雲諸渠，有工款已定者，有在施測者，有在設計者，均經分別進行，可望逐漸完成，所可告慰先生在天之靈者三也。他如先生生前最關切者，渭渠南土壩，二十八年夏，洪水越過大壩頂二公尺，但賴先生在天之靈，終慶安瀾；洛渠以五號隧洞困難，現已決定計劃，當可順利進行，期其成功。邇來抗日戰事，捷報頻傳，最後勝利，已在不遠，所可告慰先生在天之靈者四也。水利局因避敵機轟炸，已於去年九月，移興平渭惠渠管理局内辦公，一俟時局稍平，仍當遷返西安原址。以建廳事務叢繁，未克長住興平，局内外一切事務及工程，均賴全局同仁衆擎之力，得以照常進行，所可告慰先生在天之靈者五也。茲值先生逝世二週年之辰，謹具肴饌，致祭於墓前，並將局中兩年來工作概況，畧為報告。先生有靈，來格來歆！

附四：改儀師逝世二週年紀念會渭惠渠管理局祭文（周巽）

維公世族，以儒名家。維公處世，淡泊生涯。不事衒媒，不飾紛華。剛柔有度，質直無瑕。好與公益，熱心辦學。佑啟後人，羣推先覺。創辦河海，招集羣英。口講指畫，姿穎教宏。今日桃李，海内盈盈。繼承遺志，抗建完成。莽莽秦川，主辦水政。關中八惠，親手訂定。涇渭成渠，後先輝映。旱荒無虞，口碑萬姓。治黄導淮，良醫對病。尊榮蔽履，心潔如鏡。存心為國，不關政柄。遇有電台，星夜赴應。遇有咨詢，直言無剩。綜公言行，希賢希聖。嗚呼！天報善人，宜壽而康。疇料一病，竟入膏肓。宏猷未盡，賫志以歿。噩耗驚傳，舉國膽裂。緬懷遺言，頓失圭臬。惟茲渭渠，囑爲管理。敢不黽勉，以赴宏旨。誓與同人，有如此水。任職之初，適當大難。風鶴頻傳，人才分散。對此殘局，徒茲永歎。二年以來，鍥而不捨。任勞與怨，未敢安坐。羅薜簪膺，依然故我。幸賴衆擎，頗收效果。關於抗戰，將及三年。桂南鄂北，近掃狼煙。敵將衰竭，可慰九泉。公之逝世，歷二週天。生寄死歸，靈魂依然。精神所在，徧於陌阡。水老斗夫，咸集墓前。一春一祭，億萬斯年。

附五：改儀師逝世二週年紀念會渭惠渠管理局輓聯（原步青）

念往哲創業艱難，仿溝洫制，著河渠書，苦心焦思昭後起。

願吾儕守成惕勵，完稼穡功，收灌溉利，繼志述事慰先賢。

西湖曉日圖〔一〕

曉日新光入裏湖，孤山樹影尚模糊。水天交織無邊錦，雲彩波紋湊畫圖。

〔一〕三月一日夜，忽動詩興，連作數首，志舊遊題像片也。

終南絕頂圖

終南絕頂白雲間，履險攀蘿盤又盤。揮汗渾忘當烈日，臨空四顧俯千山。

西湖秋光圖

湖上清秋好放船，青山紅樹倒漪漣。雙峯銜日波光飽，蘆葉蘆花正鬥妍。

雁塔圖

雁塔舊題名，彷彿見故我。悠悠千載事，三生証因果。行脚至長安，偶來禮塔左。我佛相莊嚴，依舊垂眉坐。

龍游澗及水珠簾圖

澗命龍游水命珠，龍珠串織綴仙區。同是天台好風景，落花時節紀歡愉。

天台絕頂圖

清晨偶立扶孤松，身在靈山頂上重。異草奇花觀不盡，萬山足下白雲封。

石梁飛瀑圖

藤蘿深處透清香，追逐飛流到石梁。小立磯頭雄顧盼，雙形宛在水中央。

體魄圖

十年一病始平康，患死憂生病裏忙。囑咐天君勤保護，莫教辜負好皮囊。

儀師逝世二週年紀念會後兩儀閘畔晚眺二首

兩儀閘畔立斜暉，日薄西山胡不歸。聯幛收空遺故土，賓朋散盡賸空圍。白雲蒼狗人間世，功業文章大纛旗。
揖別師墳留一歎，河山依舊昔人非。

水聲汩汩影依依，暮靄蒼茫腹已饑。難得勾留當此夕，徒勞想像悟先機。長渠綠野春無際，浩劫紅羊願盡違。
萬里家鄉隔烽火，白雲親舍望歔欷。

讀興平馮孝伯題李儀祉先生學術論文後次韻

憶昔受書讀禹貢，厥田上上祇稱雍。渠廢河淤水失利，十年九旱民悲慟。涇渭成渠灌地高，築壩設閘建渡槽。
莽莽秦川始佈惠，赤地千里如脂膏。人言吾師百夫特，思溺思饑自惻惻。慘澹經營二十年，贏得三輔滿棉麥。
陝南陝北計利勻，更令沙漠得長春。漢水褒河皆化雨，始信天工不如人。秦人沐德飲芳醪，修祠立廟祈英豪。
記師立身履清潔，記師立志不折撓。記師教人溫而嚴，想像當日列崇班。手澤猶新語在耳，忽成賸水與殘山。
惟茲渠水豔春華，膏沃大地卉含葩。不死精神如此水，萬人感德萬人嗟。紀念二週留一紙，海屋添籌誌生死。
繪圖列表紀水功，藉作秦中河渠史。

附孝伯原詩：

鳥鼠導渭始禹貢，千里間流貫維雍。洪波不釃時潰衝，河伯有靈應銜慟。漢唐宅京地積高，京北引渭開大漕。深漕汎運三百里，民田點滴無澤膏。天挺李公人中特，水不歸田心惻惻。涇流淪訖復事渭，要令活水活菽麥。槐里之隰溉尤勻，溪橋雲樹江南春。導水上湖文命後，奇工若斯有幾人。胡天夢夢如飲醪，降割西土殲人豪。譬猶營造建章殿，丹黝未畢梁木撓。梁木雖圮基局嚴，成規遺矩留班班。鄭侯勛績平陽續，一樣大業壽名山。斯人學術國之華，根荄歐亞發奇葩。一朝乘槎歸淨土，下為民惜上國嗟。哲理鴻文留故紙，書在精神常不死。他日誰續河渠書，好將此編付遷史。

次韻二首〔一〕

庚辰上巳，蒲城王卓庭來遊渠上，出示其《花朝雅集》及《春分即景口占》二詩。

國難逢豐歲，人壽更懽娛。東山高臥日，几杖勝馳驅。河山舉目異，風景尚不殊。高瞻遠矚處，豐草亦平蕪。
自我初見丈，花雨屢沾濡。清談每終夕，窮理碧成朱。平矜忘勝心，釋躁為和愉。叔度自汪洋，磨礱成新吾。
更誦花朝詩，心印走盤珠。

槐里春光接駕徊，黃山渭水好盤徊。高軒上巳經南郭，渠草渠花次第開。

〔一〕編者注：原詩題為『庚辰上巳，蒲城王卓庭來遊渠上，出示其《花朝雅集》及《春分即景口占》二詩次韻二首』。

附王卓庭詩（時年七十四）：

其一　庚辰《花朝雅集》拈珠字

童年好呫嗶，翰墨良所娛。男兒志四方，隴右賦長驅。投筆戎伍間，興趣漸分殊。春光容易過，硯田久荒蕪。今歲來青門，騷人競染濡。風流續洛社，裙履多紫朱。況值花朝日，盛會殊懽愉。徒奈老無成，今吾異故吾。辜負高賢賞，魚目漫混珠。

其二　春分日即景口占

一出青門久未回，茂陵風雨自徘徊。歸來却喜春常在，依舊玉蘭滿樹開。

赴武郿巡渠早發興平

曉風殘月出興平，麥隴黄雲照眼明。太白雲峯迎旭日，終南疊翠傍人行。

夏夜記事

隔牆秦調雜秦箏，我自藤蔭臥月明。起視門前新放水，長渠流月去無聲。

挽郭靜垞

巾峯分手日，娓娓話平生。羈旅六千里，懷人四五更。兵戈增意亂，噩耗更心驚。聊寄兩行淚，天涯故舊情。

附輓聯：

童稺結葭莩，紛飛勞燕，傾蓋談心，話到滄桑和水淡。

烽煙籠秦越，集恨離亡，將書寄淚，愁看星斗落江寒。

詠渠樹

年來植樹與栽花，樹影花光競歲華。入夏長渠三百里，綠蔭漸漸遍天涯。

漢南雜詩二十二首〔一〕

自沔縣武侯鎮至將臺鄉道中

一壑當前又一丘，筍輿行處傍溪流。洪波毀路溜沖腳，曲徑通幽柳拂頭。野草發花叢鳥道，奇峯疊嶂逼龍湫。

新涼雨後宜行旅，好水好山染素秋。

峽口驛至尖岔鋪早行書所見

怕雨牽行腳，乘早走蠶叢。曉煙迷人跡，宿雲出高峯。谷暗疑無路，山開仍可通。野花滿溪澗，佳樹何鬱葱。

澗邊多怪石，樹下結孤篷。連田蕎麥花，山坡似雪封。錯雜相思子，萬綠點殷紅。花木不知名，煙雲亦無蹤。

空谷乏足音，澗水響叮咚。誰得靜中趣，縱情於太空。

過接官廳〔二〕

輿聲得得向西行，日淡風清脚步輕。四面青山我作主，臥聽流水鼓瑤箏。

訪狀元碑二首〔三〕

昔摩郡閣憶中郎，今到嘉陵夙願償。潑墨龍蛇無舊跡，直言蜺墮自流芳。

古道新工得益彰，巉巖斷棧易康莊。我來訪古覩新路，雨濕征衫興倘徉。

遊靈岩寺二首〔四〕

陟岡涉水訪仙鄉，捫葛攀蘿漢棧長。山勢眼前巖欲墜，江聲脚下浪飛揚。藥泉繞壁噴階砌，石乳凝晶托洞梁。

臥佛何時驚好夢，娑婆世界度平康。

靈巖古洞紀遊仙，兩兩穹廬一水連。蓄作明池浮綠藻，瀉為飛瀑注青天。江山秀麗聯秦蜀，草木清華弄雨煙。

最是三樓接洞頂，滄桑閱盡羡長年。

詠嘉陵江〔五〕

嘉陵好景正宜秋，日日追尋水石幽。十六年前酬舊約，七千里外記新遊。梯崖棧道湍流湧，飛瀑長林天井浮。

秦蜀關河此樞紐，江山半壁啟新猷。

記署陽二首

四面環山三面水，署陽夜夜聽江聲。迴音響徹千山外，時共簷流斷續鳴。

避世云何處，嘉陵江水潯。環山浮綠葉，偏地佈黃金〔六〕。雲雨無常態，林泉可賞心。言留佳處住，將在鳳山岑。

自畧陽至罝口驗收江路工程遇雨

籃輿整隊溯江流，兩載新工一驗收。危棧天梯經斧鑿，急湍礁石費謀籌。千層雲彩頭前起，百轉波濤脚下流。罝口歸途三十里，重重煙雨鎖興州。

驗收嘉陵江工程記事

秦蜀開山險，嘉陵千里清。既墜航運一朝復，連翩江上驗工程。北起白水江，西南過陽平。中經青泥嶺，謫仙歎難行。江中灘險六十七，青石背灘尤猙獰。水轉峯迴灘浪湧，谷深山密林菁菁。煙雨無常山水暗，惟聞啼鳥雜灘聲。處處飛流掛碧峯，峯峭流急客心驚。計施疏鑿工，寒暑兩度更。大府出巨資，宣理事交並。集工日萬夫，鎚鑿繼五丁。築壩揀石灘，畚鍤苦經營。刊山導湍流，建閘暢長征。暗礁怪石用火攻，危梯斷棧闢榛荊。更於江上修縴路，曲折鉤連惠榜人。憶昔江運斷，百貨滯難行。而今湍悍殺，萬民慶功成。際此抗戰建國中，溝通西北西南補天功。克敵制勝，利賴無窮。

自畧陽放舟赴陽平關

重重煙雨鎖興州，冒雨沖煙逐水遊。水曲山隈灘浪急，林梢處處掛飛流。

徒步上皤冢山下列金壩行漢寧路

皤冢山頭泥滑脚，列金壩下水淘沙。花邊無盡車輪印，赤足康莊步步花〔七〕。

南鄭留别

淒風苦雨過中秋，一月漢南浪漫遊。冒雨出門頻握手，歸途清興勝煩憂。

褒城河東店阻雨

東風一夜雨斑斑，盡月長征風雨間。笑煞天公惡作劇，倒翻海水落高山。

詠石門〔八〕

水力萬鈞鷄磧刊，石門闢處激飛湍。覆巖江上終年暗，滴雨峯巔酷暑寒。峭壁雖留秦棧跡，通衢幾改舊時觀。

漢家銘頌何須記，滄海波頭僅發端。

訪顔逢欽於西北醫學院見詩扇次韻

童年囬憶處，什載始逢君。反謝紅羊劫，他鄉共小醺〔九〕。

詠褒河

源從太白瀉雲根，萬壑奔流匯石門。谷口建瓴騰巨浪，衝巖擊石恣鯨吞。

過柴關嶺

嶺路灣環盤又盤，柴關風雨滿岡巒。輕車飛駛穿雲鳥，誰信人間行路難。

過酒莫渠〔十〕

昔日山行意感傷，攀登鳳嶺接天長。而今繞道開新路，風雨輕車九店梁。

秦嶺行

秦嶺之高接青天，東西萬里山鈎連。劃分南北别山川，民情風俗自因緣。昔我南行當夏末，豐草長林蓋山骨。

風雨交加嶺之北，雷聲脚下雲中發。嶺北風雨嶺南晴，嶺頭北向看雲行。翠峯萬疊出雲表，白地青章分外明。

今我北歸值中秋，滿山煙雨潤如油。人馬咫尺不相見，混沌一氣乾坤浮。除卻車聲與雨聲，耳邊瀝瀝聽飛流。

下至半嶺雨漸少，眼前彷彿見雲嶠。來往人馬如淋浴，下界茫然境絶妙。雲中隱隱映山形，巍峩忽見半峯青。

峯頭處處掛飛瀑，滚帛抛玉響玲玎。行近嶺脚煙雨收，秋光明媚暢山遊。百貨充盈輸南北，紅樹青山綴道周。

回瞻來處仍沒雲，冥冥一片氣氤氲。山靈秘不露山形，為免塵俗説紛紛。

〔一〕民國二十九年秋去漢南視察漢江水工并驗收嘉陵江整理工程。舊地重遊湧起詩興，得二十二首並作《漢南紀行》一篇，登入陝西水利局水利季報中。

〔二〕畧陽路上，至此畧有平疇。

〔三〕距畧陽城二十五里，嘉陵江畔有蔡中郎郙閣頌碑，疏江工程進行時，畧為修理。

〔四〕山洞二，雄踞嘉陵江上。洞中有藥泉及石鍾乳，與唐塑卧佛及宋時椶樹。

〔五〕予於十三年，初次過秦嶺，遇嘉陵江源於東河橋，至鳳縣而别，意頗依依，曾有重遊之約。

〔六〕江中產金沙，淘金者頗多。

〔七〕雨後，長途汽車輪印無盡花邊，特赤足履花為樂。

〔八〕此處石門頌、石門銘等碑十三種，及近人石刻頗多。

〔九〕顔君原詩云：天涯飄泊客，三度又逢君。無奈驕陽逼，頻揮不解醺。

〔十〕一名九店梁。

重陽前一夜渠上散步二首

林蔭蟲韻水迢迢，明月隨人過野橋。雨後秋深人意爽，將心附月上青霄。

水月交輝樹影連，涼宵如水水如天。無邊清景秋光好，渠上逍遥月下仙。

挽王載卿内叔

蘿蔦繫喬松，蝸廬華木穠。笑談評世事，晨夕豁心胸。歸計南征急，離情東望濃。何期成永别，萬里盡煙烽。

附輓聯：

蝸盧聚首，郿塢偕遊，論世訂知音，萬里天涯同作客。

望嶽路遥，識荊恨晚，撫膺頻灑淚，千重烽火賦招魂

民國三十年（一九四一年）

宋達菴寄留別詩次韻有序

去年十一月四日，遇宋達菴於長安，久别相逢，晤談甚樂，曾約參觀渭惠渠。宋曾招予至蘭州爲伊幫忙，予婉辭之。臨别時尚依依不忍去。今年一月中旬，伊自成都旅次來書云：自陝赴漢，自漢返蘭，自蘭赴渝，刻又奉命返蘭，組織綫區司令部，從事國際運輸云。

長安相遇日，槐里遽分離。附驥慚無力，守株幸有規[一]。相期平浩劫，聊自濟寒饑。北圉交鄰策[二]，長才賴主持。

〔一〕指陝西各渠。

〔二〕指蘇聯。

附達菴詩：

八年去何速，匆匆又别離。功名輕敝屣，事業繼先規。春到全憑水，秋收可免饑。千秋遺澤在，努力勉支持。

挽朱子橋先生

蝸廬夜宴盡鄉親，滿座談鋒獨有神。烽火天涯聞噩耗，不禁客淚灑西秦。

附輓聯：

涇惠賴輸將，至今朱子橋邊，仍留遺愛。

大星沉灃鎬，他日長安市上，永樹儀形。

儀師逝世三週年公祭記感

海內懷耆舊，生平事蹟傳。抗倭連五載，公祭越三年。靈氣留涇水，英魂護渭川。相期平浩劫，斗酒慰長眠。

附一：輓聯

百世以俟，師道傳授不惑。

三年之外，門人治任將歸。

附二：附渭惠渠管理局祭文

維中華民國三十年三月八日，陝西省渭惠渠管理局局長胡步川暨全局同仁，謹以清酌庶饈之儀，致祭於李先局長儀祉先生之墓前曰：韶光如駛，歲月不居。先生逝世，忽忽三週年矣。本局成立迄今亦屆三載，爰將三年來之工作概況，約畧報告。竊本局自二十七年一月成立後，除灌溉管理外，即從事各幹渠之延長，及各農渠之增闢，與各項尾工之完成。現灌溉面積，日漸擴大，此渠水量豐富，無不足用之虞。惟攔河大壩南土壩在二十六年大汛中曾經一度沖毀，先生病危時，尚關懷此壩之恢復工程。幸二十七年初，加緊工作，於伏汛以前修理完竣。伏秋嚴加防守，得慶安瀾，年來復建上游挑水壩五座，用資保障。此可告慰於先生在天之靈者一也。前渭惠渠工程處於二十六年十二月底雖告結束，然實際尚未全部完工。值此抗戰建國之秋，亟宜踵事增華，以期增加後方生產，雖財政在萬分艱困之中，仍測量設計，開挖第二、第四兩渠延長工程，均相繼完成，約可增加灌溉農田三萬餘畝。此可告慰於先生在天之靈者二也。渭惠渠灌溉面積，預計六千餘頃，就中受益地畝，有歷三年未經清丈註冊者，農民用水權未定，並常以多報少，致無法統計確數，管理亦因以困難，而國稅收入復受相當損失。嗣經本局擬具計劃，呈請核准後，現正實施清丈註冊，本年內當可完工。此可告慰於先生在天之靈者三也。渭惠渠第一渠自郿縣魏家堡引水東行，至金鐵寨分入第二、第三兩渠；又東行至周村南，分第四渠。各渠流量在平常用水時，容納與宣洩甚為適合。如遇有特殊情形，則金鐵寨周村一段渠道，常有宣洩不利之弊。歷年管理，深感困難。二十七、二十八兩年，夏間渠水增大，下游渠道頂托之時，均在南莊退水閘上，臨時挖開南渠岸，洩水入漆水河。二十九年夏間，三渠水位增至一公尺八，曾在該渠八公里處決口，幸搶堵得時，未釀巨災。現為一勞永逸計，擬將金鐵寨周村間一段渠道，加高培厚，業經擬具計劃呈請省政府。又渭惠渠與隴海路平行，渠水越路不易，致鐵路以北農田，不能普沾水利，而尤以咸陽縣境內，鐵路北一萬四千餘畝旱田為甚。且咸陽北郊，工廠林立，需水亦至殷切。當地農工各界，一再聯名呈請開挖第五渠，以興水利。該項工程，業經測量設計完竣，呈請省政府。以上二項一俟省政府核准，立即興工。此可告慰於先生在天之靈者四也。渭河含沙量甚大，每至百分之五（或百分之十五）即不能放水入渠，而進水閘附近一段渠道，已淤積至一公尺四。二十七年曾舉行沖沙工作，結果良好。但二十八年夏季，農田正需水之際，大渠因含沙量大停止放水，致農產畧有損失。現為挽救此種事實計，擬在郿縣白楊樹村，建一排沙閘，預計下層排沙，上層放水，可保持渠內長年流水。此項計劃，現正在研究設計中。至於局中同仁，在此國難期間，均能刻苦耐勞，克盡厥職。此可告慰於先生在天之靈者五也。

值茲三週年紀念之日，正大地芳春之時，前方捷報，隨春汛以頻傳。先生有靈，自當欣慰。尚饗。

附三：陝西省水利局祭文

維中華民國三十年三月八日，水利局局長孫紹宗暨全體同仁，謹具香花清醴果品庶饈之儀敬獻於我先局長李公儀祉先生之墓前，而為文以告之曰：嗚呼！葬先生於兩儀閘畔，轉瞬又屆三年矣。瞻望遺容，曷勝愴感。憶去年今日之紀念，曾將局中二年來工作情形，敘述敬告，以慰先生在天之靈。茲將本省年來水利事業概況，再為分別撮報。涇惠渠二十九年註冊灌溉地畝七千二百九十餘頃，水費奉令加倍征收，已達五十三萬六千五百餘元。涇陽縣城南，改良鹼地工程，前已完工。寶峯寺渡槽，年久損漏，前特呈准撥款改善，現已完成百分之七十。渭惠渠清丈註冊工作，刻正辦理。二、四兩渠延長工程，均已於二十九年先後完竣。近並擬增開第五渠，俟呈准後即行辦理，灌溉地畝當可逐年增加。梅惠渠奉令已於本年一月由本局接管，尚未整理竣事，及應行補修工程，擬即繼續辦理，以期灌溉面積逐漸擴展。織女渠因上年又被山洪沖毀，現正從事整修。陝境嘉陵江水道，初期整理工程，前已蕆事。刻正進行第二期測計工作。漢惠渠工程，如能順利推動，本年五月可望完成。褒惠渠現已完成全工百分之二十。漢南水利管理局二十七年，以省庫支絀，曾奉令一度裁撤。去年四月，又呈准恢復。洛、黑兩渠，仍由涇洛工程局主持。黑惠渠去年本可告成，嗣因山洪甚大，致將新修、之大壩沖毀甚多，刻正從事趕修。洛惠渠以五號隧洞困難，去年曾決定用鐵旋胎，現正進行實施。定、榆兩渠奉令先撥款二十萬，俟組織預算核定，即行籌備施工。灃渠計劃已另行妥擬，本年內可望施工。至灃，灞各河隄防，及渭渠南土壩，去夏洪水時期均慶安瀾。以上諸事，均堪告慰。

茲值先生逝世三週年之期，政府籌備公祭慎重紀念。是先生形骸雖渺，功業千秋不朽矣。本局及各附屬機關全體同仁，在先生墓前，共鑒石碑一座，以資永久紀念。先生有靈，尚其鑒茲。

記阿烏作猜疑妬忌歌有序

阿烏，予長安蝸廬中一黑狗也。民國二十五年十月十日，蝸廬落成，阿烏始來賓，時僅一小狗，尾細，身段不揚。經餵養後，漸散尾，毛漆黑，雙眼閃閃有光。居常不偷食，能守夜，能隨人入地下室避敵機轟炸。日間常臥於蝸廬大門下，及入室，則據一隅，永不當路。與蝸廬中一灰色大貓相友善，同臥起遊食，從未見其爭鬧。予自二十七年一月，遷居至興平，阿烏曾送至長安火車站，予見其俟車開，垂尾而歸。年來予每寒暑或深夜，乘火車返蝸廬，阿烏必至前，狀極親暱，且嗚嗚作聲，表示熱情，常對坐客廳中，歷久不去。見予喜亦喜，見予憂，則以頭碰紗門而出，數年如一日也。二十九年九月，予遊漢南歸蝸廬，二十八日夜半大雨中，乘火車返興平，聞阿烏即於此夜失蹤，尋訪不獲，想已不能生還，予深悲之。憶及平生知交，與閱歷人世，每覺多翻覆雲雨，或下井而投石者，故作猜疑妬忌歌，為阿烏誦之。

用之則溫捨之寒，叫人如何不猜你。喜新厭舊棄如遺，叫人如何不疑你。高車駟馬勢逼人，叫人如何不妬你。眉眼舉動邈視人，叫人如何不忌你。四載蝸廬如一日，叫人如何不念阿烏！

四月八日自興平赴西安道中

寒食清明初過時，春寒料峭冷生肌。晨光草樹凝珠露，處處風飄紅滿旗。

立夏視察壩河防汛工程

灞河堵口初抗戰，三載安瀾岸柳新。拂水護隄二十里，折枝儘足贈行人。

晴雨詩五首有序

五月二十三日晨，东方見太陽，西方有雲，畧吹西風。私心默祝，如中國有打勝仗之望，則雲必掩日，雨可隨之，一洗妖氛，而見淨土。逾時果雷鳴天暗，風逐雲行，雨隨風至，頗有傾盆之勢。予頹唐之精神，為之一振，因誌之。

清晨對日有餘傷，默祝烏雲蔽太陽。烈烈西風逐黃海，傾盆疾雨洗沙場。

連日機聲帶虜塵，今朝雷雨徧三秦。老天一怒施威武，我自狂詩禱祝真[一]。
飛揚跋扈看倭人，破我山河戮我民。是我遠仁遭後果，願天行善種前因。
暴風疾雨不終朝，雲淡風輕漾碧霄。極目長渠盈綠樹，細推物理自逍遥。
家山失色復光明，悲不幾時喜氣生。但願家人仍團聚，天涯遊子慰離情。

[一] 春夏之交久旱，今日始有雷雨。

張健吾兄出示留別陝西省政府諸同仁詩次韻

尼父三年必有成，常聞輿頌滿西京。匡時堅苦存邦國，接物和光惠友生。浩劫迷津懷寶筏，虚堂履潔慕清名。
偶來論世鄉音合，話到滄桑忽五更。

附健吾詩：

讀書學劍總無成，又學吹竽遊舊京。三載周旋皆賢達，一堂水乳慰平生。愧無長策酬知己，忝列清流浪得名。何語寄情求未得，臥看月影近殘更。

六月十七日晨乘隴海綫鋼車赴西安書所見

車聲烈烈氣吁吁，路樹紛紛避路隅。旭日遮雲形殘缺，鏡中樹影急前驅。

德兄來書[一]

說臨海淪陷及克復經過，並云敵機炸石鼓舊宅，嫂死小侄受傷。又張健吾兄示《歸思詩》次韻並寄德兄二首。

綠樹濃蔭掩鐵紗，午窗睡聽一聲鴉。起占禍福懷親舍，浩劫推移到老家。

傳聞敵騎踏桑麻，火熱水深寧有涯。嫂死侄傷徒飲恨，秦川縈望赤城霞。

〔一〕編者注：原詩題為『德兄來書説臨海淪陷及克復經過，並云敵機炸石鼓舊宅，嫂死小侄受傷。又張健吾兄示《歸思詩》次韻並寄德兄二首』。

附健吾詩：

庭樹依稀映碧紗，虛廊極目送歸鴉。南天在望嗟無路，戰訊遙傳已破家。萬里未能安老幼，一官何事羈天涯。連宵鄉夢知幾許，都逐清風到赤霞。

歸思口號有序

七月八日夜，為農曆三五。小雨新晴，空氣潤濕，一清久旱炎威。西北微風，動蕩浮雲南去，一輪明月始出樹梢，照徧大千世界。閒臥園中，頗有歸思。

劫後鄉關又若何，客心焦灼急如梭。母兄東海無消息，蘭玉金華有坎軻。浙水陰霾何日盡，秦川明月此宵多。歸心欲逐浮雲去，飛向南天入大羅。

謁師墓〔一〕

七月十一日與沈百先、雷曉風、劉世音、顧子廉、丁貽仲諸同學謁儀師墓記感。

禫祭於今近半年，又臨斯土又茫然。緬懷講座言猶在，一別靈山信不傳。昔日雪風入墓穴，今朝桃李萃墳前。田禾渠樹連天碧，不死精神寄陌阡。

〔一〕編者注：原詩題為『七月十一日與沈百先、雷曉風、劉世音、顧子廉、丁貽仲諸同學謁儀師墓記感』。

七夕前七日重上翠華山遊水湫池

飛瀑崇山結夙因，翠華重上一番新。我來恰值清秋雨，煙水迷離莫問津。

獨登南五臺二首

五臺扶杖又登臨，越澗攀岩入茂林。雨後濕侵山石滑，仰頭縈望白雲深。

興來獨往不知程，勝事無邊繫我情。上到水窮雲起處，偶逢樵子與同行。

九月三日〔一〕

為予四十八初度之辰，聞福州克復及接家中平安信，喜而作詩。

中年歲月去如流，捷訊遙聞定福州。更見鄉關傳竹報，國威家慶克離憂。

〔一〕編者注：原詩題為『九月三日為予四十八初度之辰，聞福州克復及接家中平安信，喜而作詩』。

與妻女同游終南山信宿蔣氏山莊

輕車畧城南，倏忽經韋杜。漢唐全盛時，離天僅尺五。朝野雖改易，陳跡尚可數。南行入終南，計時方亭午。
轉過山水隈，林梢見靜處。隔溪放笛聲，童穉早延佇。入室品清茶，心感東道主。相攜遊翠華，歸來享鷄黍。
夜定聽水聲，晨起看煙雨。咫尺不相見，潺潺驚耳鼓。不待煙雨收，策杖登天姥。雨濕山徑滑，雲深林泉古。
悠然入雲林，騰空若振羽。四顧一茫然，下界深幾許。獨遊興不孤，塵心懷謝墅。日暮下山來，信宿論場圃。
相期隨李廣，彎弓學射虎。

中秋前三日對月有懷

露冷蟲鳴半及秋，花蔭月影兩悠悠。良宵似水情香湧，客子心如不繫舟。

聞十月二日湘北大捷口號二首

湘北兼旬羽檄馳，反攻一戰定安危。中秋捷報連聲至，且向洞庭望月姿。
滿天烽火阻湘川，鶴唳風聲到日邊。嶽麓洞庭盈殺氣，衝開妖霧淨嬋娟。

閲趙寶珊先生《讀〈雕蟲集〉書後》

千篇無益費精神，小技雕蟲化作塵。本是尋常田舍子，如何呼喚作詩人。

渠畔三首

滔滔一渠水，密密千章樹。人在水樹間，正好玩月處。

水月起魚鱗，人行逐水濱。樹蔭靜映水，明月動隨人。

月落水涓涓，夜深人未眠。餘光收樹影，獨立野橋前。

渠上霧景

連朝重霧未能收，渠上清虚合獨遊。陣亂飛鴻迷南北，黄花紅葉點深秋。

夢中作西江月一闋醒而忘之僅記首尾四句

又值揚花飄絮，漫天追逐東風。浮生隨水去無蹤，空被文章捉弄。

掃帚菜〔一〕

因其名俗，改為青柴蓬。

青青嫩葉色盈盈，春夏籬邊一脈平。待到秋深呈紫色，如荼如火鬧新晴。

〔一〕編者注：原詩題為『掃帚菜因其名俗，改為青柴蓬』。

菊花

秋晨叢菊滿園隅，葉葉枝枝帶露珠。曉日出雲增煥燦，珠光花影映瑾瑜。

紫雲英

紫雲一片綴窗前，冬日臨寒亦自憐。百草凋零英獨茂，群芳隊裏一貞堅。

田價貴

田價貴，無力買，不關墝田與沃野。從前關中喪亂時，一元一畝人驚駭。軍閥逼種煙，苛雜強催解。不如白送人，鞭朴纔作罷。我自南來辦水利，人勸投機作商賈。購得負郭田，糴賤販貴也。逐末非所願，何況薪水寡。而今逢浩劫，衣食無握把。田舍未經心，每況祇愈下。憶昨遊盩厔，心慕山水雅。仙遊寺，學隱者，半世謀生無片瓦。嗚呼，傾囊買七畝，半自養活半施捨。

賀張健吾兄壽有序

健兄五十初度之辰，賓客躋堂介壽，頗極一時之盛。予聞知也晚，不及參與佳會。但海屋添籌以後至為佳，則予亦自有說，即寄一詩，作秀才人情耳。

儒雅風流知命年，朱顏綠鬢地行仙。文章有價同金石，河嶽長年接海天。遥想紅牙先奏曲，故教青鳥慢銜箋。長安親友飛觴日，籙外仙留後至緣。

渠上氷有序

渠上氷凌，團團如荷葉，隨流東去，浮渭達河，入戰區，直至太平洋。每日不知淹沒黄汎區多少田廬，惜哉水也。誰使為之而孰致之？

渠水流氷葉葉圓，衝濤輾轉見貞堅。達河浮渭滋阡陌，自豫入淮决百川。暫助三軍成戰壘，未為大地洗烽煙。觀兵南海難殲敵，枉自臨淵羨汝賢。

卷十三　民國三十一年

民國三十一年（一九四二年）

記長沙三次大捷二首有序

三十一年元旦後，長沙三次報捷，關係頗為重大，不但我反攻部隊增加聲勢，即南洋英美之失利，希能振奮一時。薛岳將軍大名，可與中華抗戰史永垂不朽矣。因用三月前口號原韻成詩。

湘江猛浪北奔馳，殺伐聲摧強虜危。三次長沙傳捷報，天山三箭發雄姿。

敵勢傾頹倒逝川，望能逐北到天邊。南洋後浪翻前浪，端賴吾人保麗娟。

終南歌〔一〕三章

終南之峯長際天兮，冬至落日太白尖兮。夏至落日隴山巔兮〔二〕，落日往返無窮年兮。吁嗟，人命旦暮徒自憐兮。

終南之木長沒雲兮，奇花異草毖清芬兮。鳥獸麋鹿可同群兮，永不鬥角而鈎心兮。吁嗟，人類擾擾徒紛紜兮。

終南之水長澄清兮，激蕩怪石作琹鳴兮。滾瀑奇崖布光晶兮，出山不濁萬里程兮。吁嗟，人事合污難為情兮。

〔一〕一月二十七日，夜夢作終南歌，醒時僅有隱約，為補成三章。

〔二〕渠上所見如此。

言志

生小居東海，天仙二水環。立身期禹稷，勵志克辛艱。放浪形骸外，退藏台蕩間。著書留爪印，埋骨傍焦〔一〕山。

〔一〕石鼓為予祖居，當天台仙居二水會合之處，有礁岩峙中流，距天台雁蕩二山各百里。

趙寶珊先生來信〔一〕

趙寶珊先生來信云，讀《雕蟲集》勉成五言一章，以誌景仰。次韻答之。

文章原覆瓿，小技命雕蟲。聊自為消遣，未遑計拙工。言情思寫實，詠物語由中。權作班門斧，品提重邈躬。

〔一〕編者注：原詩題為『趙寶珊先生來信云，讀《雕蟲集》勉成五言一章，以誌景仰。次韻答之』。

附趙詩：

君詩成妙品，何乃喚雕蟲。萬籟資音響，連篇入化工。有懷天地潤，寄意物情中。更切民生利，空疎愧我躬。

春晨渠上口占

春晨雨後薄凝霜，萬里無塵野趣長。一水滔滔綿德澤，千村寂寂自耕桑。杏紅吐豔烘朝日，麥綠含珠映曉光。最是南山橫大地，連峯白雪放毫芒。

清明日渠上所聞見

佳節清明桃李笑，無邊好景掩塵埃。渠旁舊墓封新土，婦女成群哭墓哀。

張健吾兄自洛陽來西安云即回家作此贈之

洛邑群花與我違，忍聞驪唱動旌旗。三年治績敦秦俗，萬里烽煙望浙磯。君切安家寧惜別，我同倦鳥亦思歸。故鄉親友如相問，春色闌珊警昨非。

挽郭靜涵

槐里三更送客時，車窗寒氣暈愁眉。滿期歸里平安報，未料生離死別悲。

附輓聯：

大地滿兵戈　母在堂　兄棄世　客子孝心殷　萬里還鄉攜兒女

關山分秦越　夫永别　友長離　幽魂期望切　三更入夢話家庭

詠榆錢

長安兩岸盡青錢，點點飄遊逐浪遷。獨立渠濱空想像，落花流水自年年。

附金笑予和詩：

枝頭疊疊幻青錢，大地飄來自籔遷。無力療貧難濟事，東風底事鑄年年。

雨後武功農校園看牡丹

雨後花冠不勝支，嬌嫣欲滴薄凝脂。惜花人至趁晨早，靜趣清香兩繫思。

長安寄張健吾兄南歸途中三首

秦川製錦望台州，每望台州歎遠遊。忽憶故人南去日，偕行無計湧離憂。

長安作客惜陽春，離亂天涯別故人。此刻歸途餘幾許，行行何處各沾巾。

多愁王粲怕登樓，綠暗紅稀益客愁。坎止流行聊順化，自來命不與人謀。

立夏日園中玫瑰盛開誌喜

公餘徙倚看園花，濃豔堆籬壓徑斜。莫道春風今日去，群枝昭絢舞朱霞。

附金笑予和詩：

綺麗叢中錦繡花，驅風笑靨睍鶯斜。研朱誰灑飛丹影，深淺輕盈燦晚霞。

詠白玫瑰

逝水流光不可攀，三春去盡意闌珊。素心惟有白玫瑰，錦繡堆中本色難。

附金笑予和詩：

謫落人間詎敢攀，瓊枝月下倚疎闌。芳容不假俗顏色，粉本瑤箋繪影難。

晝寢

藤陰梧葉掩紗窗，窗外紅花透暗芳。晝寢醒來閒臥望，紛紛蝴蝶鬧晴光。

挽負生銘新有序

負生少年得志，及遭挫折致病。二十九年秋，予視察漢南歸，始為設法調任梅惠渠管理局局長，冀其得展長才。竟以積勞，至遭肝病，歷八閲月而死，哀哉！

早歲蜚聲盈太學，樂群敬業養天真。十年事業留涇惠，三載飄遊遠劫塵。回憶己饑傷己溺，可憐斯疾厄斯人。梅渠未理身先死，墓草萋萋已作薪。

附輓聯：

己溺己饑，呼天胡視聽。
斯人斯疾，哭子最傷神。

清和以後兼旬淫雨〔一〕

閲報擬想金華已失守，作詩誌感，用杜甫《曲江對酒》韻。

烽火連天不可歸，客窗徙倚看霏微。園花零落群蜂散，隴麥生芽獨鳥飛。自分孤單寧耿介，休將塵俗強依違。秦川縱有留連處，待到清風即拂衣。

〔一〕編者注：原詩題為『清和以後兼旬淫雨，閲報擬想金華已失守，作詩誌感，用杜甫《曲江對酒》韻』。

百戰有序

接家書，知美機轟炸日本東京，共十六架，在航空母艦起飛，事後以油盡天昏，四架降落於天目山方面，就中一架落於三門縣，飛機師五人，三輕傷，二重傷。送至臨海醫治。就痊，返衢縣機場，實為此次暴敵傾巢打浙東張本。鄉人雖遭火熱水深之痛，亦有餘榮，自誌之。

百戰東夷未解兵，夷京得見被雷轟。惱羞成怒淪東浙，翹企家山與有榮。

遣興二首

烽煙滿眼苦思家，回首虛隨漢使槎〔一〕。逝水無情縈寂寞，渠頭有路到天涯。

朝朝暮暮去還來，渠上勾留白髮催。漸見濃陰天半合，千章樹木手中栽。

〔一〕指李儀祉師。

清平樂　炎夏雨後即景

涼風習習，滿院濃陰集。五載栽培經雨濕，炎夏使人心浥。　公餘渠上迴還，悠然即見南山。雨後波光樹影，清涼天上人間。

健吾兄自桂林來信贈詩次韻二首有序

張健吾兄春間南歸，至江西鷹潭，以浙東戰事發生西返。至吉安失僕，至湘贛交界之界化壠病，扶病至桂林就醫。來信說長途苦況，附詩二章云：『萬里孤鴻太可哀，那堪帶病又飛回。殘生真比黃連苦，又教黃連續命來（每劑藥都有黃連）』。『病榻支離有誰知，添衣添被自撐持。窮途細味孤單苦，那得鄉音慰所思。』

壯志淩霄切莫哀，羨君萬里獨來回。精神克制征途苦，卻病延年蔗境來。

天涯分手牡丹時，珍重青山自主持。浩劫悠悠人已返，茂陵風雨話相思。

題紫雲香〔一〕

紫雲香氣益虛堂，彩蝶飛飛逐隊忙。炎夏權威枯百草，此花獨茂抗驕陽。

〔一〕一名柴桂。

榆籬

園中手植各種籬笆，漸漸可觀，記詩八章。

春來嫩葉綴榆籬，綽約臨風舞小枝。籬隙透窺家室好，忘機鳥雀鬧晴曦。

槿籬

區劃新園種好花，密栽木槿作籬笆。花開紅白都千葉，長夏籬邊落彩霞。

楓籬

手植青楓錯犬牙，編為籬落隔芳華。輕霜初降三秋後，細葉紅於二月花。

柏籬

種柏為籬繞廣庭，喜他四季色常青。涼秋近塞惟衰草，寒歲無能賽娉婷。

冬青籬

隔花繞屋樹冬青，剪幹脩枝曲象形。瑞雪籬頭一片白，綠衣貞女玉亭亭。

黃楊籬

綠衣黃裹白銀邊，脩剪成籬葉葉鮮。莫道黃楊多厄運，風霜不改羨長年。

玫瑰籬

紅黃玫瑰自籬落，首夏開花簇簇齊。帶刺為防鷄犬入，亦防人手有高低。

珍珠花籬

春煖繁花枝上敷，叢叢點點集珍珠。成行環列鑲花圃，雨露沾濡滴璞瑜。

柴藤

柴藤繞架壓窗南，嫩葉叢花春正酣。夢眼婆娑枝上望，雙雙燕子話呢喃。

白蓮

引水通渠種白蓮，波光瀲灩倒長天。清香六月堪消暑，柳岸陰陰帶曉煙。

送王啟疆侄南歸

漂泊天涯乏至親，何堪客裏送行人。南歸萬里兵戈滿，珍重長途節苦辛。

挽彭君毅尊翁伯玉先生詩四首

秦皇采藥問神仙，海國長春未計年。毓秀鍾靈人輩出，先生曠達亦陶然〔一〕。

教養孩兒兼父母，相依為命繫深情。卌年茹苦含辛後，雛鳳清於老鳳聲〔二〕。

養生知足兼能忍，杖國杖朝又一年。聞道漢皋傳五老，流風餘韻誌耆賢〔三〕。

幾生脩到刹那時，無疾而終若不知。捷報臨川除一憾，國威聊慰下泉思〔四〕。

〔一〕翁牟平人，好遊山水，數年不返，天性真純，心境曠達。

〔二〕翁家貧，早鰥，為兒謀學費，曾借人四元，月息五分。後其兒三任陝西省民政廳長，現任陝西省府秘書長。

〔三〕翁死時，年八十一，嘗避亂於漢中，人稱五老望月。知足能忍，是翁之語。

〔四〕翁無疾而終，生平以倭寇未除、兒未續娶為缺憾。作詩時，適贛中臨川克復，為吾國反攻之大關鍵，故云。

四十九歲生日誌感二首

七夕昏昏去幾時，新愁舊痛亂如絲〔一〕。緬懷生日悲秋節，抱恨終天無母兒。窺鏡忽添蒼白髮，抽籤忍讀蓼莪詩。臨川此刻傳收復，致祭虔誠告母知〔二〕。

秦川泣血望萱庭，每夜秋聲逐性靈。七七禍延殃七七〔三〕，明明路轉入冥冥。頻年常動歸耕念，浩劫偏勞行露形。四十九年思此日，深恩罔極育寧馨。

〔一〕予於舊曆七月十二日生。
〔二〕是日臨川收復，為我浙贛反攻之大關鍵。
〔三〕母因國難家禍而死，時當七月七日，年七十七歲。

題吴實甫先生徐繼庭烈女墓碑之陰有序

吴君任職渭渠，垂七載，頗有成績，功在民間。去冬以腦出血，忽逝於武功管理處。德配徐夫人，懷才不露，悲毁逾恒，於夫死百日設祭後，投井以殉。同人哀之，為合葬於渠上，并表其墓。

天涯哭望有生時，浩劫悠悠無盡期。為念孤魂流異域，惟將一死伴相知。渭濱七載功常在，渠上雙墳跡永垂。莫道烽煙家萬里，安居互慰九泉思。

銀邊草〔一〕

銀邊叢草滿階墀，入夏芳華變亂絲。酷熱遐思歌白雪，清涼世界浥心脾。

〔一〕一名六月霜。

中秋誌感二首

去歲中秋客裏思，家園劫後念親慈。今年秋月還如舊，長抱皋魚風木悲。

秋霖渠上倍凄清，月冷中天分外明。一縷深愁消不得，烏能反哺我何情。

江寧周萊蓀留別詩次韻有序

周以家事，請假南歸，留別詩云：『驪歌聲澈暮秋天，今日祖鞭獨得先。既倒狂瀾公力挽，將傾大廈愧同肩。非云才大思他就，祇羨身安似野仙。人似浮雲聚復合，月盈則缺缺能圓。』『八載追隨今別離，耳提面命繫予思。生花妙筆驚秦客，起草才名舉浙知。碩畫宏謀為衆利，奉公啬己無偏私。庸材自慚蒙春雨，來日方長圖報時。』

八載秦川共一天，倦遊今羨着鞭先。早知吾道難偕俗，莫説匡時勉仔肩。烽火漫天推劫運，紅塵滿地羈行仙。悲歡離合尋常事，月有陰晴有缺圓。

相逢邂逅又分離，暗自魂銷悵客思。萍水飄流會合偶，文章得失寸心知。囊錐脱穎應循理，天道無言不自私。莫學銅駝悲荊棘，黎明前刻黑片時。

柳絮

楊花飄絮附東風，落水西頭反向東。坎止發芽成岸柳，十年生聚又凌空。

附金笑予和詩：

飛颺未必總因風，隨欲西來隨欲東。麗白衹宜才女詠，靈和餘韻戲晴空。

槐花

槐花壓雪接天長，傍水依渠百里香。人採銀英和麵食，蜂攜金粉釀晶糖。

附金笑予和詩：

繁枝密葉綠蔭長，嘉木移來海外香。玉珞珠瓔拂繐繐，熏風散馥沁如糖。

白楊

冬渠插幹盡人工，農隙脩枝到歲終。培得白楊高百尺，蕭蕭落木舞秋風。

葡萄苜蓿

西征絕域懷雄主，苜蓿葡萄入漢家。今日渠隄衣苜蓿，葡萄架下話桑麻。

涇惠渠上儀祉學園校歌

仲山之麓，涇水之濱，兩儀閘畔臥哲人。渠樹千章，禾棉萬頃，涇渠之惠公之靈。既庶且富，整舊謀新，又加以教進文明。仰高鑽堅，保泰持盈，惟有志者事竟成。

鄭為邦自蓉贈詩次韻

秦蜀關河別路悠，散關劍閣好尋幽。臨淵顧我三生夢，破浪羡君萬里遊。時代巨輪旋豪傑，空前浩劫惠珍羞。故園寇退脩牆屋，劍氣寒光接素秋。

附鄭詩：

北城坐冷夜悠悠，一盞燈光為誰幽。萬里山河塗顏色，百年身世莫虛遊。寇腥致我淪胥痛，熱血為邦無復羞。他日雄師克華夏，再陪姑丈話春秋。

記白母鷄之死有序

家中養鷄一羣，園内嬉遊，花間覓食，夜息於籠，怡然也。今春鷄瘟，羣鷄死，惟白母鷄以喂大蒜獨存。素以其孤獨，買一老雄鷄為之伴，但以其老性難改，硬不入籠，每晚棲於樹上。久之，白母鷄亦不入籠，隨老雄鷄同棲，因不慣高飛，僅棲低枝，如是者數月。今夜三更，野貓來，老雄鷄得免於難，而白母鷄被刼以去。予追至庭，僅聽嗚然悲聲耳。噫，每見世人無能力，強欲高攀，致死於非命者多矣。吾於白母鷄乎何尤，因記之。

哀音入耳淚潸潸，夢冷白鷄指顧間。寄語世人寧養晦，安常處順莫高攀。

卷十四　民國三十二年

民國三十二年（一九四三年）

讀章士釗先生新年所作《千年調》次韻並作渭惠渠新年獻辭

昨夕過舊年，依樣行吾道。談話聚餐檢討，大家說好。今天新歲，化日見徵兆。局務會，計一年，開幕早。

我生性急，遇事常煩躁。回想年來修養，付諸談笑。自新日日，變化舊腔調。願同人，匡韋弦，通微妙。

附章詞：

又是一年春，醉臥長安道。細數西來幾歲，歲歲都好。今番爆竹，更折收京兆。揮涕淚，捲詩書，歸去早。

平生好事，發語都嫌躁。近日學成馮婦，怕被人笑。良辰吉日，卻解千年調。看諸公，賈君房，言語妙。

附原步青和詞：

美哉渭惠渠，逐漸增五道。端因領導得人，年年進好。今番舉會，預徵豐收兆。一年計，在于春，幸到早。

生來性直，遇事多急躁。兼之未能脩養，輒遭人笑。一切言動，易操舊腔調。愧吾儕，少讀書，莫明妙。

為李儀祉師繪遺像題詩

五載念師情，悠悠望羽旌。精神應不死，笑貌亦如生。講座千言在，靈山萬里程。惟將一管筆，寫色並描聲。

挽蔣銘三之母杜太夫人

西川扶病到西秦，風燭殘年不耐春。敵寇未誅遺恨在，寶鷄雪裏弔夫人。

附輓聯：

名將鎮中州，作西北屏藩，正相期王屋陳師，養迎壽母。
秦川懷越國，悲東南淪陷，未料及瑤池聚會，痛定慈親。

千年調　壬午農曆過年

舊曆過新年，早掃思考寶。又念同仁辛苦，不可草草。棉衣籌製，渠利平分好。倉有麥，院有煤，堪溫飽。前方抗戰，炸彈和大砲。我輩後方生產，神聖報效。私心少慰，未負慈親教。身許國，心念家，忠耶孝。

張芸軒自長安贈詩二首次韻

大地烽煙急鼓鼙，秦川暫借一枝棲。固知老拙難行道，莫說前賢與德齊。世事流行逢坎止，我生帶水並拖泥。

故園東望漫漫路，極目關山草樹迷。
槐里同寅念昔時，論交直諒慕英姿。進城訪舊當炊飯，入室談心值弄兒。早識枚皋雄筆陣，未知張謂善裁詩。
懷才不露揚長去，錯過當前繫我思。

附張詩：

舊是孫弘門下客，今於秦苑託卑棲。久欽陶令聲名好，復審白公德政齊。槐里桃花紅似錦，渭渠春水濁如泥。郊原城郭都堪羨，我欲西遊路轉迷。

長念興平胡太史，野鷗意趣鶴仙姿。口中不染淵明酒，膝下尚虛伯道兒。治水築渠興廣利，含毫吮筆屢吟詩。頻年烽火迷天地，為賦江南有苦思。

按：庾信身仕北朝，人繫故國，作《哀江南賦》，於故鄉兵燹之餘，深致哀悼。胡先生浙人，客陝，亦有懷鄉之感，見諸文章，故云。

迎春連翹

臘盡空園仍寂寞，流光遲滯慰年華。迎春偏與連翹約，漏洩春光恨早花。

杏花

秦川二月春還早，花萼凝霜紅半含。幾日東風渠上過，杏花春雨豔江南。

榆葉梅五瓣梅

幾枝濃艷鬥紅粧，春曉凌寒點薄霜。鄧尉梅花無此態，淡霞深暈作衣裳。

紫荊

榆梅未罷紫荊開，滿樹叢花錦繡堆。自昔將花比兄弟，當年田氏悔分財。

青桐白桐

成王剪印封唐叔，法國輸苗到海東。習習春風移大葉，蕭蕭秋雨落疏桐。

合歡〔一〕

繞牆徧種馬纓花，細葉濃蔭掩日斜。夜合炎天空一角，涼風穿引入田家。

〔一〕一名馬纓花，又名夜合歡。

碧桃

碧桃豔質逾凡卉，招展春光有所思。惟念好花難結果，秋風落葉賸空枝。

丁香

丁香紅白閂疏林，撲鼻芬芳辨淺深。轉瞬春光漸老去，枝頭結子葉成蔭。

蘆花稻花

蘆花似雪稻花香，雁陣聲聲憶故鄉。拂葉隨波枝接地，夕陽千里水天長。

贈沙玉清陳子頵赴新蒙有序

沙玉清、陳子頵二兄，自武功農學院來長安，信宿蝸廬。吉朝（三月三十一日）即赴新蒙一帶，考察水利，長征萬里，半載可還，作詩贈别，藉壯其行。

斗轉春回夜氣清，蝸廬花草自多情。下弦月影勞人夢，曉角長安第一聲。

渠上清明三首

和風煖日值清明，麥滿郊原桃半英。偶立渠濱看逝水，盈科東去不留聲。

盈科東去不留聲，似水流年太薄情。惟有將心付逝水，偕行到海慰殘生。

偕行到海慰殘生，一見家山覺有情。趕上家人吃寒食，相隨掃墓值清明。

蘋果

莫道蓮花似六郎，離離蘋果盡紅妝。秋風采實吞香玉，春日開花賽海棠。

巡渠歸途〔一〕

遇大風揚塵，對面不見人。行歷三小時，至天昏抵家。

大風逐土天四垂，宇宙縮小賸幾許。百步之外不見人，反光幸循一渠水。水邊楊柳掛千絲，隨風嬝娜舞多姿。風急枝摧落水流，彷彿勞人力不支。我亦勞人幾過勞，逆風衝土巡渠壕。惟念一勤能補拙，壯士何嘗惜羽毛。

〔一〕編者注：原詩題為『巡渠歸途，遇大風揚塵，對面不見人。行歷三小時，至天昏抵家』。

望雲亭有序

予既於渭惠渠管理局東偏闢清丈園之明年，經春歷夏，花草翳然滿園。公餘之暇，與同人散步於其中，足以調劑煩勞，陶冶性情。是歲，梅雨為災，隴麥生芽，然渭惠渠灌溉區域，以澤潤故，麥黃較晚，得免天災。其絳帳鎮一帶有兩歧之麥穗。又夏秋乾旱，原上秋禾皆枯死，而渭惠渠灌溉區之玉米、黍、稷、棉花四十餘萬畝，皆豐收。因民之歡樂，乃思於園南隙地建亭，誌其事，定秋收下麥後動工。凡運磚砂、合灰土等事，均用民力，不半月而亭成。每春秋佳日，俯清池，接芳園，仰觀宇宙之大，遙望南山之雄，足與民偕樂也。抑予又有言者，吾國發動神聖抗戰垂六年，尚未能驅逐倭寇出諸國境，敵騎所至，村裏為墟，敵機投彈，血肉狼藉，我尚未能向賊巢報仇。今春始見美國盟機轟炸日本東京，事後以油盡天昏，乃降落於浙東故鄉，敵即傾巢進犯，故鄉大部淪陷，烽火家書，於以斷絕。而老母又於本年七七之夕棄養，遊子天涯，不能奔喪回里，每見白雲在天，即興皋魚風樹之痛，故顔此亭為『望雲亭』。時民國三十一年秋暮。

國破親亡歎日曛，天涯遊子意如焚。南天極目家何在，為建斯亭望白雲。

清丈園有序

中華民國二十七年春，渭惠渠工程告竣，管理局組織成立，而全渠灌溉區域，以故延未清丈，致管理困難。二十九年十一月，始組織清丈隊，實施清丈地畝，朞年而成，已奠定全渠人民用水權之基礎。清丈隊之功，不可磨滅。現全隊調至漢南清丈漢褒各惠渠，行將就道，因念全隊人員，在此一年內，努力工作，無間寒暑風雨，始有此成功。但各員出身學校，入社會做事，以本局為第一機關，將來散之四方，往來興平，必能憶及此終身事業之出發點。若不有永久紀念，恐美而不彰。故動員全隊，手闢此園，并希每人各植花木一株於園中，用資紀念。中華民國三十年十月望日。

灌區清丈惠黎元，按畝分流溉隰原。欲把程功垂永久，披荊斬棘闢名園。

渠上夜景

長渠落日影騰蛟，蛙鼓黄昏雜水敲。車站市聲傳斷續，一鈎新月掛林梢。

椿花楸花楝花

雜花生樹柳依依，草長長渠鶯亂飛。四月清和天氣好，椿楸花繼楝花緋。

風楊

風楊粗葉垂長實，日午渠頭樹影圓。劃地分明圖案好，遠條蕃衍透光邊。

金魚草

一區濃豔綴新枝，紫白紅黄色色奇。花似金魚張大口，晴空呼吸弄波時。

實竹

叢叢實竹點東籬，變化無窮造物奇。日午公餘閒步處，萬花鏡裏看多姿。

月見草時青草

葵花向日為陽光，月見時青乃反常。傍晚開花爭月色，霎時一片佈鵝黄。

紅黃菊萬壽菊中心菊

紅黃萬壽中心菊，大朵中央疊小花。冶豔輝煌兼富麗，青天綠水幻朱霞。

飛燕草山桃草

深藍淺紫發榮光，飛燕春風雅淡粧。紅粉滿園消永夏，桃花人面繫崔郎。

美人蕉

美人蕉葉特多情，不斷抽心過半生。晚綴濃花鋪紅錦，反嫌結子累高名。

麥花菜花菀荳花

平疇繡錯潤渠工，麥綠菜黃菀豆紅。無限春情農業國，前軍轉餉振雄風。

萱草茴香黃蜀葵

萱草成窩湊綠芝，茴香嫩葉細如絲。渠頭三友盟初夏，更雜粗枝黃蜀葵。

金盞花金鷄菊蛇目菊

黄花香比别花濃，金盞金鷄善引蜂。蛇目小花時變紫，漫沾細雨翠茸茸。

七七母親逝世週年紀念日誌感

慈親客歲赴綏山，兒滯秦川尚未還。捧檄有心虧子職，憑棺無分見遺顔。崎嶇世路終年苦，板蕩中原舉步艱。卅載征途仍草草，白雲親舍隔重關。

七七之晨興平等縣國民兵團會操〔一〕

予贈『寓兵於農以靖四方』八字，復作詩紀事。

民兵處處習圍攻，七七飛聲徧國中。追憶從頭吞短氣，當前展望吐長虹。六年抗戰成宏業，萬國聯盟進大同。近喜鄂西驅強虜，反攻少可試雄風。

〔一〕編者注：原詩題爲『七七之晨興平等縣國民兵團會操，予贈「寓兵於農以靖四方」八字，復作詩紀事』。

戰鄂西

鄂西一戰陪都固，飛機大砲轟煙霧。江漢之間多壯士，中流擊楫不反顧。追奔逐北，掃穴犂庭。會師岳陽，暫可小住。計自五五至六六，南縣安鄉新安公安松滋洋溪枝江等地俱克復，如湯潑雪刀破竹，一帆風順下江速。殲滅敵軍五師團，漁陽關前倭鬼哭。石牌要塞作金湯，以逸待勞固江防。高木義人投火網，聚而殲之水一方。江聲山色威扶桑，龍舟角黍壯端陽。倭寇騎虎勢難下，陸軍三百萬人如毀瓦。海軍力量已半折，飛機產量日轉寡。不及美機廿之一，陸海空威傾如瀉。現復孤注想一擲，摧毀生產工業付鎔冶。最後關頭已降臨，彷徨南北東西也。我軍聞敗勿餒勝勿驕，沉著應戰無煩囂。且羨運籌決勝兩得人，舉國上下振精神。最後勝利早證印，百尺竿頭仍邁進。

伏中自大壩歸〔一〕

途經郿縣車站，見壁上詩句，因用其韻。

勘壩歸途趕火車，沿途是處掛青紗。長渠侵潤田禾葉，大地鋪陳野草花。鳥語泉聲朝氣淨，短衣赤足曉光斜。題詩壁上人何在，欲話桑麻轉憶家。

〔一〕編者注：原詩題為『伏中自大壩歸，途經郿縣車站，見壁上詩句，因用其韻』。

玉米棉花

渠頭萬頃盡秋禾，玉米棉花綠綢羅。民食國防資接濟，渠流惠澤渭恩波。

牽牛蔦蘿

牽牛蘿蔦葉青青，粉白紅藍花滿庭。最是新秋消暑氣，曇花一現雨冥冥。

寄題蝸廬

蝸廬作曲形，人笑為曲尺。而我安居之，清興發晨夕。天上文曲星，未聞文星直。俞樾營曲園，嫌費土木值。蝸牛戴屋行，方合庾信宅。宅中何所有，清風常習習。牆壁粉白灰，窗戶薄敷漆。蘆頂稱土牆，鋪磚堆地席。借書滿架擱，字畫補粗壁。庭除二畝餘，栽花培果實。借地未化錢，還基不可惜。依勢欲作池，堆山運頑石。想像方寸間，聊娛煙霞癖。可惜山與池，因亂工中輟。經營廿五年，入居雙十時。適逢水利會，遠道來賀客。李師情誼深，教我止隅策。卻病可延年，比鄰不岑寂。老妻更關心，廳房亂點綴。錦上又添花，居然華麗室。春花而夏陰，秋月到冬雪。地僻靜多趣，草長一片碧。公餘獨徘徊，蒼苔印桐屐。問嘗留達官〔一〕，方面及使節。亦曾宴嘉賓，老朱與老屈。可憐醉與儀〔二〕，相繼為異物。又痛靜與獻〔三〕，令人長嗚咽。屢憶緜與賢〔四〕，久久無消息。人事有代謝，往來成今昔。經過雙十二，抗戰起七七。敵機炸長安，四次遭狼藉。彈片毀屋牆，玻窗盡辟易。塵土滿天空，瓦全既飛失。慘像映眼前，榱倒見屋脊。塞牆補屋漏，馬虎濟緩急。移居至槐里，干戈未偃息。雇僕守園門，生活費周折。無已讓友人，閒錢省一筆。太上未忘情，咸陽懷趙璧。蛟龍無定窟，留戀又何必。相去百餘里，關河尚未隔。來往長安市，猶可寄形跡。

〔一〕抗日戰爭中，政府曾借此招待貴賓傅作義。

〔二〕指王醉卿與王儀齋。

〔三〕指静涵與獻文。

〔四〕指悠緜與志賢。

五十初度記感〔一〕

八月十二日即農曆七月十二日。

五十而知天命年，迂疏何敢擬前賢。休官原計從今起，藏拙未能祇少延。大地干戈尋淨土，名山著述學參禪。當初廿載閒居願，依舊勞形滯渭川。

〔一〕編者注：原詩題為『八月十二日即農曆七月十二日五十初度記感』。

中元節渠上夜景二首

隱隱林梢漏月光，翳翳樹影水茫茫。新秋夜靜涼消暑，獨步林蔭過野塘。

門前月影倒花蔭，室內月陰隔密林。憑几披衣窺月影，紗窗寂寂夜沉沉。

懷鄉

鄭虔當日貶台州，杜甫臨歧淚不休。萬里傷心為死別，千秋佳話頌嘉猷。谷陰花晚留賢住〔二〕，俗美化行直道留。我念台州歸不得，秦川南望路悠悠。

〔一〕昔鄭廣文教台州之人，以其不長進，廢然返。諸門人送至留賢村，鄭見筍云：『石壓筍横出』，一門人對云：『谷陰花晚開』。鄭以其可教，乃折回。現台州城南尚有廣文祠。

寄居

渭水之濱營菟裘，六年手造林塘幽。地居郭外少塵事，宅傍渠南看水流。人共興平一園囿，我寄勞生幾蜉蝣。眼觀花草與時長，滿地干戈強銷憂。

憶秦娥　秋霖夜愁

蟲聲切，秋宵雨打梧桐葉。梧桐葉，灑向空階，簷流共滴。何堪大汎秋霖節，渭渠頭首工程急〔一〕。工程急，千瘡百孔，客愁如織。

〔一〕大渠引水工程，謂之頭首工。

老妻以無米餓一宵書感

又是中秋節，雨多漸覺寒。偶因無米餓，稍感舊衣單。衣食家園有，干戈客路難。更深增輾轉，世亂敢求安。

聞徐文蔚兄亡

壯歲王孫飯，平生未敢忘。臨安酬織錦，建業送羔羊。自愧功名小，負君期望長。忽聞君逝世，老淚益悲傷。

題西洋畫片十二首

水色幻高嵩，清華映碧空。林泉圍樓閣，想像水晶宮。

芳林新色相，石級舊工程。海市橫無極，蜃樓接太清。

築港蔽天風，沿山繁市雄。帆檣紛似鯽，妙筆作煙囪。

綠野分滄海，青林護絳宮。天工施闊斧，細鑿賴人工。

山水夾花宮，涼秋爽氣充。青桐傍水翠，銀杏夕陽烘。

六月天山雪，氷川漸漸流。平沙乾萬里，飲水可無憂。

祇園金殿宇，春煖繞繁花。綠樹宮牆合，清溪漾淺沙。

崇山屏廣廈，粉壁映清流。盛暑宜觀雪，清涼合息遊。

海上風波後，新陽照好山。街衢仍靜寂，檣櫓泊汀灣。

虹橋分客路，高閣直凌霄。細草垂楊岸，清江來往潮。

麥隴綠連天，深林未計年。小山遮市肆，十萬聚人煙。

林蔭橫地碧，草色逐山青。大路依山曲，層巒列畫屏。

唐多令　中秋後二夜渠上放歌

涉事到淵深，經秋感老侵。搔白首，華月初臨。渠水滔滔人寂寂，台嶠遠，舊山林。　秦越不同音，桃源何處尋。六年來抗日光陰，溝壑喪元稱智勇。松柏節，歲寒心。

摘菊芽

雨後斜陽摘菊芽，俯身過久眼昏花。欲求小草觀瞻美，代價先施不可賒。

伯母詩有序

伯母敖，早寡而無子，長齋繡佛，視川如己出，每燒粥熟，先盛一碗濟其飢。及川出外求學，伯母嘗以其所積益學費。民國十年，川自南京歸，伯母固不知川困也。十一年，川從師入秦辦水利，夢伯母棺陳堂上，川登堂，伯母能起身告曰：『小弟，我修行去矣。』計夢之夕，即伯母死之時。二十八年八月，川以渭惠渠管理局兼任陝西省水利局事，又夢伯母云：『我之積蓄幾盡，不能助汝求學之用。』言念前事，恍如昨日。而川烽火餘生，亦垂垂老矣，不知涕淚之何從也。

憶昔學金陵，清風空兩手。憐我困苦者，豈獨一伯母。伯母益我資，俾我負笈走。稍稍有結果，每念母恩厚。學成回家時，囊中無所有。母未知兒困，曾向兒啟口。兒實無以應，中心慚恧久。從師入咸秦，母老死甕牖。兩次夢母言，兒徒呼負負。自恨建樹遲，捧檄無人受。而今兒老矣，烽煙羃陝右。寧親惟哭墓，須待干戈後。

題西洋畫

想像繁花鏡，樓臺奪化工。飛機轟炸後，煙火漫高空。

涇陽兩儀閘謁李儀師墓並示涇渭後生

憶昔從師始入秦，遐荒赤地闢荊榛。廿年慘淡經營後，八惠恩波相繼新。柳色重繞秦地綠，禾光如見越溪春。
翻山移水承先志，飲水思源待後人。

九日登昭陵絶頂放歌二首有序

昭陵在禮泉縣北，唐太宗以筆架（一名九嵕山）全山為陵，而難覓葬地，或者當年恐盜發，故作此疑塚。現民族掃墓地點，係北闕祭堂，非太宗埋骨之處。傳載陪葬后妃、公主、諸王、將相極多。現山上山下石碑，尚累累如星羅棋布，懿歟盛矣。惟陵上諸石刻，除六駿馬尚留四座，移置西京圖書館外，其餘碑銘，均已殘破，且無字跡，僅有山石巍峩，千古如新耳。

九日登陵念武威，東征西戰六龍飛。君臣一代同終古，松柏千秋仰翠薇。草昧英雄三尺劍，存亡華夏一戎衣。
功成猶作非非想，埋骨青山何處歸。

名山標九嵕，絶頂上秋風。拔地三千尺，遊觀八表中。星辰環帝座，龍虎衛冥宮。北闕留殘石，銘功一掃空。

巡渠歸途口占

幾日巡渠畢，秋高人意揚。一天深杳杳，千里水湯湯。渠樹連天碧，田禾覆隴黄。萬般皆自在，歸路趁晨光。

幼年事二首有序

其一：予幼年時常發現之夢境，屢覺一閉眼，即如有無數細胞（當時莫明細胞之妙，至今想像及之）游離於以太之中；或如錯綜雲錦，飛舞於太空之間；或如千萬顆流星，運動於杳不見底清淵之內。此種情景，往往自閉塞而展開，有展至無窮盡之處，實起源於方寸之間，且當展開之時，蕭蕭作響，閃閃發光，搖動擴大，茫無涯涘。迨前波既遠，周而復始，到處如水銀色錟，永久生動，永遠展開，不見結束，常俯視而心怖。此種夢境，至壯年漸失，至中年則不復有，僅存一種想像，記於此，擬質諸生物學家。

夢境依稀憶幼年，無邊銀幕映當前。電心轉處蕭蕭響，飛舞精神到九天。

其二：孩提之時，酷好藝術，嘗經僧寺，見有千手觀音像，返家默畫，亦有輪廓。大母常言以驕人。亦常看人畫花草，即能神會。然鄉曲中，不遇明師指導耳。又以家道不裕，常思學吃飯之業。而村中有陳東生者，素業畫，以予當時之眼光，覺其山水人物都不惡。然陳君老境顛連，致不能養其妻子，予常以之為戒。又覺彈琹如蟲鳥好音，過耳即逝，不如學畫之有痕跡。然學畫有近香草美人之柔靡，又不如學字之有骨格。然至今百無一成，亦深自悔矣。

學書學畫總無成，辜負當初大母情。逝水流年不復返，一回回憶一淒清。

薪傳老人和登昭陵詩復次韻

昭陵高聳依山曲，揮汗登峯直欲飛。北闕南陵存古跡，左龍右虎護芳薇。蒼苔塞徑涼生屐，暮靄隨風濕點衣。忽見聯山騰雨勢，迷離一片送吾歸〔一〕。

〔一〕歸途遇雨，故云。

附薪傳詩：

唐室開基樹德威，大風歌起白雲飛。千秋古跡生荒草，百尺丘陵任采薇。未遇狂風吹落帽，適逢微雨欲霑衣。英雄遺塚巍然在，不審招魂何所歸。

薪傳老人寄贈《遇仙橋》詩次韻

槐里無橋祇遇仙，孤標城北易流傳。曾聞古跡關純孝，為惜芳名瀆老奸。覽勝恰逢重九日，登高好趁菊花天。無窮秋色無窮景，渭水秦山落日邊。

附薪傳詩：

薪傳云：余於重九日，閒居無聊，欲尋登高之處，并訪古跡。聞城北高原有一土橋，土人傳說漢孝子董永賣身葬父，孤貧無家，感動仙女與之匹配。後來在此橋下，遇見仙女，送一小兒，為董永之後，即『三國志』中之董卓〔二〕。故名遇仙橋。至今橋洞尚有『遇仙橋』三字，模糊可辨。遊此有感，偶成七律一首，即希方家斧正。詩云：

當年是否遇真仙，只聽鄉人信口傳。貴子雖然成大器，揚名卻惜作權奸。談來奇跡同神話，也許心誠孝感天。今見北原遺跡在，尚留三字古橋邊。

〔一〕董卓字仲潁，隴西臨洮人，薪傳所聞，係齊東野語。

興平火車站送出征民兵

英雄時勢永交攀，大地干戈豈等閒。今日送君參戰去，功成名立錦衣還。

渠上初秋

夏去秋來心自舒，百花競放雁飛初。禾苗滿眼生歧穗，綠滿長隄水滿渠。

渠頭秋曉

煙籠渠樹水籠煙，旭日升雲闢水天。渠草渠花嬌欲滴，珠光晶影滿東阡。

挽富平張扶萬先生

著作等耆年，秦城北斗邊。河圖明代跡，計樹夜臺煙。浩劫期將盡，浮雲忽已遷。南天纔痛定，西域哭張騫〔二〕。

〔一〕先生以名孝廉起家，不求仕進，營計樹園，專事著作，歷二十餘年，實三秦之魯靈光也。猶記二十五年，先生贈明劉天和『黃河圖説』二份，其一寄南京影印于劉先生《問水集》，以供同好；其一仍張座右。自七七抗戰後，黃河決口，徑流所至，一如明季，頗可資當今治河之參考，故云。

水龍吟　壽鼎文

中州洛水嵩山，長年豔羨東都賦。姬公報國，經營洛邑，灃京永固。十萬貔貅，八方風雨，一時殊遇。看師陳恒趙，劍指豐沛。功名事，今如古。　遙想輕裘緩帶，正相從風雲龍虎。半壁悵望東南，同感天涯羈旅。黯淡西湖，支離東浙，欲歸無路。喜五旬初度，添籌海屋，乃眷西顧。

大嫂詩有序

大嫂謝，歸我家時，值大饑，家口日繁。兄恐轉死溝壑，作遠遊，久不歸。嫂離侄住母家，人有以兄為流浪者，予獨不以為然，嫂亦信我言，還家事親，家賴以安。我學金陵，嫂以祖母喪帶孝，嘗脱簪珥質益我學費，此情此景，沒世不忘。我入秦，聞嫂繼伯母喪，悲至慟。今二侄已成人，望能善體親心，以全上天報施善人之意，故作此詩。

大嫂新婦時，吾家正鼎盛。四代同堂食指繁，堅苦持家霜稜勁。自我學三台，兄嫂分破鏡。季子尚無金，流光心不競。稍怨生違言，我必恭而敬。化戾而致和，嘗竊以為慶。及我負笈赴金陵，祖母父親不永命。嫂嘗脱簪珥，自言遵孝行。質錢益學費，若出諸陷穽。當我入秦伯母喪，隨聞嫂毀竟滅性。時幸兄在側，聊慰嫂久病。尚遺兩兒郎，花萼相輝映。是天報施於善人，長期蘭玉芬芳新家政。

渠上鵝

渠上幾游鵝，天寒浴素波。爭先翻玉羽，隨後發狂歌。履潔無倫匹，懷清避網羅。朔風搖樹影，滿地任干戈。

卷十五　民國三十三年

民國三十三年（一九四四年）

賀詩四首[一]

孝感石鳳翔[二]之母八秩榮壽，囑其子以壽筵之資十二萬元為振濟之用，亦難能可貴，作賀詩四首。

孟母機聲教子孫，天羅地網補乾坤。前軍士卒饒衣被，半壁江山亦感恩。

求得忠臣孝子門，淵源母教典型存。壽資囑咐移為振，散盡黄金濟國魂。

元宵燈火在長安，麟鳳龜龍幻大觀。適值八旬稱壽算，婆娑老眼醉中看。

光華復旦九天開，浩蕩陽春歲首回。翹企添籌盈海屋，中興人瑞築清臺。

〔一〕編者注：原詩題為『孝感石鳳翔之母八秩榮壽，囑其子以壽筵之資十二萬元為振濟之用，亦難能可貴，作賀詩四首』。

〔二〕石係西安大華紗廠經理。

讀大唐三藏『聖教序』後書意二首

佛道崇虛濟衆生，無生無滅自長明。一經玄奘西遊後，淨土梵經不脛行。

鷲峯鹿苑物常春，仙露明珠證淨因。盛世文章金石固，未隨歷劫化為塵。

癸未歲除踏雪渠上口占三首

渠頭雪霧白茫茫，渠樹連天透曉光。在水一方人跡密，鷄鳴犬吠引村莊。

村莊雪裏過殘年，斗酒豚蹄樂幾天。客子懷鄉當歲暮，萬方多難一潸然。

潸然客淚灑秦川，製錦匆匆又一年。五斗折腰歸彭澤，匹夫憂比一般先。

附張芸軒和韻詩：

高山平墅雨茫茫，萬里晶瑩浮素光。乘興詩人忘遠近，雪深走到老村莊。

作稼前途大渺茫，簿書堆裏送流光。平生只羨胡官長，廨除清如處士莊。

附張芸軒和韻詩：

莊中置酒送殘年，童穉歡呼面仰天。循力處處察民隱，觀風到此信欣然。

僑居槐里兩三年，當記春初小雪天。田裏麥苗心不展，渠中流水韻悠然。

附張芸軒和韻詩：

欣然一笑返前川，口占三章紀盛年。不識當時蓮幕裏，新詩和到是誰先。

眼前光陰歎逝川，長渠不見又經年。深慚昔日賢東道，看水看花許我先。

遊盩厔仙遊寺二首

三十年十一月六日作，補錄於此。

為覓東坡汲水湫，山灣水曲引仙遊。老僧普渡群生願，先盡一丘一壑謀。
清漣黑水映層峯，紅樹青山何處鍾。象嶺獅山南北列，夕陽古塔影重重。

游盩厔樓觀臺三首

三十年十一月七日作，補錄。

關尹函關迎老子，觀星望氣築高樓。至今廟宇凋零盡，古柏參差尚拂頭。
策蹇尋幽逐野禽，滿山黃葉入深林。鳶飛魚躍閒中趣，萬籟無聲發短吟。
玄圃經臺點碧山，芳林脩竹異人間。道家弱水蓬萊境，飄渺高寒不可攀。

日全蝕歌

補錄。

卅年九月廿一日，上午十時又三刻。陝西興平渭渠畔，難得奇逢日全蝕。始見黑影日西邊，漸向東南掩日黑。掩至極東將南落，日球形成一圓墨。尚留一綫若蛾眉，尋將眉尖幾遮塞。斯時白晝變黃昏，萬物皆呈紫綠色。

蟲鳴露濕草木滋，宿鳥投林倦無力。東西發見兩明星，云是恒星金與木。仍賸餘光穿葉影，無數新月向東側。最後西偏露日眉，又與眉影為反仄。復光之時諸影圓，葉底斑斑混無極。氣溫升高三度強，轉瞬之間難空憶。人世那如天行健，寸陰分陰不停息。計自初蝕至復光，共費三時還嫌嗇。天行已經二萬里，人皆見之逾九域。傳聞臨洮全蝕時，日晃橢圓傾南北。並見日南有虹影，荊卿易水寒光逼。江西逢雨尤昏暗，鄂渚葉影鱗錯雜。浙閩晝晦冷襲人，日珥紅焰吐蛇舌。日球四周發白芒，脫穎而出若彈弋。天翻地覆一刹那，令人不寒而自慄。少焉復旦滿光華，大地依然在眉睫。譬諸抗日奏凱還，驅盡妖氛除惡敵。稽考明季嘉靖廿一年，日曾全蝕着先鞭。適值吾浙戚繼光，剿滅倭寇如消煙。至今猶存滅倭圖，計時四百年以前。今茲敵氣已再衰，不難恢復失地洗腥羶。又作吾國有史日蝕考，尚書仲康為最早。春秋二百四十年，三十七次日被獠。過去四百年，有廿六次日蝕禱。未來一百年，猶有十次日枯槁。但在長夜中，無由見皓皓。莫說天象徵災異，宇宙乘除有軌道。科學昌明新又新，相繼觀測續探討。

寒夜更深聽妻踏機聲有感[一]

壯歲長征隨日西，廿年事業付栖栖。桑弧蓬矢人交羨，死別生離我自悽。製錦年年臨老境，踏機夜夜到鳴鷄。牛衣未改王章遇，贏得號寒枵腹啼。

〔一〕予於民國十一年從師入秦辦水利，時嘉興汪幹夫兄在美，寄美國建國時開發西部圖，并譯『follow the sun to the west』句為『隨日光兮西征』相贈。

附湖南張雲軒和韻詩：

頻歲飄流東復西，功名未遂苦棲棲。眼前人事多顛倒，鏡裏形容倍慘悽。定遠中年仍執事，劉琨半夜不聞鷄。平生壯志消磨盡，飽聽妻號和子啼

渠上杏花

年前移杏植渠涯，未信身親見杏花。此刻芳華連十里，江南是處又思家。

記夢有序

夢遊山，見清溪無底，中有數岩層，斜隔如墻，頂與水面等平。溪流拍石，浪花如雪，於萬浪中亦能見水面如鏡，倒影水上群峯。予仰瞻峯尖如筆，秀麗可念，作一詩。醒時尚能記憶，惟將緊字易哽字，以免出韻。

竹節溪中無底清，驚流拍石浪花哽。萬浪中間一鏡平，千仞嵯峨呈倒影。

過靈臺靈沼

三十二年四月二十一日作，補録。

山清水秀溯灃河，柳暗花明歧路多。行過靈臺穿靈沼，文王之囿境娑娑。

過昆明池遺址

三十二年四月二十二日作，補錄。

漢唐寺宇留遺跡，丈八溝仍入帝京。最是荷池寨外景，定昆池水接昆明。

遊華清池四首

三十二年四月二十三日作，補錄。

川原錦繡綴新豐，春意闌珊旅興雄。草木知情爭獻媚，和風煖日入臨潼。

入浴華清亦自豪，溫泉水滑洗煩勞。夕陽斜映玻窗煖，不覺春寒卻錦袍。

獨上驪山觀臥虎，憑高遊眺渺茫茫。渭南渭北多春樹，麥秀無邊襯晚光。

清晨灞滻送歸途，雨過輞川洗畫圖。坦道輕車人意好，自歌自和亦歡娛。

堤上三首

堤上逍遙自在身，無邊園地寄精神。千渠畝斗千渠水，萬物沾恩萬物春。

渠陰夾道水悠悠，榆莢楊花逐水流。午日人牛荷影去，夕陽明滅湧珠浮。

婦孺偶值話桑麻，小語依依到日斜。樹密不知時早晚，青林缺處見紅霞。

題西洋畫

綠樹紅樓夾碧溪，長橋連接渡虹霓。畫棟凌霄陰覆道，歌聲人語水東西。

贈趙祖康有序

茅以南發起，爲松江趙靜侯（祖康）徵集詩文書畫紀念册。憶趙君綜持公路路政十餘年，對公路工程之設施，交通管理之統一，勤廉風氣之建立，亦可謂亂世中工程界之表表者，詩以贈之。

江南趙祖康，坦坦示周行。一紀賢勞著，千秋惠澤長。中郎傳郙閣，召伯憩甘棠。抗建憑雙策，交通水利光。

夢作邊秋初雪詩

淡白蘆花楓葉紅，邊秋初雪漫長空。秋容畢竟難遮沒，洗盡鉛華造化工。

巡渠過嶺堡白家村二首

荒年渠上動新工，十堡人家九堡空。渠水年年澆赤地，而今柳綠杏花紅。

渠上人家半窟巢，連天麥綠簇春郊。高橋照影留波底，複道行人在柳梢。

過金鐵寨分水閘

三年插柳已成林，柳綫垂波漾碎金。草澤英雄應感化，新枝裊娜舞迴心。

過周村分水閘

渠波晝夜不停流，倒岸沖槽益我憂。惟有柳根能固底，綠陰千里壯雍州。

落花三首

昨夜西風到五更，清晨冒雨溯渠行。落花滿地魚鱗集，汙染黃塵不作聲。

風雨無端逐粉霞，沿渠十里損朱華。紛紛飄落隨流水，更漫長空作雪花。

為惜花枝折一枝，碧桃紅杏駐芳姿。原知倏短終隨化，興在兜風逐雨絲。

挽四川劉雨若

南川金佛山，雨若隱其間。寄託親泉石，經營歷險艱。善人傷不壽，天道問何慳。垂死歸金佛，三泉好弄潺〔一〕。

〔一〕雨若經營金佛山墾區及三泉公園，彌留時，呼歸金佛及三泉，故云。

茂陵掃墓有懷緬北前軍

武帝旌旗一世雄，茂陵祭掃拜豐功。南征北伐千秋策，號令文章萬丈虹。極目秦山襟渭水，連天麥綠襯桃紅。緬懷抗戰空前業，試看前軍草木風。

寒食渠濱有感

寒食渠濱競水流，輕風拂柳送歌喉。忽聞野墓傳聲哭，頓起鄉心東海頭。

放水二首

柳塘放水漾清波，向晚蛙聲吹法螺。一夜東風飄雨至，清華水木兩春鵝。

冬春雨澤久愆期，二麥根枯發葉遲。卻喜歲修工已畢，決渠為雨未違時。

蝸廬雨夜有懷渭渠

蝸廬春雨夜，花草發滋榮。遙念渠頭樹，繽紛正落英。如膏平隴潤，連翠接天青。睡醒當人定，簷流滴到明。

渠上春夜懷劉輯五遊歐美途中二首

高才卓識早傾心，握手論交辨足音。記否歲寒盟白水，未因交淺貴黃金。守株待兔嫌為贅，破浪乘風看作霖。廿七年來如一夢，悲歡離合與升沉〔一〕。

仰首問天俯問心，公忠處己對知音。熱忱共策千秋業，拂意期成百鍊金。赤地尚需沾惠澤，蒼生是處望甘霖。相逢車笞他年事，春意闌珊月影沉。

〔一〕一九二三年春，與輯五等同測量自白水至上張渡鐵路綫，彼此年少氣壯，一日能測導綫十公里餘。

一絡索　林塘雨後

雨晴春煖，放水池塘滿。池上夕陽穿柳枝，葉底金光千管。　暮春水木華清，比常異樣心情。雨後波光樹影，我俱鵝鴨眼明。

海燕

海燕已知時，飛自東而西。不為烽煙阻，相率夫與妻。西北天氣好，大野綠初齊。輕身豐毛羽，來我畫堂棲。相哺育爾子，補巢且銜泥。展翅浴林塘，奮尾點波低。閒來聚屋梁，小語話喃呢。公餘偶見之，我愧不如伊。母喪家破後，三年尚未歸。縱云遊有方，生產惠黔黎。前軍充粮餉，得力掃鯨鯢。自顧一潸然，畢竟有餘悽。

贈詩四首〔一〕

三十三年五月一日為洛惠渠興工十週年紀念作贈詩。

武皇引洛始穿徵，水絕商顔岸善崩。龍首名渠傳自漢，十年鑿井及泉層。

洛惠工程步後塵，今人堅苦過前人。相期斥鹵為膏沃，普灌重泉浩蕩春。

涇梅渭洛黑澇灃，新闢泔渠溉醴東。同母一家親姊妹，八功德水惠關中。

十年回首感滄桑，九仞為山苦異常。喜望今年成一簣，且憑生産益軍糧。

〔一〕編者注：原詩題為『三十三年五月一日為洛惠渠興工十週年紀念作贈詩四首』。

柳際明在興山前綫〔一〕

寄其所著對倭交通阻塞戰一書，詩以報之。

同學少年競奪魁，卅年回首憶三台。潯陽虎帳未相值，巫峽雲箋始往來。聲應氣求原共志，巴山秦嶺不分開。

斲輪老手文章伯，大將才兼經濟才。

〔一〕編者注：原詩題為『柳際明在興山前綫寄其所著對倭交通阻塞戰一書，詩以報之』。

渠上偶感

暮春煖日蕩微風，渠上風光便不同。蝌蚪成文游水際，楊花如雪漫天空。群鶯飛亂池塘影，百草競開錦繡叢。

最是平疇鋪麥浪，後方安定預年豐。

渠濱牡丹盛開適聞虎牢關戰勝

偶觀國色對天香，春晚渠濱憶洛陽。萬種名花啼烽火，虎牢一戰護花王。

渠上遇灌溉區民衆推車送軍糧有感二首

百戰中原憶魯陽，萬方多難又思鄉。悶來且向渠頭去，鬱鬱新林列幾行。

成千累萬送軍糧，劇羨民間救國忙。愁聽崤函淪強敵，毁家尚未接青黄。

麥秋巡渠至咸陽南北安村遇大風雨

渭渠當年初試水，農渠纔到東南坊。廿七年春麥苗好，我曾巡渠至咸陽。蕩蕩一片土，麥花滿路香。惟有南北安村兩寺渡，云是燕子河道斥鹵場。村中無完屋，屋倒壞土牆。地面無微緑，滿眼白如霜。汲井盡苦水，自難溉稻粱。隔年又來巡，渠水滿池塘。麥秀何青青，鹻質早退藏。多年不穫之瘠地，經渠洗鹻肥異常。年年歌大有，渠道列縱横。今年麥秋又來此，滿溝滿谷覆隴黄。村村修牆屋，處處見新房。逢人面上有喜色，我管渠道亦有光。適逢大風逐雨來，麥場男女不慌忙。急遮場上麥，不顧濕衣裳。風沙過渭河，塵土起若狂。頑雲撥不開，大雨肆滂滂。我及我車，避入村莊。待其少霽，歸路郎當。

巡渠至絳帳記水老張書語

大地春光好，渠水浮光漾。輕車人意樂，巡渠至絳帳。偶然遇張書，傾蓋話舒暢。自言遭荒旱，窮苦難形狀。
竭力汲深井，土乾水減量。六人溉一畝，終日不暇餉。翻怨祖宗業，何不置原上。原上井更深，汲澆本絕望。
原下富底水，禾稼堪倚仗。此處間上下，不忍即棄放。然仍勞無功，不能抵乾亢。公家開渭渠，民間集丁壯。
三年勤畚臿，水從天上放。旱地始豐收，賡歌欣擊壤。蕓苔溉一畝，八斗收理想。每斗四十斤，榨油百六兩。
未灌者減半，盈虧毫不爽。苜蓿灌二水，可收三倍強。菀豆溉立夏，一畝一石獎。玉米勤澆水，亦與豆相仿。
棉增四十倍，絨長利織紡。青辣與小藍，辣重藍倜儻。二麥需水微，仍須看氣象。天氣乾且旱，灌溉如影響。
八十三場雨，無雨渠助長。萬物資生始，全賴渠浩瀁。我聆其言喜，即以示諸掌。匹夫報國心，聊自慰俯仰。

八月九日夜雨有懷第一、二、五渠決口

秋霖到處瀉原洪，岸決隄崩渠道空。修復新工知幾許，依然夜雨打梧桐。

七夕渠上放水二首

午陰渠上逐渠流，習習東風蕩蕩秋。隔樹未能占水理，循聲知已過波頭。
水行不及人行快，人有焦勞水不休。普溉平疇六千頃，依然晝夜不停流。

七夕記事二首

長夏炎威未稍降，傷心洛水與湘江。狼奔豕突回光照，秋到盟機炸倭邦。

秋到盟機炸倭邦，喜心追逐炸聲撞。消沉詩意連三月，此夕銀河瀉碧江。

憶青蓮寺

憂民救國歎成空，卻憶青蓮山水雄。投老安能長忍氣，一聲長嘯四山風。

園中紫薇盛開有懷三台

憶昔三台初下幃，廣文祠下慕芳薇。澡心浴德池中水，掩映婆娑兩紫薇。

白玉簪

花冠潔白氣清甘，誰錫佳名作玉簪。時下蓬頭兼散髮，玉簪冷蕊棄園南。

五十一生日誌感三首

洛水湘江起戰塵，家書半載絕交親。秋來東浙重遭劫，客子鄉懷往返頻。

草草勞人過五旬，我生回憶不逢辰。劬勞慈訓三年隔，還作秦川羈旅人。

火熱水深宇宙中，吾生竊幸自安窮。今朝茹素清心意，默祝萬邦進大同。

渠上秋晨

長堤雨後淨康莊，萬頃棉禾接大荒。兩岸候蟲鳴露草，一渠秋水漾晨光。

龍爪槐龍鬚柳

夏中大旱望甘霖，龍爪龍鬚想象深。囑咐吾園槐與柳，興雲降雨佈黃金。

美女英

豔色多花美女英，深深淡淡特多情。夏秋草木多枯死，惟有球花照眼明。

林塘二首

林塘秋曉鎖輕煙，一片迷離接陌阡。日出水光浮葉底，風來樹影舞天邊。蟲聲斷續隨人止，鴨隊縱橫傍岸眠。

少坐渠頭空想象，午陰靜聽一聲蟬。

八年樹木已蒼蒼，接葉交柯護野塘。不管人情隨冷煖，且觀林水起清涼。蓼花披拂魚兒喜，蘆葉參差雁陣亡[一]。徐步當歌聲未斷，夕陽樹缺透金光。

〔一〕是年，衡陽間戰爭劇，北雁斷。陝西重陽尚無雁影。

望雲亭晚景

一片清光天地秋，望雲亭上意悠悠。橫空大象雲霞淨，極目長渠林木稠。既送夕陽沉西隴，又迎素月出東疇。銀波萬疊當流湧，千里終南變作丘。

與李燦如論詩〔一〕

伊以予蘋果詩有餘意，當續四句。

莫道蓮花似六郎，離離蘋果盡紅粧。秋風採實吞香玉，春日開花賽海棠。得趣小園緣日涉，傍花碩果豔秋光。當年培植殷勤意，未計觀花摘果嘗。

〔一〕編者注：原詩題為『與李燦如論詩，伊以予蘋果詩有餘意，當續四句』。

讀拿破侖日記二首

絕世英姿蓋世才，風雲大地一聲雷。自從二次征俄後，日下江河挽不回。

霸王雄圖未累仁，煩年征戰苦斯民。一時力服非心服，末路何須怨恨人。

賀李賦洋結婚

宜室宜家，夙夜祇事。匪初惟艱，惟慎厥終。

中秋夜久雨忽晴登望雲亭玩月

連日紛紛雨，今宵乍得晴。旱田沾已透，好景霽兼清。此夕一輪月，明朝萬户耕。登亭懷農諺，二麥兆收成。

十月七日日寇飛機夜襲長安

三更警報動名城，探照燈光旋轉明。皎皎長安半輪月，隆隆天外軋機聲。

遊建國及蓮湖二公園記感

蓮湖建國憶當年〔一〕，斬棘披荊引野泉〔二〕。一十八年人老矣，公園喬木盡參天。

〔一〕二園在十八年前皆屬廢地。

〔二〕十六年夏曾與趙守鈺查勘丈八溝，擬恢復龍渠。

渭惠渠七哀詩

渭渠自二十四年開工至今僅十載，師友已死七人。既痛逝者行自念也，因作七哀詩，以死者前後為次。

張向鼎 晉人，二十六年七月死。

渠上惟君三晉賢，皎如玉樹臨風前。持籌握算賢勞著，太息功成不永年。

王南軒 陝人，二十七年一月死。

廿年測量徧三秦，水利終身卻喪身。同學少年多不賤，安貧樂道養天真。

李儀師 陝人，二十七年三月死。

病榻支離握別間，師生情誼重如山。艮齋閉戶著書語，一念當時淚自潸。

郭文卿 陝人，二十八年七月死。

渭渠破土駭前聞，越陌渡阡毀土墳。聚訟紛紜憑正氣，大刀闊斧斬絲棼。

張景星 陝人，二十九年八月死。

死生壽夭原隨化，殲我賢良造物昏。槐里渠頭觀植柳，而今喬木憶忠魂。

吳鐘華 蘇人，三十一年十一月死。

濟濟英才獨出群，匠心詩意念榆枌。傷心夫婦同殉職，墓草芊芊一慟君。

李康笙 陝人，三十二年十月死。

風雨渠頭不計勞，因勞成疾逝滔滔。浮生修短雖歸命，一職終身亦自豪。

秦川望歸雁

往歲秦川雁，中秋列陣飛。今年重九節，陣絕雁聲稀。烽火衡陽急，平沙倭寇肥。天天渠上望，不見雁來歸。

北平耿壽伯先生來遊渠上〔一〕有序

出示樵風君遊耿園詩次韻塵正。耿君曾任陝省府秘書長，熱心水利。抗戰中隱於北平，閉門種菜示敵以老去。秋附一戰區特務人員渡黃河至洛陽轉長安，今遊渠上，縱談頗相得。其家園宅壯麗，西山有別墅，足以富樂，皆棄不取，亦方山子、虬髯客之流，亟詩以嘉之。

久經浩劫隔良儔，渠上新逢耿壽侯。為我備述耿園幽，亂離尚可寄遨遊。手植花果造山丘，葡萄作酒不外求。

養馴麋鹿及鳴騶，選種配合費謀籌。非為衣食一生浮，言勤四體衛神州。子卿霜鬢覆明眸，寄身虎口隱林陬。

正氣不改六星周，精神苦悶不再留。鄙薄衣冠裝沐猴，懷清履潔挽横流。園宅富樂不歛收，視如敝屣無可不。

隻身歸漢已經秋，臨河棄馬毀輕裘。小住長安自休休，又來槐里遊渠頭。是時渠樹碧如油，農田澆水正鋤耰。

手舞足蹈辨薰蕕，但言不作稻粱謀。飄然野鶴無愆尤，杖頭錢易酒新篘。惟念倭寇集百憂，不能忘情學沙鷗。

依劉王粲怕登樓，慣聽白鳥聲啾啾。腥膻故國風颼颼，姑蘇臺上鹿呦呦。安能洗耳學曹由，據鞍顧盼筆輕投。

志士不忘在壑溝，新磨寶劍刃寇讎。少試功成荊山璆，投老報國志少酬。伏波南征德業優，更羨鄒衍大九州。

渠頭百萬渠樹稠，渠花渠果亦勤搜。生產追蹤美與歐，登高自卑望相侔。萬頃秋禾黃似彪，運糧轉餉給軍喉。

匹夫報國心悠悠，望除寇盜止戈矛。匈奴未定家可羞，西山何日訪軒輶。

〔一〕編者注：原詩題爲『北平耿壽伯先生來遊渠上，出示樵風君遊耿園詩次韻塵正有序』。

附樵風詩：

淨業湖西訪朋儔，驚喜不期遇邢侯。渠言咫尺林塘幽，厥名耿園曷往遊。園東新築有糟丘，有酒如澠不須求。兩童跳躍作前騶〔一〕，至則開筵羅觥籌。葡萄佳釀香浮浮，一斗奚止换凉州。酒後入園豁雙眸，廣袤卅畝雄城陬。遙望藤陰座四周，園主待客正勾留。兩童矯捷如猿猴，果實纍纍饞涎流。左取膏吻右囊收，那管主人許可不。主人舊識三十秋，翩翩少年美衣裘。陵谷遽移歲時休，一見相驚霜盈頭。囚首黧面汗如油，腳垢不韈勤鋤耰。宜與傭保齊薰蕕，誰知曾長軍參謀。餉客園果拔其尤，更出桑葚酒新篘。遍嘗異味解煩憂，忘機已猶海上鷗。點綴鷄柵與鴿樓，鐵籠鸚鵡紛啁啾。導觀鹿園風颼颼，未至先聞鳴呦呦。見人驚竄別有由，一童拾瓦暗中投。牝牡分隔畫鴻溝，否則抵觸互仇讐。血茸初割珍琳璆，一對千斤不足酬。生事園中頗饒優，勝千木奴植江州。果林簇簇翠幄裯，來禽李栗無不搜。一株香棃來西歐，大如懸瓠鮮比侔。丹黄斑斑文如彪，未熟遲我潤乾喉。仙源日月自悠悠，不覺九有彌戈矛。胡麻飯熟惜未羞，風塵僕僕動歸輈。

〔一〕同遊者邢君詹亭攜兩童孫及孫君潤甫。

十一月三日夜我遠征軍攻克龍陵〔一〕

時知識青年從軍之風正盛。

風雨深秋冷欲凝，今宵卻喜克龍陵。守邊猛將初傳捷，舉國青年急應徵。渠上蕭蕭風掃木，波頭滾滾水翻澂。窗桐落葉南天闊，翹企秦川豪傑興。

〔一〕編者注：原詩題為『十一月三日夜我遠征軍攻克龍陵，時知識青年從軍之風正盛』。

儀師逝世七週年紀念日為畫像並題詩

社稷系安危，蒼生感溺饑。廿年恩似昨，七載去如馳。聊借丹青意，為留松柏姿。念公難復見，擲筆自尋思。

記局犬阿白二首有序

三十三年除夕前二夜初更，趙喜貴來報，局犬阿白在大門外作哀鳴，推之不動，似將死。予傷之，曾於床上作詩，及成，聞犬吠，知尚未死，囑妻起床喂之，予亦起床，見阿白能吃饅頭二個，此心至喜，復成一章。

十年渠上歷星霜，把守園門莫敢當〔一〕。辟易群邪聲烈烈，雍容大雅步堂堂。有生盡職堪稱羨，無疾而終亦感傷。除夕年年長聚會，望將餘瀝作烝嘗〔二〕。

堅苦撐持浩劫中，匹夫聊自慰愚衷。知交寥落渠將廢，庫藏空虛計屢窮。失地喪師隨歲暮，回生起死與春同。更欣義犬仍無恙，雪夜霜晨吠朔風。

〔一〕阿白自二十四年來渭渠，至今已十年。善守門，宵小畏之。

〔二〕每年大除夕，為渭渠管理局成立週年紀念日，招全局同仁聚餐，故云。

哀洛陽

曾聞為將治心先，義怒嚴貪壁壘堅。袒裼憑河誰敢逼，衣冠入夢盡垂涎。嵩山洛水今何在，伊闕龍門孰為憐。惟有所持無所顧，力餘形固可周旋。

改常均望雲亭詩

望雲亭上一徘徊，故里風光客裏開。碧樹護隄將綠繞，嘉木覆隴送青來。

浣溪沙　渠上聞哭墓聲

身向渠頭緩緩行，西風吹噎哭哀聲，天寒地凍鬱深情。　一角新墳堆雪地，幾人縞素返荒城，思親客子恨難平。

卷十六　民國三十四年

民國三十四年（一九四五年）

一月十六日雪後巡渠[一]

至金鐵寨，循三渠。歸于斜日中，得見北二、南四兩渠，聯樹二首。

雪堤車影走歸途，斜日璇璣無盡圖。放眼平疇渠水網，縱横黑綫網冰壺。
渠樹成行齊倒影，細枝參錯眼前花。無邊黑白分南北，宇宙茫茫界碧紗。

〔一〕編者注：原詩題為『一月十六日雪後巡渠，至金鐵寨，循三渠。歸于斜日中，得見北二、南四兩渠，聯樹二首』。

立春之晨大雪初霽渠上即景二首

昨夜紛紛雪滿池，玻窗春到結花枝。畫工那比天工巧，細葉繁根別樣奇。
凌寒掃雪開三徑，犯曉登亭望雪渠。四野無聲惟一白，數行渠樹接清虛。

甲申歲除記事三首

黎明窗透藕花天，早起陰霾蔽陌阡。想像瘋狂人意似，勃谿聲起火爐邊。

孤懷耿耿百憂興，踏雪渠頭到茂陵。彌望郊原何皚皚，氷澌轉處水波澂。
歲暮懷鄉淚暗潸，忽思拾得答寒山。明朝除夕應尋樂，吐出窮愁霄漢間。

放水二首〔一〕

天旱，渠病禾枯，終日搶修沖刷閘，完成放水。夜臥壩上觀水月為樂。三十三年八月二日作，補錄。

一天勞瘁趕梢工，向晚沖沙積礫空。啟閘引流通畎澮，霎時霖雨佈原東。
一輪明月上東山，河上銀光塞兩間。逝水滔滔光閃鑠，壩頭夾水臥清閒。

〔一〕編者注：原詩題為『天旱，渠病禾枯，終日搶修沖刷閘，完成放水。夜臥壩上觀水月為樂二首。三十三年八月二日作，補錄』。

巡渠二首〔一〕

過川流寨，北望茂陵、昭陵，與此寨成一直綫，點綴渭渠灌溉區令人悠然想漢唐之盛。三十三年八月十二日作，補錄。

巡渠對日背涼風，樹蔭長渠坦道通。南北兩山夾翠黛，灌區無際稻粱豐。
川流寨對北山興，九嵕昭陵接茂陵。武帝太宗隨水逝，武功文治到今稱。

〔一〕編者注：原詩題為『巡渠過川流寨，北望茂陵、昭陵，與此寨成一直綫，點綴渭渠灌溉區令人悠然想漢唐之盛二首。三十三年八月十二日作，補錄』。

渠上晚景

三十三年八月二十二日作，補錄。

渠流沉落日，暮靄已迷空。策杖追雲彩，開襟納好風。秋涼人意樂，柳岸望無窮。

雨後南山

雨後南山莽出雲，白章藍底舞繽紛。中天高杳為湖色，襯出灃澇斜黑紋〔一〕。

〔一〕灃、澇、斜、黑為南山四大峪口，皆築壩引水，為渠灌地。

送吳雨僧宓兄南行

大德人宜壽，立言身之文。莫叫癡縈絆，且把定融薰。夢幻紅羊劫，文章白首勤。相期成說部，造化却由君。

元宵獨遊渠上二首〔一〕

在月明中聽東方洞簫聲、南方鑼鼓聲、北方流水聲。

元宵渠上聽吹簫，風送清音過野橋。橋下水聲和月去，渠心月色逐波飄。喧天鑼鼓鄉村樂，滿池干戈寇盜驕。

烽火家書逢佳節，天涯涕淚一身遥〔二〕。

一官何事絆微躬，燈節年年落一窮。有限生涯長作客，無情渠水急流東。樹蔭偏地靜中趣，月色中天分外融。

獨步渠頭頻想像，無何何處是高空。

〔一〕編者注：原詩題為『元宵獨遊渠上二首，在月明中聽東方洞簫聲、南方鑼鼓聲、北方流水聲』。

〔二〕時日本寇兵淪陷老家，家書中斷。

臨江仙　賀劉楚材六旬雙壽

福壽華封晉祝，康寧洪範名篇。朱顏綠鬢醉樽前，萊衣兒女舞，陸地兩神仙。　渠上陽和春透，長安介壽開筵。野人後至豈非緣，添籌盈海屋，青鳥慢啣箋。

青衫溼　觀《紅樓夢》書後

雪芹當日心酸淚，誰與話前因。見身說法，筆參造化，學究天人。　三千弱水，一瓢衹飲，閱盡紅塵。繁華一瞥，放下屠刀，返璞歸真。

雨中自郿縣巡渠歸口占四首

越陌渡阡東復東，天時人意兩相融。沾衣薄濕杏花雨，吹面輕寒楊柳風。

煙樹滄波逐大渠，雨絲風片濕吾車。且觀雨點揚波闊，隨處勾留待雨餘。

跌水濤聲逐客魂，渠干麥綠漲新痕。迷離煙水無窮盡，犬吠鷄鳴又一村。

五風十雨潤田禾，關輔今春擊壤歌。天轉東南來西北，人求豐樂濟干戈。巡渠我慢誇功績，冒雨卻忘戴笠蓑。一陣乍晴波影豔，兩隄彎處樹蔭多。

望海潮　茂陵掃墓

武皇陵寢，龍盤虎踞，俯臨大塊文章。秦嶺連峯，渭河環水，算來拱衛崇岡。桃柳豔新粧，正清明時節，上巳風光。掃墓年年，河山俎豆薦馨香。　當年拓土開疆，曾南征北伐，鷹摶雕翔。馬踏匈奴，師陳交趾，蠻夷戎狄來王。抗戰八年長，歷狂瀾滄海，浩劫紅羊。懷想豐功，令人振起奮沙場。

生查子　渠上春晨

渠柳吐鵝黃，隴麥呈深綠。杏萼映渠波，千樹浮紅玉。　大地久兵戈，水火泥犂獄。渭渠濟饑寒，兵飽農餘粟。

浪淘沙　巡渠遇風

萬柳夾渠青，煙水冥冥，杏花十里玉亭亭。趁早呼車渠上去，逐逐勞形。　盡日暴風塵，浪裏浮萍，手提面命野車停。寂寞黃昏歸路遠，戴月披星。

鵲橋仙　自興平赴眉縣看壩工

午發興平，夕經郿縣，急急下車中夜。杯盤草草濟饑腸，再不問搖車高價[一]。　惟憑星火，得尋路影，亂踏高低上下。水聲入耳已滔滔，已料到行行近壩。

〔一〕自郿縣車站至渭渠大壩，須行路七里。過去曾乘隴海鐵路搖車以代步。今則經濟艱難，只可步行，然亦有幽趣。

杏花

杏花一色護渠隄，淡淡深深十里齊。曉日出雲懸水鏡，芳菲極目尚離迷。

落花

千株雅淡大渠隈，幾度遊觀雪藕堆。今日微風飄萬點，臨歧悵望自低徊。

小雨

小雨初晴不動塵，落紅滿地集魚鱗。東風招展垂楊岸，渠草渠花滿眼新。

清明日山西雷遠丞潤藩來渠上贈詩次韻二首

相逢恨晚自棲棲，論事談詩到日西。耿介孤標難入俗，晦冥風雨作鳴鷄。人前勉強承虛譽，自問衹堪對野畦。

邂逅論交知共志，送君渠上白雲低。
浩劫無邊困此身〔二〕，清明又是一年春。思饑辜負還思溺，患道從來不患貧。須識電光同石火，漫言後果與前因。以文會友平生樂，知足安仁可葆真。

〔二〕時抗日戰爭已八年。

附雷詩：

白頭相對話孩提，炙輠雕龍日易西。我愧羊公不舞鶴，誰知孔道等醯鷄。秋風歸臥花三徑，春雨盤飧韭一畦。遙想故園煙景好，夷門東望暮雲低。
幾生修到半閒身，浪擲韶光負好春。兒女一堂堪慰老，詩書滿架漫愁貧。還山出岫都無意，落溷飄茵詎有因。歷盡炎涼知世態，迴然吾祇樂吾真。

與陳慶瑜談時事〔一〕

有『一頭白髮，兩袖清風』之語，頗有同感，作詩贈之。

八載干戈值百憂，三年建設滿秦州。歲寒松柏方知節，國難賢勞更見遒。白髮一頭因浩劫，清風兩袖挽狂流。知君亦有五湖興，寇退當隨范蠡舟。

〔一〕編者注：原詩題為『與陳慶瑜談時事，有「一頭白髮，兩袖清風」之語，頗有同感，作詩贈之』。

郿縣大壩工地雜感四首

天時人事交相逼，逼我有氣難為力。我不怨天不尤人，徒自增愁悽切切〔一〕。
國難興工極不易，百折又逢天妬忌。雨催風急趕險工，風雨工場沉住氣〔二〕。
論時論事宜停工，爭奈壩險勞心胸。未及破甑須反顧，希冀人事挽天工〔三〕。
歲寒方知有松柏，事艱始可識英雄。須知柳暗花明路，即在水盡與山窮〔四〕。

〔一〕渭惠渠首工，百孔千瘡，修理須款，籌措不易，及集款、備料、鳩工，已到春汛。明知其不可為，然又不得不為，望能接濟夏秋田禾需水時的灌溉。但新工未竟被沖，又須再接再厲竟其事。
〔二〕是春，風雨特多，即在風雨中趕工。工人等以我不退卻，大家都能冒狂風疾雨急逡，尤以做海漫挖基為苦，當打水。完畢時，民工即蜂擁做混凝土工程。
〔三〕渭河桃汛頗大，現場防汛責任極重。曾言待秋後再進行，然壩工殘破急須修復，方可濟夏秋苦旱，祇有一綫希望，仍須盡力為之，以竟程歷，以息懸念。
〔四〕修壩工程，打水第一，而打水機不靈，不易打乾底水，徒喚奈何！每聽水上機聲，即狂喜，然一剎那間又停息了，想盡方法，開動破機，由絕望中得到希望，卒能成功。

冷眼看工地三首

大衣加身，單鞋拖足。徜徉壩上，不管榮辱〔一〕。
誤工禍首，縱李玉琢。分贓不均，勾心鬥角〔二〕。
天雨河漲，工險興嗟。孤行一意，祇知有家〔三〕。

〔一〕諷張殿卿。
〔二〕戒房寶德。
〔三〕勸王立治。

工地偶成

物以類聚，人以羣分。福由善生，禍不單行。聲應氣求，清濁分流。消災集福，在能忍辱。忍過難關，好水好山。

巡渠過武功漆水河四首〔一〕

當年插柳連渠岸，此日成林塞兩間。春暮綠肥新雨後，漫天飛絮自閒閒。
渠水春風漾細波，渠坡嫩草展青蘿。無邊麥秀連天碧，極羡冬春雨雪多。
莫羡冬春雨雪多，雨沖雪化值春和。雯時河漲成災劫，痛定渠工感折磨。
忙忙半月費精神，鄜塢長安往返頻。此日巡渠還有意，煖風車上拂勞人。

〔一〕渭渠首工修理完畢，巡渠而歸，看渠中之水，即渠首為千民工之汗血，化汗血為渠水，渠水普灌農田，予心身雖倦，而此時精神極樂。

題金鐵寨渠道

始于普集，止于金鐵。垂柳夾渠，一水聯璧。城遙市遠，亦少人跡。柔綠接天，萬籟俱寂。可以泛舟，可以止息。

朱夏日書懷

空前逢浩劫，哀鬢客秦關。花汎今朝盡，渠工來日難。尚欣居淨土，惟夢見家山。溝壑何須論，何時挾眷還〔一〕。

〔一〕時有退休之念。

贈李國偉忠樞二首〔一〕

參觀申新紗廠福新粉廠。

鬥鷄臺畔建申新，汽笛機聲夜復晨。思溺思饑懷禹稷，足衣足食惠軍民。東南陷寇哀江浙，西北興工徧隴秦。

華屋明燈羅裙屐，佳餚美酒宴嘉賓。

大樓南向可登臨，秦嶺巍峩渭水深。天上人間開眼界，高山流水拓胸襟。明池藻鑑噴泉影，墨突煙騰利濟心。

抵掌暢談忘作客，喜君論世有同音。

〔一〕編者注：原詩題為『參觀申新紗廠福新粉廠，贈李國偉忠樞二首』。

李心錦曾以詩三首訴苦次韻酬答並開其惑

清光皎潔本高寒，碧落銀潢宇宙寬。我自愛人人愛我，求仁強恕眼前看。
司馬文章絕世無，文君豪富且當爐。更知時代巨輪轉，總統由來是僕伕。
天命諄諄不次恩，行時生物反無言。人間積德應圖報，知足安貧即樂園。

附李詩：

花尚未開春尚寒，渭渠重到已華巔。十年裘敝身猶着，惹得人人白眼看。
初到行炊灶也無，風簷雨户一泥爐。誰知愈降愈卑下，課長而今作伙伕。
上下一如沙在盤，官場滋味苦難言。我今深悔當初錯，何日重歸快樂園。

李心錦疊前韻復答三首

寇深國瘁徧饑寒，火熱水深劫運寬。幸有秦川乾淨土，遺簪敝履不厭看。
半生貧病百能無，茶灶餘閒伴藥爐。寇退應歸東海曲，餘生長願作農夫。
天涯漂泊背深恩，死別生離不忍言。母教長存思養志，維摩樂事在田園。

附李疊韻詩：

年荒世亂士多寒，廣廈千間不算寬。願此餘生如杜老，長留青眼向人看。

顔子襟懷有若無，心能化物似洪爐。而今方識立身法，不善容人不丈夫。
革面洗心感帝恩，重生好道口難言。猶如南畝理荒穢，闢我心田作樂園。

趙福基來訪贈以詩

渠頭夏木拂清塵，簡從單車訪野人。闊别廿年勞想像，亂離邂逅兩情親。

贈劉輯五鍾瑞

壯歲與君同入秦〔一〕，同車同宿逐征塵。二陵風雨聞鼙鼓，三晉雲山歷苦辛。入關從師到渭北，相期開渠復鄭國。冒寒犯雪測涇流，日出而作日入息。隔年與君同出關〔二〕，征車被劫船又翻。交换騎驢出函谷，徐州分手約期還。還時相隨不踰咫，記得歲寒盟白水。氣壯不知工作苦，奉公不復分彼此。冒險探危入涇谷〔三〕，千里無人棚帳宿。輕裝小隊若奇兵，與君把臂逐麋鹿。自我單騎赴陝南，君至西關送征驂。尋值陝亂水工停，君返河北我何堪。我亦歸裝勘險灘〔四〕，膠舟漢水南征難。徒步踏穿子午谷，艱辛歷盡返長安。枝棲太學作教授〔五〕，八月圍城悲困獸〔六〕。絕糧遭劫經九死，思君人老折人壽。苦盡甘來城自開，天涯遊子尚徘徊。送春入夏又經秋，家庭纔聚慶尊罍〔七〕。金陵遊宦到天津〔八〕，重逢久别兩情親。黄河南北測水文，窮鄉旅宿慰勞人。勞人不自知辛勞，十年一病逝滔滔〔九〕。病裏聞工君訪我〔十〕，功成又招我遊遨。自我西行立約誓，情深難免生煩細。人惟求舊物惟新，自背人前空隕涕〔十一〕。師喪三年人境非〔十二〕，門人治任將旋歸〔十三〕。抗建未成須苦幹，遺簪敝履亦依依。與君結交心相許，歲久情真淡如水。久要不忘平生言，外捨形骸中爾汝。

〔一〕時一九二二年。
〔二〕時一九二三年。
〔三〕時一九二四年。
〔四〕一九二五年自費調查黃金峽灘險。
〔五〕時任職西北大學。
〔六〕發生於一九二六年。
〔七〕一九二七年曾回老家一次。
〔八〕一九二八年任職華北水利委員會。
〔九〕指一九二九年至一九三五年。
〔十〕在台州建西江及金清二閘。
〔十一〕一九三六年，任職陝西渭惠渠工程處。
〔十二〕任職陝西渭惠渠工程處。
〔十三〕時一九三九年。

詠葉舟

一葉小舟，容與中流。柳隄上下，載沉載浮。月明風清，以遨以遊。

小病

濃蔭長夏掩紗窗，朝日層層葉底光。此景至今才領畧，多緣小病臥胡床。

母親逝世三週年有序

三十四年七七，為母親逝世三週年紀念日，適寇二犯臨海故鄉初退。回憶三年前，寇初犯臨海，為母親致死之因。家國深仇，何時能報，思之憮然。

母喪家破已三年，家國深仇不共天。萬里一身填海困，三週兩度幕巢顛。遙知死去安窀穸，預計生還見凱旋。禫祭南天仍草草，昨宵歸夢表瀧阡。

踏莎行　賀孫紹宗之女雲霞李樂之之子炳權結婚

共里姻親，同窗情愫，無猜兩小嬌相護。吟詩讀畫兩相從，紅樓穿過重重戶。　今日新婚，他年錫祚，宜家宜室同甘苦。白頭偕老說當初，溫存額角留佳趣。

南鄉子　新秋月夜獨遊渠上

良夜月中遊，渠上披襟碧樹秋。月浸層波光漏影，清幽，人定更深逐水流。　與水去悠悠，無掛無牽不轉頭。自是無名名勿及，虛舟，接引勞人寫百憂。

喜得家書〔一〕

七七喜得文光任去年六月離家及今年二月返家之書各一封，又疊年韻。

中斷家書已一年，懷鄉屢欲問青天。客邊萬里情何急，此刻雙魚喜欲顛。喪服滿期為吉服，失迷歧路已言旋〔二〕。誠能感格慈親佑，更佑孤兒惠陌阡〔三〕。

〔一〕編者注：原詩題為『七七喜得文光任去年六月離家及今年二月返家之書各一封，又疊年韻』。
〔二〕指文光歸。
〔三〕時西北大旱，軍民惶惶，予正放水白田，備農民徧種秋禾。

巡視三渠四渠記事

朝曦初出平地，萬物歡迎新光。渠樹重重疊疊，渠流滚滚湯湯。四野肥綠成碧，農夫放水忙忙。我巡三渠四渠，盡日炙膚刮腸。同行饑渴致病，我自步履徜徉。心到眼到腳到，賞善罰惡懲強。倦來息於渠岸，農夫惠我壺漿。共話農田水利，歸路西山夕陽。

賀新涼　解決郝張二家爭大路為農渠

時德國希特勒失敗，歐洲解放。

地畔爭多少，看希魔蓆捲歐洲，終難自了。水利未修乾旱地，況是東西大道，通人蓄，田禾難保。水到渠成為膏沃，望大家讓畔耕耘早。豐收處，堪溫飽。　官司不可時探討，白花錢，乘除刀筆，是非顛倒。
縱使一時爭得勝，回想無非煩惱。但希望和平二老，原是鄉鄰兼親戚。更推襟送抱重修好，從前事，付蒼昊。

水龍吟　賀沈百先五旬雙壽

曾聞海屋添籌，桑田滄海傳消息。人間水利工程推進，堪與比翼。治運奪淮，鞯江赤水，後先建設。看活人多少，成功無算，增生產，足衣食。　此刻五旬雙壽，恰欣逢寇降建國。登高一呼，萬山響應，三千功績。輔佐中興，振興百廢，群瞻耆德。望陪都，陸地行仙，宛爾壽星南極。

感誌〔一〕

八月十九日即農曆乙酉七月十二日為五十二歲生日。

百年經強半，不足畏餘年，辜負親師教，長懷朋輩賢。在緣居淨土，學錦製秦川。寇退收東浙，歸耕彭澤田〔二〕。

〔一〕編者注：原詩題為『八月十九日即農曆乙酉七月十二日為五十二歲生日誌感』。
〔二〕時日本帝國主義投降，我有退休意。

踏月渠上誌喜〔一〕

五月二十一夜壩工新成放水濟旱。

樹蔭夾道水彌漫，夜氣清和月影寒。溝澮皆盈乾旱濟，隰原普灌夢魂安。重重花影薔薇盛，細細清音玉漏乾。回想新工經百折，今宵觀水有餘歡。

〔一〕編者注：原詩題爲『五月二十一夜壩工新成放水濟旱，踏月渠上誌喜』。

秋渠二首有序

中秋後三日之晨，獨行渠上，風露大，滿天陰霾。曾默祝，如我晚境康樂，當能見太陽。午後日出，我心一快，曾遊茂陵而歸。

秋來無好日，雨水滿郊塍。地濕滋蔓草，人稀懶夙興。風波渠上起，煙霧柳梢蒸。磅礴生平氣，行行至茂陵。

浮生思晚境，如日出頑雲。默祝渠頭路，開明到夕曛。登陵心坦坦，眺遠意紛紛。悲樂移方寸，歸車溯水紋。

渠上秋曉

繽紛天上蕩紅羅，下映長渠無盡波。隄樹田禾盈大地，交枝疊葉曉光多。

記感〔一〕

八月十六夜半，當與平城遭水災之後，聞風送跌水聲，恐渠決，起床爲未雨之謀。

槐里沉災劇可憐，深更風水不能眠。慢言天禍非人事，應盡人爲補缺天。風送瀑聲疑潰決，電通宵夢警遷延〔二〕。操持渠惠衡霪旱，夙夜縈懷在渭川。

〔一〕編者注：原詩題為『八月十六夜半，當興平城遭水災之後，聞風送跌水聲，恐渠決，起床為未雨之謀記感』。

〔二〕用電話通知各管理處防洪。

秋渠日影

渠頭旭日上青霄，天際明霞逐水飄。最是東風搖柳影，細枝水面拽長條。

隴海車中讀袁枚詩集

板橋書法野狐禪，太史行藏未顧言。一部袁詩學鄭燮，如何刻薄到豪尖？

渠上落木

黃葉長渠蔽半空，蕭蕭雨後落秋風。歸根化土原成理，逐水流行却向東。

夢後記感

習俗移人鄙，存存賴性天。婆心思饑溺，慧眼看山川。墨子尚同論，荀卿性惡篇。夢迷憑正氣，醒覺念仁賢。

無題

功大位尊伺候多，貧交疏隔可奈何。情專愛博原相逆，道困文名易折磨。渺渺予懷如止水，悠悠君去不回波。衆人國士評章處，豫讓當年踏踏歌。

讀孫奎閣先生和辛巳五月二十三日詩復疊前韻五首

娑婆世界自悲傷，返日戈頭有魯陽。痛定回思成往事，殷憂啟聖識詞場。
自憫勞生歷劫塵，廿年浪跡徧三秦。吾心自有光明月，照向人間祇率真。
火熱水深厄世人，何堪内戰禍斯民。鷄鳴不已當風雨，好果還須種好因。
黄花晚節豔朝朝，黄葉無邊接九霄。秋雨秋風增寂寞，渠頭往返且逍遥。
一秋久雨始昭明，氣爽天高樂事生。更誦新詩知雅興，足音空谷念深情。

附孫奎閣和詩並序：

步川局長管理渭惠渠有年矣，締造經營，規模宏敞，過興平而仰瞻，無不嘖嘖稱羡。性情純潔，無他嗜好，公餘之暇，唯以詩文自娱。久仰盛名，無由識荊。一次拜訪同道李波亭課長，因得介紹投刺，未遇，不禁悵悵。二次造訪，適遇於辦公室，岸然道貌，一望而知為忠厚誠慤、守為兼具之君子。暢談之下，無任欣幸。今又承贈季報一鉅冊，拜領感激，莫可言宣。信手翻閱，即是八十面早晨散步默禱感應詩五章。莊誦迴環，益信我們是萬物之靈。宗教的拜讀局長禱告感應詩，不揣謭陋，特誌感言，並遵原韻，勉為唱和。續貂之譏，夫何暇計？步渭惠渠管理局胡步川局長原韻七言詩五章。

其一

生民塗炭太心傷，曷喪禱詞詛暴陽。一片精誠默感應，凱歌唱徹靖沙場。

其二

連天烽火悵煙塵，保障陪都賴有秦。滿腔熱誠默禱祝，彼蒼垂顧心靈真。

其三

蠶食鯨吞翳何人，轉徙流離哀此民。夢死醉生如狂瀾，河山淪陷詎無因。

其四

白日青天喜會朝，妖氛頓掃露雲霄。河山有幸恢復盡，還我台疆路不遙。

其五

會朝勝利即清明，啼笑歌泣百感生。作伴還鄉深自幸，雲山悵然倍留情。

渠樹

右輔雲林早劫灰，鬬渠種樹八年來。北從清涇輸楊柳，東自長安運楝槐。剪幹柯枝成合拱，開花落葉自低徊。

蔽天遮日渠頭路，水溢旱乾不染埃。

見園楓紅葉懷鄉

楓林九月染輕霜，錯翠鋪丹疊紫黄。懷想江南秋色好，八年喪亂未還鄉。

雨後秋晨自渠上望南山三首

雨後晨光紅暈融，南山雲氣逐東風。接天山色無窮翠，横斷中間一白虹。

雲光日影映層山，谷口分明雲日間。斜黑澇澧横伂惠，渭渠縱貫碧潺潺〔一〕。

孤標太白接青天，雪點山容沒碧巔。麥綠凝珠因露重，半殘黄葉覆渠煙。

〔一〕斜、黑、澇、澧為秦嶺的大谷口，有梅、黑、澇、澧四渠，皆為北向。而渭惠渠則東西向，縱聯梅、黑、澇、澧四灌溉區，故云。

乙酉初冬兩儀閘畔八謁李儀師墓

分手長安已八年，止戈大地一欣然。隻鷄斗酒兩儀閘〔一〕，木落渠清十月天。涇水無波流厚澤，仲山有幸續前緣。復員事業從今起，建設當能慰九泉。

〔一〕二十八年祭師文有抗戰勝利之日當以隻鷄斗酒告墓。

霜晨自涇陽赴三原返興平

涇原坦道蓋疏林，渠網潺湲久作霖。隴上履霜冰雪意，車沿納日歲寒心。廿年秦客嗟行役，一世天驕喜就擒。八謁師墳增一慨，歸歟我自發長吟。

附李耕硯和韻詩：

不見君顏已八年，兩儀閘畔迥悠然。關中赤子無憂色，涇上綠波似樂天。十載相隨懷往事，三生有幸結前緣。而今學步辭河政，恨未夢中話九泉。

流聲帶雨下渠林，斗口輪開勝作霖。八惠農田欣物意，三秦水利濟民心。入關遊客欣帷幄，出谷涇河任縱擒。胡子祭歸成兩首，幸君來格彼長吟。

隴海車即事

朦朧日影眼昏花，氣餒人多隴海車。廣土衆民何足算，無端平地又風沙。

視察寶鷄峽水利寄于右任先生

寶鷄峽裏渭悠悠，萬壑千巖鎖碧湫。鐵路穿空三八洞，鋼橋臥影六川溝。抽薪釜底消黄禍〔一〕，築壩源頭發電流。廊廟江湖同國策，蒼生霖雨繫嘉謀。

〔一〕渭水口屬渾水河，故云黄禍。

長生樂 冬至前一日，自寶鷄峽勘水利及巡視一、二兩渠歸途遇雪

勘峽巡渠逐水旋，瑞雪兆豐年。渠頭隄上，滿佈白毛氈。洗盡風塵，感激蒼天。履潔懷清路上，一片茫茫白如煙。　孤車日暮，氷轍顛連。數行渠樹參天，引我迷路到前川。雪光庭院人定，照影玉堂仙。

十二月一日自興平乘搖車至咸陽轉赴三原〔一〕

應于右任先生招商寶鷄峽水利事。

搖車送我入咸陽，冷氣寒風道阻長。壯志不因冬令餒，兩行路樹自凝霜。

〔一〕編者注：原詩題為『十二月一日應于右任先生招商寶鷄峽水利事，自興平乘搖車至咸陽轉赴三原』。

寒夜自郿縣車站赴大壩

午夜寒威逼斷膝，口呵眼鏡結層氷。迷糊不辨高低路，壩上河聲已淌凌。

寶鷄舞臺觀哭靈牌戲感懷

劉備當年始建軍，一時龍虎際風雲。取荊定霸成功業，失將喪師到日曛。消長盈虧原有數，落花流水不堪聞。猇亭演出雲長像，聊慰關興望眼殷。

擬郿縣大壩聯

聯峯影裏朝千笏，
流水聲中過一生。

卷十七　民國三十五年

民國三十五年（一九四六年）

讀李書田《春江花月夜》詩次韻五首

其一得春字

瑤函光槐里，大地恰回春。金石淒音響，璇璣幻轉輪。清詞盈紙上，好句滿渠濱。運筆依鞍馬，走盤若水銀。
疏林辭積雪，枯草可成茵。敦厚存言外，溫柔見性真。抛箋遐想急，掩卷苦思頻。月夜觀流水，江花可樂貧。

其二得江字

戰裏回思處，秦川憶浙江。水雲浮島嶼，海嶠近仙邦。發興招遊侶，吟詩自作腔。容與千頃浪，欸乃一輕艭。
雁蕩觀春瀑，天台禮寶幢。問花堪解語，顧影可成雙。夜月連烽火，秋聲雜幻哤。自投原子彈，魑魅望風降。

其三得花字

戰後初經臘，春來望發花。瘡痍增旱患，離索苦思家。垂死寧無悟，吾生亦有涯。飄搖新國運，蹭蹬老中華。
江上誰詩伯，人前敢自誇。蕭牆冬日短，寰宇夕陽斜。磅礴青雲氣，蹉跎白首嗟。寒宵遊夜月，樹影正交加。

其四得月字

吾心逐物無，自有光明月。風雨作鷄鳴，苔蘚尋斷碣。寧為失馬翁，普渡迷津筏。耿耿秉忠忱，蕭蕭聽雨歇。春秋夜坐花，肥瘠兼秦越。江海寄孤身，精神存魏闕。祇求真理明，不惜虚名沒。以德服千人，何庸張殺伐。

其五得夜字

花萼傍春江，離人歌子夜。星河轉杳冥，月影移臺榭。言志寄篇章，談詩相枕藉。偶聞空谷音，懷想東山謝。滾滾挽黃流，依依臨渭壩。光輝落華蓬，几案留香麝。疇昔學而優，於今神而化。相期百歲翁，好整以多暇。

附李詩：

其一得春字

煖至梅爭放，江涯草木春。山花敷兩岸，月夜湧孤輪。擊柝煙村外，張帆大海濱。隨風艖泛疾，逆水浪翻銀。李蕊含蘭露，桃花落錦茵。飛光盈手贈，養魄片心真。把酒凝神在，吟詩入夢頻。高賢逢盛世，樂道自安貧。

其二得江字

歲復春暉煖，山融雲漲江。飛花飄月夜，載酒泛漁邦。舞絮風浮轉，吟梅曲換腔。伸眉將細柳，促膝共輕艭。薄霧承霄漢，深潭倒玉幢。香輪千里滿，掛影五更雙。勝利當前事，和平異日哤。瀛皇寒膽慄，失展跪郊降。

其三得花字

積雪融春汛，江流影岸花。星輝同助曜，月夜倍思家。畫舫尋歸路，漁船泊港涯。灘頭桃競艷，壩上李爭華。鼓角鐘聲永，中天掛魄誇。煙浮芳渚靜，浪照破帆斜。擊楫酣歌舞，依桅醉酒嗟。更深兼柝急，那覺曙光加。

其四得月字

春梅雪映花，霽夜江心月。逐影泛潮頭，隨波趨玉碣。孤桅掛舊帆，古渡横新筏。夾岸柳含煙，潛淵鱗暫歇。紅霞照水明，錦浪臨風越。皓魄洗銀河，寒光盈貝闕。今乃大義存，那至微言沒。輿論賸淫威，時賢曷筆伐。

其五得夜字

皎影映春江，騷人憐日夜。高歌曲水臺，縱覽觀花榭。岸上已清幽，舟中相醉藉。鶯啼柳眼舒，燕舞檀心謝。皓魄爛銀盤，飛光敷碧壩。燈前協律音，筆下生蘭麝。偉烈豈常存，名詩難物化。行年五九彌，但惜無多暇。

觀徐霞客鷄足山遊記偶憶天台石梁

絕頂浮嵐接九天，懸崖隤雪墜當前。花光苔影俱生動，絢綵鋪絨隱淡煙。

丙戌新歲〔一〕

孫奎閣長老枉顧，復贈辛巳和韻詩五章，復疊前韻酬答。

其一

大地干戈神暗傷，八年浩劫轉春陽。和風煖日舒人意，預兆豐年早築場。

其二

麥隴青青不動塵，千渠春水灌西秦。柴門新歲閒無事，不速客來見性真。

其三

虞詐相尋看世人，不隨流俗葛天民。狂瀾倒處思援手，回首三生證淨因。

其四

桃符萬戶換今朝，爆竹聲聲透碧霄。恰值新詩光几案，九天空闊雁音遙。

其五

高天杳杳透空明，四季流行百物生。自是無言言外意，春花春草更多情。

〔一〕編者注：原詩題為『丙戌新歲，孫奎閣長老枉顧，復贈辛巳和韻詩五章，復疊前韻酬答』。

附孫奎閣詩：

（一）

冀北蜩螗只自傷，空羣何日遇伯陽。惟憐驥負稱千里，混跡駑駘櫪槽場。

（二）

連城尺璧喜出塵，輾轉玉人竟獻秦。毓秀鍾靈唯河嶽，空山淪落要歸真。

（三）

塵埃何處是真人，虞詐相尋殃此民。劫後餘生空憔悴，田園寥落豈無因。

（四）

若夢浮生不崇朝，精神形體判泥霄。真人應葆唯靈素，玉宇瓊樓路詎遙。

（五）

胸懷磊落復光明，到眼塵寰感慨生。砥柱中流應奮鬥，真人端底是真情。

默坐

默坐焚香伴寂寥，香煙繚繞擬騰霄。爐盤戶牖迎煙動，相對行行各自消。

渠上曉望

三十四年十月二日作，補錄。

一輪紅日上林梢，蒼翠南山萬里遥。東望驪山於葉底，輞川谷口亦昭昭。

冒雨行渠上即景

春雨空郊別様妍，寂寥隄上鳥談天。長渠滚滚波光潤，細點濛濛麥色鮮。紅杏林端籠紫霧，綠楊梢外罩青煙。人驚雀去枝空滴，帶水拖泥越陌阡。

督工渭壩領畧河山〔一〕

回想抗戰八年中，對已成工程補偏救弊之苦境，成詩。

大鵬展翅北原張，六閘吞流渠水長。傍渭負原臨太白，自郿流惠到咸陽。連峯影裏朝文笏，滚水聲中憶故鄉。大壩十年經百折，新工八載補紅羊。

〔一〕編者注：原詩題為『督工渭壩領畧河山，回想抗戰八年中，對已成工程補偏救弊之苦境，成詩』。

自郿縣車站乘隴海車東返興平

郿站飛車急足登，度阡越陌向東塍。春渠大地張漁網，新柳長隄走馬燈。

渠頭春曉

早起渠頭溯水涯，杏花初放柳舒芽。邪風隔岸搖花柳，翡翠屏中蕩粉霞。

渠上書感

時興平車站，破車運去，難民一空，为好現象。

杏枝舒萼柳萌芽，榆樹叢叢已發花。春意漸來增樂意，破車運去見新車。八年浩劫隨旋軸，千數災民可返家。救弊補偏渠上事，艱難歷盡望亨嘉。

沁園春 和詠雪

八載干戈，火熱水深，肉炸血飄。憶贏來孤注，為山壘壘，失之交臂，逝水滔滔。滿目瘡痍，同胞凍餒，物價飛騰莫比高。縈望處，儘思量痛定，解困除燒。傷心金屋藏嬌，又五斗淵明不折腰。念正人君子，高蹈介介，奸商污吏，勾結騷騷。革面洗心，和衷攜手，誠信相孚共琢雕。渭渠上，祝風平樹靜，暮暮朝朝。

附孫奎閣步《沁園春》詞：

一世之雄，煙硝雲滅，風捲草飄。緬歷代往事，英雄莽莽，龍爭虎鬥，狂浪滔滔。若者窮老，若者投荒，彼蒼暗盤誰比高。要儆覺，戒前車覆轍，深藏艷嬈。權利誘惑甚嬌，斷送多少英雄身腰。看晉代衣冠，繽紛詞采，吴宫花草，艷麗風騷。富貴蜃樓，功名影泡，精神生活應龍雕。須信託，盼對越讀經，朝復一朝。

一夜風雨早起行渠上懸念大壩新工二首

一夜狂風雨似麻，黎明即起慰芳華。斜風細雨排雲腳，一路渠頭踏落花。

大壩新工屢折磨，無端風雨滾河沙。長懷水底工程苦，默祝波臣静不波。

清明節黄昏渠上書所見

一年容易又清明，渠上黄昏獨自行。三五墳燈燃隴上〔一〕，懷鄉客子繫深情。

〔一〕秦俗，於清明節在新墳上燃燈。

憶賣山地

買山當日欲施僧，七畝區區不足稱。三穴遙遙堪自笑，躬耕避冠望豐登。儻來勝利無需此，賣反主人慣舊仍。地價雖增逾八萬，雜投本息喂饑鷹〔一〕。

〔一〕地價八萬，為友人借去，杳如黄鶴。

落花

桃李逢春次第開，狂風烈日急相摧。落花滿地無人管，一日渠頭轉幾囬。

滿庭芳　春雨後渠上河山

雨後南山，蔚藍千里，分明雪頂嵯峨。山腰雲帶，平映夕陽多。山外天空魚白，無邊際，反襯青螺。畫圖展輕描淡寫，人樂景清和。　渠頭曾少立，桃腮柳眼，景物如梭。恰長渠接日，滾滾金波。兩岸油油麥綠，編織就，大地紈羅。秦川納灃澇斜黑，為渭壯山河。

狂風終夜鑒於去年渭河之春漲頗有憂心

狂風終夜念新工，槐里飛魂到渭東。默祝老天能做美，無波無浪促成功。

一夜東風曉行渠上

春光大好怨東風，渠上青錢逐落紅。坎止斑斑鋪錦繡，臙脂點翠蓋空蒙。

督工大壩完成後巡視一渠

春來歷碌走西東，盡日渭濱督壩工。渠上柳綿吹作雪，暮春煖日憶寒風。

入浴絳帳七號跌水之水庫二首有序

大渠停水，尚有餘流，然已變渾為清，經長渠曝日，直如溫泉，而三四口短瀑，如三玻璃罇，尤為好看。

庫水澄清恰及肩，渠流曝日似溫泉。將頭入瀑身藏庫，煖日光風春暮天。
洸洸渠水利羣生，善下持平淖約明。鮮絜一身塵垢盡，舞雩歸詠浴沂情。

巡渠至北安谷管理處題紫藤廳二首有序

北安谷渭渠管理處係修理舊廟的東廂而成，庭中有紫藤繞楸上，開花極多，予命名紫藤廳。

巡渠到此屢盤桓，庭院生新改舊觀。紫氣東來排闥入，藤花西豔倚門看。
古藤楸上自風流，春暮花時幾度遊。廳事新成花正好，將花名屋永相留。

巡視三渠記景

暮春日煖水湯湯，渠樹成陰發暗香。最是夕陽穿樹隙，柳林底下水銀光。

渭濱

渭濱十載渡生涯，救弊補偏玩物華。兩歲太平欣樂業，八年亂世苦思家〔二〕。農田水利差堪慰，弄月吟風不厭奢。領畧春渠三百里，榆錢柳絮殿槐花。

〔一〕在渠上經過抗日戰爭八年。

雨後渠上

綠滿渠隄水滿磯，渠頭無際麥田肥。雨餘鄉路無人跡，我獨臨風照影歸。

端陽前二日行渠上

屈指近端陽，麥田無際黃。人人忙隴畝，處處見耕桑。萬樹迎風舞，千渠輸水長。天晴猶未熱，多雨似新涼。

賀郭頌德結婚〔一〕

予夫婦曾為主持訂婚及主婚。

月老論婚，赤繩繫足。品題人間，牽絲南北。撮合恩情，湊成眷屬。疇昔定婚，今朝花燭。他日催妝，藍田種玉。濁酒千杯，雲璈一曲。忝列主婚，將文代祝。

〔一〕編者注：原詩題為『賀郭頌德結婚，予夫婦曾為主持訂婚及主婚』。

寄成章一首有序〔一〕

沈成章鴻烈，曾於渭渠放水時贈詩云：『關中陸海古稱雄，溝洫於今利未通。近喜渭川渠復濬，預占秦地歲恒豐。惠敷下隰高原澤，渥勝興雲降雨功。沃野從茲資灌溉，三農荷鍤頌仁風。』和詩寄之。

出為召虎率羣雄，入長農林水利通。曾枉高軒臨渭壩，得聆名論説新豐。湖山有喜迎方面，朝野無人擬大功。幸屬部民欣遠客，歸歟我欲乘天風。

〔一〕沈曾於三十二年八月十二日，來渭壩參觀，談陝事，尚率真，關心陝西水利。

為湖南蔡岳屏題畫四首

孟母斷機聲，於今慕女貞。擇鄰移習俗，教子得成名〔一〕。

瀟湘竹影映苔紋，鼓瑟湘靈楚客聞。苦調清聲人不見，餘音裊裊隔重雲〔二〕。

殘春蒲郡東，蕭寺日融融。門掩梨花雨，園開楊柳風。有情成美眷，無語對蒼穹。人勝連環玉，回頭喚小紅〔三〕。

一妹李郎，不憚于楊。遇虬髯客，交羡李唐。十年海外，扶餘國王。瀝酒東南，中土之光〔四〕。

〔一〕孟母教子。

〔二〕黛玉鼓瑟。

〔三〕雙文遊園。

〔四〕紅拂夜投。

杏林

三月二十九日黄昏作，補錄。

杏林雨後競芳華，淡淡深深傍水斜。隱約黄昏臻絕景，不須三島問櫻花。

殘花

四月四日作，補録。

一水盈盈萬柳青，青林無盡點紅星。積零為整遥看好，誰謂殘花便不馨。

七七母親逝世四週年紀念日記感

母喪四載尚孤征，原擬今年故里行。劫後道途猶詰詘，眼前衣食費經營。守株我自安殘業，内戰何時可解兵。想到家園增落寞，於今真個是無情。

巡視三渠二首

曉日初光朝氣酣，南山千里翠於藍。禾苗徧野成濃緑，渠水滔滔萬象涵。

陰陰夏木覆渠隄，百里咸陽古道迷。萬管金光篩葉底，無邊黍稷緑初齊。

八月八日為予五十三歲生日時值立秋

秋意到秦川，駒光又一年。五三輕彈指，十九自顛連。骨相難偕俗，行藏自有天。無災無患難，告母寄重泉。

得侄書知南園竹好記感

只可食無肉，不可居無竹。南園之竹親手栽，已易春秋十五回。四方奔走於工作，甫見生筍又離杯。惟憑家書傳竹報，葱葱蔚蔚百千竿。但願子孫勿斬伐，擴庇天下萬千寒。最愛伏土先有節，脱籜成管作鳳笛。無心高標棲鳳凰，調和律呂協宫商。憶昔中散有竹林，小阮大阮屐齒臨。千古流風餘韻在，守先待後一片心。

丙戌四月十九日遊謂壩北原之大歷寺〔一〕

渭壩負北原，若鳳凰展翅。壩工進行時，當懷登臨志。人命有修短，早覓葬身地。渭渠此源頭，或酬平生意。蹉跎十二年，始終未一至。今春修壩工，久在壩上住。工成思出遊，中止再三四。春日招我往，斯游計始遂。涉谷又陟岡，上登大歷寺。寺宇雖荒廢，風景殊嫵媚。鳳嘴為後障，前屏更秀異。層堞高千仞，畫圖開天際。秦嶺廿六級，白雪點濃翠。級級作弓形，隔渭環靈瑞。金鎖麻石峪，最低一層次。左右兩屏翼，東西分八字。相稱又相齊，天造地設置。東為霸王河，白山如拔幟。西為五丈原，平坡眼前墜。墜入渭川中，水光接奥秘。歷歷見渭壩，壩北輸水利。壩南為丘陵，郿塢設縣治。渭濱草木多，放眼縱横恣。寺墟背層窑，丹灶尚完備。寂然無一人，江山何所寄。左下為佛窑，佛像頗精緻。壁上畫龍蛇，虎虎有生氣。窑外一勺泉，仿佛神所賜。引泉灌山木，花葉發四季。中下有僧塔，其上有碑誌。惜龍手不揚，虎沙似驕肆。埋骨不得所，廢然返作記。

〔一〕唐寺。

督工壩上少息于南土壩後之湖濱石上二首

補錄。

清風湖面水洋洋，嫩荇新蘆翠浪長。忙碌之間暫領畧，囂塵聲裏換清涼。

弱冠孩童六七人，捉魚戲水見天真。水濱壩上留春服，日煖風和值暮春。

雨後自武功管理處返興平二首

補錄。

園林雨後最華清，臨別依依不忍行。但恐歸途逢急雨，匆匆一望即登程。

渠上泥濘萬緒紛，精神所至逐頑雲。東行一路無風雨，且到興平見日曛。

減字木蘭花　壽歐陽母黃太夫人

歐陽壽母，劃荻當年施教厚。蘭桂芬芳，萊彩斑衣錦繡香。　　麻姑行酒，八秩飛觴稱全受。盛德高年，銀燭金樽敞綺筵。

放水

五月二十九日作，補録。

水滿雙池流絕聲，霎時蛙鼓作雷鳴。夕陽水面花陰顯，少立池頭逸趣生。

渠上晚霞

天半朱霞散晚風，水光蕩漾一渠紅。夾隄緑樹漸成碧，倒影層波點染工。

巡渠望太白山有懷李柏

溯水樂潺潺，新陽照白山。煙雲深杳杳，陵谷列班班。久有登臨意，為無杖履閒。渠頭懷李柏，槲葉寫塵寰〔一〕。

〔一〕李柏為陝西三李之一，有文名。曾著有《槲葉集》行世。

巡渠至扶風書所見二首

坦坦渠隄流水車，推車人健走龍蛇。新陽普照肌膚赤，碧樹重重夾道遮。

九年植柳傍渠流，複道新梢已覆頭。極目東西陰壓地，高橋小立意悠悠。

浴排洪閘下

曝以秋陽濯以渠，排洪閘下即華胥。及肩秋水涼生脾，洗盡紅塵心自舒。

中秋詠渠樹

滿天迷霧罩渠頭，萬綠無邊綴仲秋。回想當年樹木意，中心慰藉發清謳。

池上

青瑜點翠變瓊瑰，水滿橫塘起綠苔〔一〕。秋靜午陰人息晝，鴨羣漾動水天開。

〔一〕渠底綠苔，為水流沖上水面，如青瑜點翠，極好看。

樹蔭

翳翳樹蔭覆天低，習習秋風柳浪齊。鴨隊埋頭浮水面，隨波旋轉又東西。

渠畔

渠畔風光雨後佳，滿園花木護高壘。清涼世界隨心轉，小立園門傍水涯。

青玉案　贈第九榮軍教養院敬老聯歡會

一秋多雨晴時少，恰今日，天緣巧。鐵板銅琶風日好，旌旗招展，觥籌交錯，老及人之老。　軍民一體互相保，兵寓於農為古道，教養兼施須探討。聯歡集會，與衆樂樂，喜上商山皓。

附葉眉之和韻詞：

人生飄泊閒時少，喜相值，今朝巧。把酒言歡情興好，風和日麗，雍容揖讓，我敬諸耆老。　獻旗恰有諸鄉保，軍民相親人樂道，家國多難應檢討。伸張正義，及時努力，莫待鬚眉皓。

雨後槐里橋晚眺

補録。

長渠雨後送清涼，落日雲光映水長。槐里橋頭閒眺處，無窮夏木覆康莊。

新秋雨後渠上夜景

新秋新雨後，渠上豁胸襟。習習金風起，蒼蒼秦嶺沉。晚涼人意樂，夜靜故園心。雲隙一輪月，清光倒樹蔭。

夜雨

夜雨梧桐打葉聲，每懷渭壩昔年情。新工告竣勞心息，救弊補偏慰此生〔一〕。

〔一〕渭壩未修理之前，每逢秋淋，心惴惴不安；現新工已成，入夜可高枕無憂矣。

中元後一夜半水利局送千萬元撥款書記感

半年不發維持費，工友同僚仰面嗟。夜半送錢千萬貫，天公為我月生華〔一〕。

〔一〕渠上已半年不發工資了。今夜聞陜水利局送款到，皆大歡喜，真不啻西江活水，一天明月更有光華了。

憶西遊記有序

為員工生活費，曾演講、請願，上公館，進衙門，始得千萬元撥款通知書。然強半為三十三年之舊欠水費。灌區各縣政府無法付給，且逼還前借維持員工生活之款，俾解省獲獎。窮極無聊時，記事。

曾憶西遊孫悟空，火燄山阻路難通。聞樊蓮花驅火扇，神通廣大驅祝融。卑辭厚幣借鐵扇，鞠躬如禮蓮花宮。不料樊氏借假扇，火燒猴毛滿身紅。愁煞玄奘與沙僧，顛連對泣熱火中。悟空拚命入南海，觀音座前亂呼嵩。大慈大悲救苦難，賜楊枝水灑東風。殺開血路達西天，白馬馱經東土東。嗚呼！安得觀音楊枝水，一濟員工薪水窮〔一〕。

〔一〕憶半年來，員工枵腹從公，可泣可歌。予忝為領導者，盡我所能，曾向興平縣政府借債，供應職工口食。而政府反送舊欠水費來，不能兌現，一場空喜，感慨係之。

渠柳

渠柳綠依依，朝雲紅焰焰。交投織錦渠，秋色無雙豔。

渠槐

雨後西風槐樹林，紛紛落葉布黃金。曉隄十里無人跡，舍衛祇園我獨吟〔一〕。

〔一〕用釋迦祇園佈金典。

葉眉之贈詩次韻

渠頭坦道任西東，秋景宜人感化工。黃葉舞風驚雁唳，綠楊覆水帶煙籠。目前生事仍多累，亂後歸途尚未通。一臥秦川垂廿載，僅憑人事補天功。

附葉詩：

晨興聯袂出城東，滿眼秋光點綴工。一帶田園流水繞，數家煙火綠楊籠。人行曠野閒愁散，馬入崇垣曲徑通。偶過渭渠看設計，利民欲比禹王功。

渠上曉行

煙籠渠樹水浮煙，破曉西行傍渭川。自顧精神欣矍鑠，却尋霜露證因緣。四方麥綠隨車展，一路槐黃覆眼連。無盡秝稭堆累累，有秋場圃見豐年。

夜半玩月

夜半披衣玩月光，花枝滿地暗生香。遥觀門外陰陽柳，側望庭前隱顯牆。人定鄉村何靜寂，秋深庭院益清涼。入房偶過葡萄架，交織纖條映路長。

下弦月光中自郿縣車站循鐵道赴大壩

下弦月色勝初弦，恰上東山帶露鮮。夜冷月明人歷碌，蜿蜒雙軌白光邊。

沁園春　曉登梅惠渠管理局城樓遊眺

郿隖秋光，秦嶺聯峯，聳翠於南。恰曉雲籠罩，山巔疊雪，金風蕭瑟，天際呈藍。渠送泉聲，坡斜麥色，山下人家朝氣酣。待日出看炊煙幾縷，上透層嵐。回頭北望高原，平沿上，嵯峨隴染丹。似牆頭露髻，高低人影，蜃樓湊市，隱約霜嵐。原下斷層，逼臨渭水，一帶汪洋皎鏡涵。觀止矣，乃扶筇下闕，運筆書龕。

無題

昔日綈袍稱破鞋，而今革履走長街。于思刮淨光面目，制服添新傲輩儕。更教文君能下苦，洗衣做飯斬青柴。

葉眉之兩疊東韻詩復次韻

二十年前來自東，遐荒赤地闢渠工。旱乾雲雨民生賴，水木清華月色籠。郭外三秋吟綺麗，關中八水論疏通。匹夫報國祇如此，僅計心安未計功。

附葉一疊東韻詩：

先生力挽百川東，錦繡才華奪化工。暇日豪吟羣卉放，高壘臨水夕陽籠。門盈珠履交稱善，渠灌田園曲可通。廿載經營心未倦，萬家擊壤頌成功。

復疊東韻詩云：

卅年蹤跡走西東，自笑逢迎術未工。老態自慚青鬢改，舊題誰見碧紗籠。空羸戎馬餘生在，尚有家園尺素通。從此願為良友伴，祇圖觴詠不圖功。

新月

一鈎新月落橫塘，樹蔭天昏不見光。細聽林根環佩響，潺潺渠水過王莊。

重陽

曉渠騰霧值重陽，花露凝珠欲變霜。雨後秋晨無限好，驪山旭日吐光芒。

晨空

晨空淡綠綴金霞，千里終南紫霧遮。極目西頭呈黑色，聯峯天際顯峈岈。

巡視四渠懷秦嶺雲山

淡雲橫秦嶺，隱約見層山。山頂懸天外，嵐光映渭灣。征夫忘行役，渠水送幽潺。遙望灃澇口，圭峯相對閒〔一〕。

〔一〕灃谷口有東西兩圭峯，為鳩摩羅什埋骨處。

巡渠經東南坊留印村三首

溝澮農渠盡白楊，參天經緯列縱横。渠流洗鹻增膏沃，渭水恩波徧渭陽。

棉田滿眼似涇陽，採集棉花處處忙。地價新增近百萬，咸陽城市滿花行〔一〕。

大渠蕩蕩水洋洋，榆綠槐丹楊柳黃。落葉紛紛忙掃葉，兒童個個負盈筐。

〔一〕買賣棉花之店稱為花行。

早操

渠樹籠煙日上梢，露珠綴麥菊含苞。清秋朝氣渠頭好，日日操存未敢抛。

贈蔡岳屏有序

岳屏來訪云，明日（十二月一日）為伊長興平縣週年之日，請吃飯，並看予詩稿。去年此時予至寶鷄峽勘水利後寄于右任先生詩，蔡囑作詩，當用湫字韻成一律寄賀。

一年歲月亦悠悠，幾度談詩瀉壑湫。空谷足音懷智鳥，風塵知己傲愚溝。功存國也名存邑，瓢自飄兮水自流〔一〕。車笠他年回首處，始平渠上話嘉謀。

〔一〕時有歸隱東海之意。

蔡岳屏金笑予和湫韻詩復次韻

家住天台鄰雁蕩，閒來最愛大龍湫。廿年客裏忘鄉井，八水關中引澮溝。世上有人同冷癖，渠頭我自逐清流。忽傳和韻稱雙絕，循吏蜚聲佐大謀。

附蔡岳屏和湫韻詩：

槐里相逢意興悠，光風霽月挹清湫。才疏隱吏慚催撫，績著遂人理洫溝。樹木增培添野色，農田分潤借渠流。勸耕有計資監水，積學東樵闡遠謀〔一〕。

附金濟寰笑予和湫韻詩：

琳瑯讀罷韻清悠，灑落襟期一鑑湫。拈出險寄同石笥〔二〕，移來風景似邘溝〔三〕。三岑表績堂懸鏡，五邑長隄樹蔭流。聽罷循聲聽惠濟，民歌農頌兩賢謀。

附葉諦和湫韻詩《詠雪》：

連朝瑞雪景清悠，千里秦川一鑑湫。仰視欣攀垂玉樹，俯行疑步碎銀溝。素懷合與孤芳伴，喜氣能消衆壑流。孰運大權澄宇內，天工原不費人謀。

〔一〕胡東樵著《禹貢錐旨》。
〔二〕胡稚威《石笥山房集》有險韻詩。
〔三〕渠上樹道有似揚州河岸。

葉眉之贈《滿庭芳》詞次韻

意氣縱橫，風塵倜儻，舉觴白眼看雲。自為年少，尚遠距殘曛。不做大官素志，笑人世醉濁紜紜。孤標處，懷清履潔，如鶴立雞羣。而今多蹭蹬，歸山乏計，布惠無勳。但操持此志，一息尚存。縱有文章自賞，過眼後泯滅無痕。思量甚，頻搔白髮，回首不堪論。

附葉詞：

山色輕勻，花光冷艷，臨風遙望江雲。素心朋舊，何處話斜曛。訪戴扁舟未放，慕藺轉思緒紛紜。秋郊外，閒吟遠足，時切念同羣。從今相策勉，山林事業，廊廟功勳。但炎涼世態，交誼常存。我欲南疆去也，實現後須認泥痕。相逢處，西窗剪燭，風雨又重論。

附李靚侯和韻詞：

燕市悲歌，羊城豪氣，都成過眼煙雲。星星入鬓，人已似斜曛。性命苟全亂世，尚荊棘滿地紛紜。長安遠，風塵荏苒，惆悵歎離羣。　羡君能報國，連阡棉麥，克奏奇勳。供他年父老，佳話長存。料得悠悠渭水，流不斷心血深痕。問何日，歸來田裏，詩畫共相論。

蔡岳屏金濟寰再疊湫字韻葉眉之一疊湫字韻三次韻

天寒地凍意悠悠，雪送新詩響谷湫。記訪高軒迎蔡屣，亦勞屐齒過鴻溝。刑清政簡民多暇，瀑跌渠平水緩流〔一〕。歲暮天涯安客子，四方平靜在深謀。

〔一〕指渠上各跌水。

附岳詩：

休沐爰從渠上過，羡君恬淡似清湫。滿懷琬琰詩千卷，萬頃瀠洄水一溝。浩浩秦關開曙色，滔滔渭水逝東流。親民我自慚尸位，四野農桑仗老謀。

附濟詩：

放曠乾坤往事悠，詞源滾滾瀉靈湫。崢嶸格調題青嶂，湖海詩懷漾碧溝。好景無邊資翰墨，他鄉有幸接風流。飄零書劍秦川寄，記室才慚贊畫謀。

附葉詩：

隆中嘯傲日悠悠，興至揮毫瀉急湫。滿院花光惟錦繡，四方水利闢渠溝。排淮決漢誇翹楚，林月吟風羡上流。今我相逢休恨晚，道同猶肯合為謀。

葉諦贈新柳詩次韻

渠頭新柳綠初齊，青眼留人緩玉蹄。煖日招搖輕體態，春風浩蕩舞高低。期無名將移邊塞，為有鬚根護大隄。記得當初勞插植，十年樹木亦堪題。

附葉諦詩：

婆娑楊柳壓隄齊，惹得詩人駐馬蹄。疑恨豈堪梢上寄，臨歧深妒月牙底。魂縈玉塞三千里，夢斷煙波十二隄。如此多情又多態，春風宜畫又宜題。

除夕雪中呵凍筆為渠上各水老寫春聯

雪飛大片寫春聯，付與沿渠水老賢。運筆自如筋力好，精神奮鬥自年年。

耶誕節蔡岳屏席上四疊湫字韻箴友也

賓主聯歡白日悠，高歌縱飲遏雲湫。佳餚美酒三鮮釜，鬢影釵光丈八溝。恩積糟糠新白首，交深管鮑故清流。臨淵我自羨魚樂，送客留髡進一謀。

附蔡督糧道中三疊湫字韻：

民間艱苦糧偏急，俯仰乾坤意自湫。國際禍端誰熄焰，黨爭私見豈能溝。天涯有幸存知己，寰海無方遏逆流。賦罷新詩聊自解，補天畢竟在人謀。

附蔡四疊前韻：

賓來倒屣興悠悠，且喜斜陽映晚湫。樽酒盤飧私意切，青衫紅袖兩情溝。愧非賢主迎賢士，說什男流雜女流。淵上羨魚須結網，與君共病共君謀。

附于德銓和湫韻詩：

十年離亂亦悠悠，落拓風塵溢壑湫。喜見龍文擎翠管，不安蛇食劃鴻溝。無情市儈黃金重，嘯傲名山碧玉流〔一〕。祇是才思今竟減，推敲殊覺費心謀。

〔一〕柳宗元有『破額山前碧玉流』之句。

金笑予以憲法告成三疊湫字韻誌喜〔一〕

五次韻報答並寄蔡岳屏兄。

滄桑世事記悠悠，海屋籌添落石湫〔二〕。大地風雲隨變幻，蕭薔內外望通溝。汪洋善下歸千瀆，明鏡高懸仰萬流。回想當年華盛頓，血書憲法表忠謀〔三〕。

〔一〕編者注：原詩題為『金笑予以憲法告成三疊湫字韻誌喜五次韻報答並寄蔡岳屏兄』。

〔二〕意憲法不過是滄桑故事之一。

〔三〕華盛頓於一七八七年九月十七日，美國憲法草案經三十九個代表簽字後，曾云：『假如各邦拒絕批准這一個憲法，最可能的是從此將不會再有一個在和平中銷毀另一個憲法的機會了。……下一個憲法，勢必將要用血寫成。』又富蘭克林于是年五月二十五日提議，請牧師祈禱憲法批准，語：『宇宙的創造者，懇求他主持我們的會議，用他的智慧，啟迪我們的心靈，把真理和公平的愛好，注入我們的心中，用我們的苦辛，得到完全及豐富的成功。』

附金詩：

剏業承麻萬世悠，二函金鑑朗冰湫。典章喜定騰歡日〔一〕，國土難容竊據溝。政準丹書資大法，波澄滄海納羣流。亞洲民主從今奠，華祚無疆宵旰謀。

〔一〕指十二月二十五日。

卷十八　民國三十六年至三十七年初

民國三十六年（一九四七年）

元旦夜記夢二首

忽報泥金偷眼窺，多年偃仆展雙眉。七條獎敘升三級，壓卷如何撕白皮。

不論浮生夢與真，娑婆世界一微塵。歸歟我自安三徑，跳出憂煩解脫身〔一〕。

〔一〕我在一九四六年銓敘，銓敘部以我證件不齊全，故降六級，減薪三分之一。

寄銘三先生〔一〕

張健吾自杭州來書，附詩送蔣銘三先生放洋，次韻答之。

國步艱難仗鐵肩，乘槎暫作月中仙。辛勞浮海行吾道，仰望歸帆證宿緣。異域風光隨採擇，中華文物自綿延。

橫流擊楫澄清志，放眼乾坤轉大千。

〔一〕編者注：原詩題為『張健吾自杭州來書，附詩送蔣銘三先生放洋，次韻答之並寄銘三先生』。

附健吾詩：

得解兵符且息肩，了無俗累似神仙。浮名徵逐原無謂，萬里優遊要有緣。宿願已償離職後，長行卻為故都延。劫餘文物今何似，莫惹將軍意萬千。

除夕前三日夜復夢李儀祉師二首〔一〕

時陝水利局新徵收水費。

長安易簀九年終，未料餘生復見公。今夕相逢臨渭上，一沾時雨坐春風。

三秦水利日方隆，二十年來盡樸忠。窮則變通通則久〔二〕，無風無浪望成功。

〔一〕編者注：原詩題為『除夕前三日夜復夢李儀祉師二首，時陝水利局新徵收水費』。

〔二〕陝西水利局自徵水費，予事前不以為然。然木已成舟，祇可說『窮則變，變則通，通則久』的成語。

附金笑予和韻詩：

關中學派樹申嵩，一代興農讓我公。媲美前賢攻水政，李悝遺緒紹宗風。

當年講席育才隆，教學期成教職忠。德業緬懷縈夢寐，出藍技術振師功。

除夜懷鄉二首

一天大雪晚方晴，雪野墳燈分外明。客子天涯思阿母，皋魚除夜故園情。

製錦秦川來自東，乘槎天漢倚長風。知還倦鳥投林夕，借問危巢何處空〔一〕。

〔一〕時有還家終老之意，但不知家人能容納否？

次韻〔一〕

葉眉之寄示依韻和金笑予元旦試筆詩次韻並示笑予。

春節歡聲雪裏過，豐年預兆得春多。一年之計期康樂，萬世之功在太和。既獲協和贏勝利，何堪兄弟動干戈。淪胥痛定當思痛，風雨鷄鳴自作歌。

〔一〕編者注：原詩題為『葉眉之寄示依韻和金笑予元旦試筆詩次韻並示笑予』。

附眉之詩：

客中駒隙等閒過，今歲偏逢快事多。國府已欣頒憲法，人間重慶樂庥和。鳥傳喜至看澄宇，馬到功成笑止戈。春好諸朋知有暇，不妨同醉一狂歌。

附笑予詩：

冬來氣候煖寒過，無定陰晴變幻多。國典憲成頒華夏，梅花風信報陽和。九邊曙色開新霽，四海歡聲喚息戈。預卜澄平占歲首，滿街簫鼓聽謳歌。

示蔡岳屏〔一〕

金笑予以愛『湫溝』二字清峭，於丙戌除日雪，四疊湫字韻見寄六次韻。

愛押湫溝韻獨悠，歲除大雪幻銀湫。隄邊渠畔春堆絮，玉宇瓊樓白滿溝。來歲豐登占野圃，晚晴珠玉泛渠流。

杯盤草草黄昏後，匕鬯無驚念好謀。

〔一〕編者注：原詩題為『金笑予以愛「湫溝」二字清峭，於丙戌除日雪，四疊湫字韻見寄六次韻並示蔡岳屏』。

附笑予詩：

幻出乾坤景色悠，無垠萬里豁皚湫。江山地展銀裝境，圖畫天開玉境溝。粉墜蝶翻訝絮起，鱗飛龍門帶雲流。消寒緣塏迎年頌，大有欣看造化謀。

附岳屏五疊湫字韻：

飲罷屠蘇意自悠，且欣大地一冰湫。層層高嶺呈銀壁，滾滾長河若玉溝。似絮飛時風助舞，如鞭投處水停流。祥徵瑞靄豐年兆，天豈真為百年謀。

附眉之二疊湫字韻：

居鄰秦嶺景悠悠，一帶飛霞掛碧湫。今喜聯吟臨渭畔，頓懷羨勝到犂溝。眼中朋輩看雲幻，客裏韶華付水流。春夢世人醒未得，至今猶競運機謀。

金笑予以予和元旦試筆詩即賦誌謝復次韻

人生聚散轉天星，亦似狂風逐綠萍。際會風雲原邂逅，評章濁醉自清醒。洛鐘聲應成交響，瓦釜雷鳴不忍聽。槐里新春逢雅集，曲終江上數峯青。

附笑予詩：

令〔一〕長〔二〕掾曹〔三〕寄客星，浮蹤湖海等飄萍。因緣文字欣爭賞，筆墨消閒契獨醒〔四〕。一曲陽春開首唱〔五〕，幾番雅韻快先聽。他年感舊同人錄，雪爪平陵輯簡青。

〔一〕岳公，縣座。
〔二〕竹公，局座。
〔三〕眉之及余佐戎政兩幕。
〔四〕近談舊詩者甚少。
〔五〕竹公首唱贈岳公詩，始起和步相酬。

鳳凰臺上憶吹簫　詠窗上冰花

冰結晶花，霜凝素彩，曉來日透玻窗。盡東南山水，連幅盈框。百怪千奇萬態，天工巧，林壑生光。留佳處，鏡頭攝影，在水一方。　忽忙，吾生老矣，期著述名山，莊惠濠梁。任蜉蝣人世，世態炎涼，招隱括蒼台蕩〔一〕，春光好，鳥語花香。歸心起，詩書檢點，風袖還鄉。

〔一〕括蒼在吾家南，天台在吾家北，雁蕩在吾家東南。

附笑予和詞：

寒透澄璃，風揮素纈，奇葩異草盈窗。寫乾坤佳景，畫稿無雙。疊葉重枝深淺，分明見，掩映飛光。晶屏展，瓊岩玉砌，恍入殊方。　呵霜，童年嬉戲，恣勾抹窓前，篆繞疎梁。對氷圖雪案，曲話伊涼，舊事徒留夢影，難回首，几淨花香。無私造，蜃樓點綴，幻若仙鄉。

附笑予五疊湫字韻《詠氷花》：

氷花詞譜唱獨悠，入目林巒逼錦湫。調粉難鈎凝葉脈，吹霜易鏤凍岩溝。有詩色相窗中繪，無墨丹青筆下流。得句傳箋欽倚馬，拈來珠玉有成謀。

雨雪風中巡渠〔一〕

並各水老辦公處至水老胡光明家折返。

冒雨雪風巡渠隄，雨雪風中看渠柳。壯士何嘗惜羽毛，不以萬物為芻狗。既過三渠又四渠，寒威逐我作獅吼。三渠村繼雷氏廟，又尋胡家錯奔走。適值光明原上來，神氣倉皇追我久。引至其家，即遇其母，云其父病，存問其叟。伊指新屋及水車，盛讚渭渠惠澤厚。溫我以茶欲留飯，問我能住一宿否。我皆婉辭，公畢握手。殷勤送我至原頭，辰雨雪風繼至酉。隨伊送客兩穉子，彳亍垢面而囚首。伊以有子心花開，罵龜茲送不絕口。我以無子老將至，父母雙亡家何有。暮色孤車，自顧老醜。路經阜寨，少飲杯酒。一紅雙耳，精神抖擻，捷足而歸，黄昏以後。

〔一〕編者注：原詩題為『雨雪風中巡渠，並各水老辦公處至水老胡光明家折返』。

改德兄靜坐詩

學道功夫真未真，在忘後果與前因。忘天忘地忘萬物，忘室忘家忘一身。願我若人人若我，希人忘我我忘人。
忘形一切觀真道，消息個中妙若神。

夜渠歸車二首

迷離煙樹近黄昏，渠上歸車欲斷魂。一路水光堪反照，依稀黑影認前村。
重重黑幕蓋長途，渠樹渠流泯欲無。忽聽足音增喜懼，全憑正氣克城狐。
一星遠處走孤燈，料是渠工接野僧。無恐有持相對值，喜心翻倒興飛騰。

葉眉之母王太夫人紀念詩

七載思親淚，成文見性真〔一〕。桂蘭稱後果〔二〕，耕織種前因〔三〕。溫嶠絕裾日，皋魚念母晨〔四〕。天涯同作客，
我共哭慈親。

〔一〕葉著『北堂吟』六律及『耕織圖』二詠，均為至情至性文。
〔二〕葉及其子諦皆能詩。
〔三〕葉母善耕織，積資教子。
〔四〕葉從軍十餘年，其母死七載尚未歸。

于德銓來訪出示歸漢口葬親及傷兄詩次韻二首

倐短原隨化，舉頭莫問天。天高稽報善，人自勉揚鞭。二老安窀穸，三生證宿緣。尚期遊子淚，相忍表隴阡。

凡事難如意，死生信也疑。曇花雖一現，慧眼可先知。人世真成藐，天行巧寓詞。委懷兮順化，尋樂免傷悲。

附于詩：

手種三株樹，扶蘇欲拂天。艱難成壯志，辛苦着先鞭。兒負歸來約，親留未了緣。那堪離亂後，涕淚拜雙阡。

申江成死别，惘惘至今疑。材俊人何在，飄零我自知。回鄉惟有淚，情杳竟無詞。今日事難問，雁羣我獨悲。

春渠風雨之晨

柳岸斜風舞翠紋，杏堤花雨落繽紛。波光動盪浮花柳，早起披衣踏水雲。

渠水

斜日徐風聽水聲，杏花樹下測流程。歸川黄海通東海，為報親知無限情。

改素芬詩

隨夫訪古入秦關，滿地干戈尚未還。白髪滿頭增壯氣，精神鼓舞克痌瘝。

改劉輯五詩二首

紅梅數點自淩寒，何事春風倫眼看。養性須知姿態靜，群芳搖落獨加餐。

相期建樹在秦川，廿載同寅亦有緣。棉麥滿原聊自慰，田園回首盡烽煙。

滿江紅　用劉輯五意示劉輯五

細數從頭，涇河上，悽惶作客。經萬苦，披荊斬棘，追蹤鄭白。八水關中齊布惠，三秦原上多沾澤。憶從師結伴入秦關，尋心跡。　相誠敬，互鞭策。風雨夕，呼將伯。驅秦川八百里旱魔為虐。渠樹縱橫穿隴畝，恩波浩蕩連阡陌。望將來，八萬頃良田，宜棉麥。

感懷

卅載征途歷萬難，至今遊興已闌珊。每逢逆境傷心處，即憶家山一夕安。

聞渠上鐵欄杆被竊

渠上聯橋設畫欄，八年浩劫未摧殘。而今勝利翻遭劫，脣自亡兮齒自寒。

清明病中記感三首

舞衫歌扇太匆匆，石尉豪華易變窮。急病經旬春事去，滿園零紫泣殘紅〔一〕。

紫藤窗外綠漫天，培植殷勤年復年。十載始花殊不易，人生朝露一潸然〔二〕。

省衣縮食積枯薪，準備春歸潤旅塵。造化小兒偏苦我，延醫吃藥又傷身。

〔一〕感病中春去，如舞衫歌扇的曇花一現。

〔二〕手植窗外紫藤六株，向不開花。今年開花，分金銀色，自以為喜。

丁亥立夏後二日〔一〕

渠上開園遊會，金笑予即席贈詩，次韻酬答二首。

曲水山陰記勝遊，良朋雅集興清遒。喜君直諒多聞友，惠我陽春白雪謳。施有所求心永照，愧無以報意頻搜。

廿年製錦秦川客，歸去來兮泛范舟。

恰逢朱夏雨餘天，花鳥殘春景物連。濃抹淡粧堆曲院，水光樹影護輕煙。池邊蛙鼓頻催打，葉裏鶯簧各鬥妍。

為接嘉賓高會處，管絃絲竹著鞭先。

〔一〕編者注：原詩題為『丁亥立夏後二日，渠上開園遊會，金笑予即席贈詩，次韻酬答二首』。

附金詩：

彩來展禊暢賓遊，梅雨初晴逸興遒。首夏方臨欣朗潤，羣賢畢至快吟謳。遙看麥秀民堪慰，近挹花香韻待搜。儀祉堂開傳勝集，南園風雅繼山舟。

節際清和三月天，春光綺麗似留連。繽紛曲徑雲拖錦，掩映長隄葉浴煙。解語風來偏助艷，含芳雨過益增妍。偷閒肯放嘉時會，爭到花前覓句先。

于德銓以園遊四絕句相贈次韻四首

美景良辰雨露功，賞心樂事入花叢。休言臨老傷春暮，斜日花光映面紅。

干戈滿眼歎孤窮，多難興邦企望同。強自消愁招友好，羣英會集小園中。

渠上風光富茂林，臨流遮道鎮相尋。通幽一徑開園會，茶話餘閒發短吟。

煖風吹柳蕩輕縣，雪滿長隄逸興牽。乘興而來如訪戴，山陰人羨子猷船。

附于詩：

漫說興平異武功，城南花事樂叢叢〔一〕。此來消盡塵喧氣，勝摘名園一捻紅。

園遊勝會樂無窮，江北江南一色同。喜得滿園花信好，不知身已落園中。

於今城郭有山林，飽載奚囊句裏尋。我似放翁驚退筆，名花空放負高吟。

枝上鵑啼恨竟綿，離人尚有夢魂牽。願君再作他年約，湖上春遊好弄船。

〔一〕興平城內渭惠渠極饒風趣。

附金笑予和詩：

灌溉奪來造化功，繁枝秀色鬥芳叢。葱蘢照水飛蔭綠，旖旎臨風爛漫紅。

春和佳日景無窮，靜賞閒看快意同。小圃繁英斜照裏，置身恍入畫圖中。

沃野渠横迤邐林，城郊闢地喜招尋。欣逢勝會饒文會，即景抒懷處處吟。

輕紗滿地綠芊緜，蝶夢鳩聲旅恨牽。無那宦遊同是客，江湖何日放歸船。

葉眉之於園遊會贈詩次韻

雨後絶塵埃，園遊會始開。新光隨意展[一]，舊雨及時來。茶點陰佳木，遊觀上翠臺。百花猶競放，不忍送春回。

〔一〕是日上午有雨，會開時，始開朗為樂。

附葉詩：

名園梅雨霽，遍地百花開。雅集羣賢至，聯吟勝友來。照機留色相，池水映樓臺。賞罷天然景，詩成不忍回。

遼寧金笑予贈别詩次韻二首

越客秦川歲月賒，屢經浩劫一吁嗟。捉襟見肘徒生愧，獲惠察情有幾家。作則以身難化俗，退公解悶强觀花。茂陵風雨鷄鳴急，他日相逢孰乘車。

五斗折腰欲棄官，名山著述不容刊。利名厭惡知人老，松柏凋零識歲寒。識路知方稱老馬，吹竽充數入文壇。

滄桑世變人浮動，冷靜心情壁上看。

附金詩：

唱和飛箋意興賒，急聽歸去暗咨嗟。長渠未誌誰初稿，大利垂功飽萬家。處處灌田兼蓺穀，年年樹木並栽花。行裝十載無長物，攜得吟囊上客車。

良工積學闡冬官，碑頌甘棠五邑刊。祇計民生調水利，不辭溽暑與祁寒。攀轅舊德書鴻史，振筆新詞藻雪壇。手植淩波初放葉，好花留待後人看。

廣東葉眉之贈別詩次韻二首

秦川水利自隆隆，我愧徒勞不見功。金鼓聲喧來野外，旌旗影舞入園中。輝生蓬蓽離人喜，彩到花叢映面紅。我自依裝頻答謝，聯珠砲震別離衷。

廿載追蹤鄭白風，當車螳臂枉推崇。飽經浩劫員工苦，強溉枯禾棉麥豐。引水開渠應職責，補偏救弊動新工。匹夫報國止如此，敢望鮫綃畫放翁。

附葉詩有序：

聞大駕忽南歸，未知何事，無任牽念。事前未聞言及，然農村贈匾，旂鼓喧天，至今猶無從而知，兄何秘密乃爾。弟早擬南歸，以國防部遲未批復，未能成行。今兄先我而別，益覺悵然，率賦淺句，藉添行色。

廿載居秦德望隆，身勤治水禹同功。農村匾頌分離候，父老轅攀道路中。柳尚多情迎客綠，花偏有意向人紅。南歸我悔輸君早，造物焉能識此衷。

名士清操兩袖風，功垂社稷使人崇。渠流不斷三秦福，農事無虧萬井豐。拍影裝潢技獨擅，聯吟刻燭句偏工。欲知去後牽思處，團扇家家畫放翁[一]。

[一] 用舊句作結，惟吾兄足以當之。

湖北于德銓贈別詩次韻四首

和韻酬詩意興濃，以文會友豁心胸。魂消惜別離亭畔，忍聽淒涼午夜鐘。

涉世淵深歷萬難，人情冷煖眼前看。百花競放知春好，松柏後凋抗歲寒。

劫後田園憶故鄉，人煙寥落總堪傷。親知相望歸遊子，自顧平生澀阮囊。

秦川作客廿餘年，極目鄉關曉日邊。家破親亡歸計拙，幾回飲水愧思源。

附于詩：

胡氏門中多俊秀，論交畢竟仗詩筒。如君此去攀轅日，五邑同聲撞別鐘。

長樂手自創艱難，溥益良田萬頃看。今日風流傳韻事，綠楊芳草帶春寒。

十年一度始回鄉，里巷相逢倍感傷。最是江南鶯客問，笑君載得一詩囊。

君昔來秦尚少年，畢身精力獻渠邊。將來父老談奇蹟，絮絮前修溯渭源。

茂陵趙寶珊先生贈詩次韻酬答並留別渭渠灌區諸友好

臨別依依悵五中，廿年秦客一微躬。論交我自淡如水，覺世君能偃若風。幾向荊榛闢坦道，亦從賢哲助渠工。

求安亂世原非計，候鳥知時欲向東。

立身禹稷話襟期，坎止流行只自知。屢發浩歌當浩劫，徒勞思溺又思饑。麥棉水木無窮慰，耆舊園林有繫思。

欲速東歸遊子淚，五年風木念先慈。

附趙詩：送陝西渭管局胡局長竹銘歸浙東

忽聞歸訊去秦中，老態淒涼動我躬。念與寅恭成往事〔一〕，年來孤苦仗高風〔二〕。涇流遍野傳美利〔三〕，

渭水穿渠贊化工〔四〕。回首周原看膴膴，莫為久滯大江東。

冰玉襟懷素所期，此心如水有誰知。不妨夫妻同清苦〔五〕，但冀閭閻免溺饑。官府升沉何足計〔六〕，師

門冷煖繫深思〔七〕。湖山佳勝君休戀，好向關西布惠慈。

〔一〕余與君共事水利局甚久。

〔二〕近年余蟄家中，多得君夫婦關顧。

〔三〕君初助李儀祉先生勘測涇渠。

〔四〕繼又助開渭渠增產與涇渠相埒。

〔五〕君恒澹泊自矢，其夫人晝夜力于婦工，藉助生活。

〔六〕君代孫局長任期時，蔣銘三主席屢欲真除，堅不承允。

〔七〕儀祉先生逝世九週，時刻繫念。

附張逢辰和韻詩：

忽聞命駕去關中，動魄驚心震我躬。驥尾追隨逾十載，歸途遙遠袖清風。慚余不學無長術，蒙導開渠與大工。送別依依心悵悵，神魂引領望江東。

堅苦清高心素期，施恩佈惠盡人知。周行田野車當步，切念民間溺與饑。渠上追隨猶一夢，終身俯仰苦長思。功名榮辱原前定，不識何時再面慈。

蔡岳屏贈別詩次韻四首

當年騎馬入函關〔一〕，卅載天涯尚未還。敝履遺簪仍戀戀，歸心午夜客心艱。

渠滿秦川八水開〔二〕，贊襄碩畫我東來。而今棉麥盈關輔，渠樹成林手自栽。

雅意殷勤別恨多，感君為我唱離歌。臨歧握手無多語，夫婦渠道送客艖。

茂陵自昔聲名甚，德政年來積幾多。日後誰修循吏傳，文章事業問云何。

〔一〕十一年（一九二二年）來秦，隴海路未通。

〔二〕涇、渭、梅、黑、洛、澇、灃、泔，八惠渠成。

附蔡詩：

卅年心血灑秦關，三過家門人未還。水到渠成民利溥，須知鑿地最為艱。

園中花好四時開，引得遊人似鯽來。萬紫千紅如錦簇，公餘有興手親栽。

方期詩酒長為伴，忽聽驪駒一曲歌。願借長渠千萬柳，為君處處繫行艖。

吾斯未信慙無狀，肝膽如君惠我多。他日再從渠上過，談詩論政復誰何？

潼關李仲三先生贈别詩次韻

長安市上魯靈光，議論風生意氣揚〔一〕。疇昔談心安客子，臨歧贈别慰離腸。泰山北斗勞瞻仰，亂世人心枉主張。莫道事功垂右輔，廿年秦客祇清狂。

〔一〕李達任長安市參議會議長。

附李詩有序：

步川故人南歸，寡奇物贈與，甚為抱歉。便擬七律一首，聊作暫離之禮，待復面時相聚歡言也。

江南北上心勞久，兩袖清風信義揚。黎庶蒙恩深印腦，良朋愛戴薄愁腸。齡豐五十精神爽，功效千年事業張。再返長安時未定，鐏空藉用筆輕狂。

左輔楊厚山君贈别詩次韻

久客秦川早欲歸，鄉懷起伏屢悽欷。山川慧眼江南美，饑溺婆心天下肥。十載羨君維周到，卅年愧我走京圻。八渠四塞均堪戀，落葉歸根識所依。

附楊詩：

聞道先生將南歸，不勝離愫幾噓唏。廿載辛勞人已瘦，三輔渠開民却肥。履痕班班遍涇渭，鼓樂陣陣夾隄圻〔一〕。劫後故鄉君休戀，莫教秦人望依依。

〔一〕沿渠民衆，鼓樂夾道吹送，具見愛戴之殷，先生將足以自慰自豪也。

出潼關

離亂十年始出關，人煙寥落淚潸潸。三秦有幸為完璧，八惠渠頭雲水閒。

大風沙中乘汽車赴花園口參觀黄河堵口工程

花園堵口參觀日，烈烈風沙對面迎。行盡河干三十里，關河一片斷腸聲。

晚雨過徐州

當年銅瓦廂未決，徐州正在大河中。欲訪二洪無一老，迷離一片雨濛濛。

過滁州

黎明茅舍起炊煙，幾縷隨風帶雨鮮。最是眼前生意滿，農村亂後闢荒田。

浦口渡長江

衣上風沙攜西北，眼前煙雨護東南。渡江一望金陵好，虎踞龍盤好共探。

玄武湖泛舟贈宋達菴

玄武湖心一葦航，十年劫後話滄桑。湖山依舊驚人老，相對無言兩鬢霜。

出南京城

長江帆影出江隄，嫩稻連天綠已齊。別兮南京浮海去，紫金山上白雲低。

過蘇州

十年未走江南路，劫後農村極可憐。尚望家家後花草〔一〕，先修牆屋次桑田。

〔一〕蘇州人喜花草，城外花圃極多。

舟出長江口浮大海中

大哉滄海水，我能乘桴浮。浩淼連天地，風浪不暫休。浪捲千堆雪，風起萬波頭。浪花飄日影，彩虹倏迎眸。

我在雪日間，桴行且自由。西孤沉落日，水天兩悠悠。中天懸明月，光芒逐潮流。風狂浪自大，夜氣涼逾秋。

單衣頗覺寒，入艙少淹留。夜半聽風靜，獨立看牽牛。銀河隔織女，轉軸隨扁舟。一目逾百里，一人有九州。

為何爭尺土，轉眼翻恩仇。大哉滄海水，惟我乘興遊。

雨後坡壩江泛舟

雨後萬山青，潮平島列星。沿江環翠嶂，映影倒煙汀。芝嵒林陰谷，蒲峯瀑瀉瓴。仙岩崇北望，面面起雲屏。

乘熱遊仙岩洞冒雨返三沙洋二首

仙巖洞在半天中，拾級登臨納好風。翠黛環陳雲霧幕，青螺宛在水晶宮。樓臺層疊依危壁，日月交輝照樸忠。

南宋淪亡存正氣，千年海嶠拜英雄[一]。

下山容易上山難，回憶登山徧體汗。汗濕衣裳為暴雨，雨盈山海化輕寒。塘隄遙遠泥塗滑，風水交加暮色漫。

短步急奔釘足指，三沙洋裏且加餐。

〔一〕宋末，文天祥奉宋帝過台州洋，住此洞中。現洞中尚有文公祠，香火頗盛。

過南澍嶺

南澍嶺下路彎彎，雨後溪聲落碧山。捷足嶺頭揮汗處，畫眉迎客響關關。

過山頭梁放生潭

筍輿得得傍清流，柳護長隄魚鳥遊。築壩放生偏送死，乘風破浪出幽囚。溪潭無底天光潤，松竹連山曲徑幽。乘筏過溪隨照影，長虹臥水勝横舟。

送六平叔赴天台檢舉章縣長貪污案

憶從伯雅立前房，十代相傳有小康。厚德深仁綿教澤，懷清履潔步康莊。山鳴谷應誅污吏，水到渠成振大荒。我復羨君行百里，好攜正氣塞公堂。

賀沈敦五父鏡河先生八秩榮慶

製錦在秦中，南歸拜若翁。八旬稱上壽，四世佐康公〔一〕。有子圖山水，羣賢詠國風〔二〕。嘉陵傳道子，千載壽唐宮。

〔一〕翁佐鄭家店六十年，歷鄭父子孫曾四代。

〔二〕敦五善山水，畫百幅為其父壽，并徵壽詩百章。

挽秦梗友先生

我自秦歸日，忍看斗宿沉。南山停佳氣，北固失芳林〔一〕。天不留遺老，人皆痛寸心。泉臺仍納悶，浩劫苦相侵。

〔一〕北固山樹林伐盡，為到台失望之第一事。

早發嶴坑

早發嶴坑雨乍晴，溪盈路潔萬山清。過溪丁步奔流急，濯足餘閒又濯纓。

石鼓家居憶秦人送別八首

自郿縣至扶風

廿年秦客借棲枝，不覺勞人兩鬢絲。百姓有情逾望外，匹夫盡責不容辭。香盤竹馬交迎送，綠樹紅旗兩繫思。話別秦川諸父老，決渠為雨莫違時。

自扶風至普集車站

東風搖曳麥初黃，右輔農村尚未忙。齊向渠頭標話語，爭陳祖道送壺漿。兼程擂鼓提燈至，逐斗鳴鞭繼砲光。且看鈴旗飄大帶，繽紛五色映初陽。

過金鐵寨分水閘

塵頭起處集千農，曠野長渠列陣容。不斷人聲因遠客，無窮麥色逆孤蹤。渠邊鼓樂催流水，陌上旌旗舞彩龍。自愧無能兼薄德，未遑奢望祝華封。

過漆水河渡槽

農村金鼓正紛紛，曉氣和風送水紋。隔岸旗章穿萬柳，人間日影出重雲。留真跌水酬民意，顧盼渡槽集衆芬。五日長渠三百里，流行坎止未離羣。

自武功至興平

渭渠一夢十三年，醒覺分離我亦憐。憶昔田荒苗盡槁，而今麥熟柳含煙。牌亭旗鼓離亭後，樂會笙歌鄉會先。一擁千人穿過市，贈旗掛匾復開筵。

五邑人民送匾並餞行全局員工送銀盾並踐行

半生渭上闢榛荊，有志敢云事竟成。歷劫八年綿力薄，移交一日此身輕。深仁厚德人民詠〔一〕，堅苦清高竹帛名〔二〕。五邑踐行齊進酒，儀祉堂上別離情。

興平官紳及全局員工送上火車

早起荷池看水珠，偶然相散又相俱。臨歧戚戚煩求字，握别依依教守愚。耆舊空城勞玉趾，寅恭整局送征途。車窗客主頻招手，汽笛聲聲又急呼。

自興平乘火車至咸陽〔三〕

緩緩車行灌溉區，黄雲極目歷平蕪。似因惜别旋還轉，頓使離人羈不孤。大野棉田茵萬緑，長渠柳岸錦千株。咸陽橋下奔流水，驚醒勞生過白駒。

〔一〕區文。

〔二〕盾文。

〔三〕自興平乘火車經咸陽，到西安，不久即南旋了。

沁園春　春夜遊渠上聞槐花香

月透玻窗，樹蔭湘簾，景色清幽。約老妻幼女，園中散步，趨庭啟戶，渠上優遊。地闊天長，夜深人静，渠水滔滔月暗浮。野橋畔，試憑欄望遠，萬樹陰稠。　隄邊處處香留，且撲鼻芬芳共水流。是槐花滿地，遥看似雪，白光映月，野氣如秋。漸漸天涯，綠蔭成碧，美景幽情阻且修。清和月，算一年最好，渭惠渠頭。

南園夜霽〔一〕

一雨成秋解暑煩，小樓夜霽俯南園。玻窗掩映占星斗，花蕚相輝念弟昆。千竹水珠凝月色，四山夜影伏雲根。卅年奔走勞牛馬，一月家居味舊痕。

〔一〕石鼓老家之南，曾親自種竹已成林，名曰南園。

落花二首

補録。

紅杏枝頭落更開，夕陽影裏自徘徊。落花流水無窮意，一日渠隄轉幾回。

杏花半落賸殘姿，無際榆錢點綠枝。另有一番新氣象，渠頭桃李繫縈思。

蔡岳屏夫婦子女侄來渠上〔一〕

予夫婦與同攝影于紫荊花下，蔡贈詩次韻，補録。

一年花事又翻新，柳綠桃紅浩蕩春。招展花枝渠上集，休提北地羈南人。

〔一〕編者注：原詩題為『蔡岳屏夫婦子女侄來渠上，予夫婦與同攝影于紫荊花下，蔡贈詩次韻』。

附蔡詩：

草長鶯啼景色新，紫荊花下兩家春。秦川有幸留鴻爪，同是江南萬里人。

立秋日詠逃蜂〔一〕

何處逃出一羣蜂，營營之聲來自東。或因主人未餵養，忍饑耐餓出樊籠。此時夏末無花採，不能釀蜜計將窮。但憶春花製蜜多，盡為主人取一空。怨氣所結無處訴，磅礴一聲乘長風。飛至予庭暫棲止，橘樹枝上作離宫。羣蜂護王成長袋，懸掛於樹聲隆隆。不飛不食劇可憐，乞諸鄰人為收容。予因禱雨貓兒威〔二〕，信宿而歸雨濛濛。返視羣蜂仍未動，風雨飄搖何時終。予實無計徒袖手，惟羡蜂為王效忠。今日立秋天放晴，羣蜂擁王上高穹。倏忽不知飛何處，能否得所保爾躬。自力更生望努力，秋花採蜜過嚴冬。明春花訊齊發動，又為千萬人推崇。

〔一〕家居觸物傷神。
〔二〕臨海西鄉主山。

夏旱中登貓兒威山頭記異

萬方苦旱稻田白，枯禾滿眼連阡陌。桔槔聲斷塘水盡，仰望雲霓祈感格。蒼生霖雨何處求，深山窮谷呼河伯。
我獨信宿寶藏嶴，上貓兒威尋窟宅。茲山之高接青天，登峯造極出林翮。峭壁之間有洞府，云是龍王興雲石。
虔誠默祝惠災黎，油然作雲降沛澤。是時紅日懸長空，千里無雲千山碧。群峯羅列如兒孫，蜿蜒及遠分山脈。
西出黃沙到仙居，括蒼高翠呈青璧。南俯象巖張家渡，永安溪水清而窄。東向犬牙錯到海，靈江流域隨鞭策。
始豐溪水環石鼓，炊煙繚繞見戶籍。北瞰山村遍山麓，山田層層如疊帛。惜因久旱無生氣，秋來何由談收穫。
大兵之時又荒年，百姓惶惶難終夕。遐想多端易下山，浮雲倏忽彌天隙。自我返家雨隨之，風送雷聲人辟易。
大雨滂沱半日夜，白田龜裂見水跡。雨後禾苗勃然興，萬民騰歡及秦客。

曉隄

補錄。

曉隄寂寂水盈盈，細雨狂風着意傾。杏瓣榆錢鋪錦繡，紅桃碧柳正鍾情。

刺槐花

補錄。

柳絮紛飛日，刺槐始發花。榆錢飄落盡，銀萼正分叉。香透春渠岸，色浮嫩綠芽。遥看萬樹雪，最愛夕陽斜。

參加澧惠渠放水典禮四首

補錄。

抗倭聲中八惠修，當年大府與嘉謀。工難款缺澧功緩，六載於今始有猷〔一〕。

綠車紅字駛春郊，麥映玻窗穗吐苞。路滿旌旗渠滿水，橋頭金鼓雜波敲〔二〕。

豐鎬邦畿尚可尋，圭峯紫閣倒湖心。渼陂佳話傳詩史，湧起騷人長短吟〔三〕。

萬人盈野集渠頭，剪彩散花放水流。滾滾清波飄綠草，紅英十里自沉浮〔四〕。

〔一〕澧工興於抗日戰爭之時，經費拮据，延至六年始成。

〔二〕舉行放水典禮時，參加者乘綠色汽車，貼紅色標語，沿途農民揚旗打金鼓為慶祝。

〔三〕灃渠流經豐京鎬京舊都，而唐時渼陂為引水之處，陂上圭峯紫閣依舊。今日灃壩蓄水恢復后陂舊跡。

〔四〕啟閘放水時，曾散紅花於清流中，飄游至十里之外。

鳳凰臺上憶吹簫

記玄武湖河海同學會及南京政府園遊會。

綠草如茵，紅茶似酒，翠杯琥珀生光。盡後湖風景，享客堂皇。前夜聚餐同學，今朝又，茶話名場。大圍桌，綠蔭深處，白毯飄揚。　斜陽，偏含雨意，雲彩逐東風，無限清香。聽枝頭廣播，在水中央。如訴悲歡離合，經十載，浩劫紅羊。園遊罷，湖心蕩槳，船隊昏黃。

炎夏家居雜詩十二首

炎夏家居靜處涼，蘭堂晝臥味花香〔一〕。醒來流覽羣書後，緩步郊原看水長。

南園風竹舞玻窗，苔上階痕綠映廊。閒聽諸兒談趣語，天真爛漫溢東堂。

雨餘竹葉洗新痕，發動兒童挖竹根。煮水調羹鮮可食，夕陽葉底照荒村。

昏暮乘涼不點燈，為除蚊蚋免蒼蠅。初更步上南樓睡，几淨窗明勵夙興。

久旱迎龍取水忙，紛敲金鼓展旗章。參加我亦承閒職，霖雨蒼生寫斗方〔二〕。

港岸崩坍水坐灣，鄉人短視不知患。為籌水壩挑流向，溜復黃金免險艱〔三〕。

十年劫後訪鄉親，嵍裏山行趁早晨。為黍殺鷄相待厚，漫談城郭與人民。

青蓮禪寺話興亡，殿宇荒涼暗自傷。四顧溪山風景好，濬湖造塔變滄桑〔四〕。

清晨攜幼上龍山，綠滿江洲牧隊閒。遙見赤城霞起處，天仙近水碧潺潺〔五〕。

水姿十載未開花，今歲盛開我到家。翠葉銀英蘿薜襯，空庭寂寂玩芳華〔六〕。

貓兒威頂坐天風〔七〕，千里無雲直太空。東望椒江帆影好，碧琉璃裏幾飛蟲。

箬溪口內寶藏岩〔八〕，水繞山迴葛藟緘。佈地黃金尋舊跡，雲車風馬隔仙凡。

〔一〕堂上置建蘭盆，清香撲鼻。

〔二〕家居遇乾旱，鄉人取水迎龍，我為寫旗字。

〔三〕其地原名黃金溜，為夕陽中好景。

〔四〕擬重興青蓮寺，以濬湖造塔自任。

〔五〕天台、仙居二水，合流於村南之龍山下。

〔六〕庭中種有水姿花，聞十年未開花，今年滿樹銀花好看。

〔七〕貓兒威為故鄉名山。

〔八〕寶藏嵍南，有寶藏寺。

陸翰文兄贈詩次韻

十年九旱歷千年，辜負雍州上上田。政乏龔黃敷德澤，渠開鄭白續薪傳。聊將赤地為青野，敢把今人擬昔賢。

卅載天涯人已老，環觀浩劫客愁添。

附陸詩：

蓄水開渠三十年，中原重建上肥田。秦關天險民何有，禹域新猷世已傳。沃土漸從荒野闢，此邦爭頌使君賢。丈夫不作安閒計，白髮由他客裏添。

七夕與沈敦五兄遊巾子山四首

人心動蕩自輕浮，冷靜頭顱孰與謀。更有大兵增浩劫，聽濤閣改中山樓。

北山伐樹變童荒，喬木南山亦感傷。惟鵲有巢鳩爭處，巾峯各寺早淪亡。

麻衣草履仰張巡，霖雨蒼生見苦辛。賣卜老翁仍說法，前因後果話諄諄。

歸來百感上心頭，人禍天災相應求。和氣致祥還感召，沈園夜宴看牽牛。

喜雨中別台州

久旱逢甘值五宵，客窗臥聽雨蕭蕭。離情喜訊眠難穩，收拾行裝趕落潮。

雨中椒江夜行曉晴達海門二首

椒江鼓棹達黎明，夜雨聲中恰早晴。煙突放花連遠近，紛飛螢火水雲程。

江上群山起白雲，雲山鬱鬱水沄沄。喜心昨夜多霖雨，一潤枯禾慰衆羣。

舟出海門關晚眺三首

輪舟駛出海門關，回顧千山與萬山。氣象萬千涵夕照，雷雲雷雨護仙寰。

半輪斜日出塵函，海市蜃樓自不凡。倏忽霞光穿雨勢，滿江紅暈漾風帆。

水西極目貓兒山，雲起貓頭瞬息間。似奮作威張兩耳，興風致雨破愁顔。

舟山港晚景

曉入舟山港，漁船處處忙。雪帆飄碧海，銀漿打朝陽。島嶼浮空翠，飛輪破大洋。悠然思自得，甲板吸晨光。

風雨中遊鷄鳴寺二首

淒淒風雨念鷄鳴，獨上臺城觸慨情。極目湖山秋色好，風荷葉底見紅英。

豁蒙樓上意紛紛，劫後傷痕映水紋。十里芙蕖鋪湖水，鍾山東望蓋重雲。

過南京文德里舊居

小營改建空軍部，我欲西飛特一尋。路過舊居文德里，當年臺榭不如今。

自南京航空至長安

奮翅青雲想像中，今朝我自乘天風。螺迴轉動機聲急，振翼起飛明故宮。扶搖直上辭京闕，秦淮揚子眼底窮。京市繁華僅一瞥，茫茫宇宙作廬穹。腳下忽見朵雲陣，下界映影走鼉叢。云是鳳陽張八嶺，瞬息而過雲失蹤。大別山脈展大地，山間雲朵又重重。北望圓弧淨無雲，江南春水若浮空。偶見奇峯插島嶼，白雲為海露青葱。滿天頑雲撥不開，飛來自西潑黛濃。是時秋日自東放，目光東向白濛濛。機越雲層微動盪，肥潁淮河出鴻蒙。朵雲排列變成行，可於行隙窺堯封。田疇廬舍俱歷歷，道途人畜走沙蟲。冉冉飛入黄汜區，沙堆水跡幻神龍。扶溝以西沙層薄，犁翻好土益耕農。憶昔乘車逆飛沙，村莊污穢嘔心胸。而今空中看下界，城郭整齊畝西東。仰觀太虛為碧海，俯視雲腳綠茸茸。彷彿海天顛倒置，大千世界一征鴻。豫西雲層忽中絕，山原畢露循軌轍。赤地千里介洛河〔一〕，熊耳外方多曲折。霎時機翼過崤函，始見黄河入潼關。最愛匯流黄洛渭〔二〕，綠痕連片自閒閒。渭北平原半綠野，黄河浮動是鹽灘。渭南蒼翠俯秦嶺，削峯峭壁顯華山。天外三峯經足下，吾人仙外之仙班。機翼轉傾幻大觀，輕搖八水落長安。

〔一〕東洛河。
〔二〕西洛河。

飛過華山

天外三峯憶昔遊，穿雲攀鏁達峯頭。我今高出三峯外，俯瞰峯頭若土丘。

九月二十七日參加澇惠渠放水典禮〔一〕

阻雨於斗門鎮，僅見灃渠之水。

十年未走西蘭路，夾道榆槐已茂林。雨阻澇渠觀放水，却看灃水作甘霖。

〔一〕編者注：原詩題為『九月二十七日參加澇惠渠放水典禮，阻雨於斗門鎮，僅見灃渠之水』。

張健吾自海上寄詩次韻

憂患餘生亦拾遺，涼秋珍重望全歸。安貧樂道行乎素，由命憑天識所依。異物縈思休返顧，他鄉走訪又相違。客懷更有傷心處，亂世天涯看落暉。

附張詩：

如何相棄竟相違，骨肉相將先後歸。疇昔白頭承色笑，而今黄口失憑依。代收芋栗人何在〔一〕，重理家園願又違。漫道天公無計較，疏林何事掛斜暉。

〔一〕靜垞前寄詩有『代收芋栗兒童喜』之句；又靜涵在臨海淪陷後來函，謂決去黄岩，重整田園以自給。

蒲城常均贈詩次韻

十年浩劫望鄉時，未計荊山墮淚碑。自去自來安俯仰，秋風秋雨減榮滋。征途有幸隨飛翼，少女無端湊色絲。性命苟全於亂世，高空游目又成詩。

附常均詩：

憶昔秦川饑饉時，惠留閭里口皆碑。洞穿烏嘴涇流注，壩築源頭渭潤滋。四野青葱霖雨溥，廿年堅苦鬢毛絲。先生歸去知何有，兩袖清風一卷詩。

李仲三讀予留别渭惠渠唱和詩集贈詩次韻

地至穢生物，水至清無魚。況十年浩劫，衣食無積儲。平生安俯仰，浮雲過太虚。感時一慨歎，發興弔秦墟。晚食以當肉，安步可當車。時與丈言笑，居天下廣居。清詞榮袞冕，墨雨幾行書。開椷占喜訊，撥霧曉晴初〔一〕。

〔一〕時十一月十七日晨大霧。

附李詩：

山高風易起，水土硬潛魚。那管旌旗繞，只求紙墨儲。人生真夢寐，萬事有盈虚。百日花開艷，千秋墳墓墟。光明為我友，黑暗是路車。日月同時照，星雲散滿居。登場頻笑傲，陋室寡琴書。半句詩潮上，精神太古初。

送趙瑞亨家璞北歸

夜半聞君將北飛，不勝惜别兩依依。遥知豐鎬閒花草，爭送征人雪裏歸。

附趙瑞亨和詩：

其一

去路迢迢只一飛，與君乍別自依依。萱堂隱痛埋蕪草，忍聽子規胡不歸。

其二

滿地烽煙幸可飛，故人相別兩依依。仕途草芥吾能說，劫後田園久未歸。

其三

十載離家得北飛，君心眷眷我依依。人間聚散如蓬轉，倦鳥長空振翼歸。

其四

即今一別似分飛，月缺還圓尚可依。等是浮萍家萬里，順流偏送我先歸。

其五

喜得長空任我飛，升天有術復何依。奇花異草盈天界，採集隨人滿載歸。

洛惠渠放水紀念

憶昔漢武，引洛穿徵。水絕商顏，工毀岸崩。二千年後，重蹈覆轍。又值抗倭，遭逢百折。人定勝天，堅苦卓絕。一十四年，耗費汗血。五洞穿通，一水盈盈，舉行盛典，萬衆觀成。

附：為洛惠渠放水後祭李師儀祉文

維中華民國三十六年十二月十二日，陝西洛惠渠放水典禮後三日，同人等謹以清酌庶饈之儀，敢昭告於李師儀祉之墓曰：關中八水，以師之擘畫，鑿引為渠。惟洛以商顏善崩，水頹以絕，以武帝之雄才大略，發卒逾萬，十年未成，似人工之不可期。況抗倭戰起，國步艱難，交通斷絕，舉凡人力物力，極度苦澀，其成功更不可知。又值吾師謝世，記易簀諄諄，惟渭渠土壩，洛渠五洞之未竟為可悲。同人等，既失師承，肩此重負，惟有黽勉以赴，雖遇盤根錯節，萬怪千奇，而再接再厲，念茲在茲。然流沙潛泉，崩土沒洞，隨挖隨推，改綫鑿井，移洞避水，力竭聲嘶。復天驕敵騎，僅一水之隔，居常風聲鶴唳，曾歷無數次千鈞一髮之危。於今十載，抗倭勝利，洛洞通渠放水，紀吾國水利史實，直可謂千載之一時。今茲告墓，遐想英魂靈氣，歡欣鼓舞，早飛騰於鐮山之麓，洛水之湄。嗚呼，自師逝世十年中，大地風雲，邦家擾攘，如水益深，如火益熱，傷美人之遲暮，感國運之式微。緬懷吾師真誠之心，剛正之節，果敢之氣，足以表式同人者，出黑暗而至於光輝。今日兩儀闢畔，臨風想望，僅切孺慕之依依。尚饗。

洛惠渠十首

洛惠渠頭龍首壩〔一〕，先師當日錫嘉名。武皇龍骨今何在，滾水蕭蕭澈底清。

奪村溝上水經橋〔二〕，渡洛為雲粲九霄。霖雨蒼生盈左輔，雙虹上下水清寥。

天半雲霞現晚虹〔三〕，濟人濟水奪天工。夕陽斜映縱橫影，曲里河邊淡蕩風。
漢帝穿徵引洛時，萬人十載一功虧。而今啟閘輸渠水，四邑恩波百世垂〔四〕。
洛渠過洞吐還吞，渠水通天第一門。為雨為雲從此去，周旋濁世在澄原〔五〕。
蒲公老去臆規模，溥利羣生未及蒲。飲水思源懷想處，看朱成碧碧成朱〔六〕。
重泉斥鹵為膏沃，大荔從今大有年。洞壁垂垂仍舊識，重重洞口自朝天〔七〕。
出山泉似在山泉，普溉同朝上上田。善下持平兼淖約，功成身退且朝川〔八〕。
平之洞口弔平之，公爾忘私了不悲。四十五人循血跡，英魂靈氣湊成詩〔九〕。
商顏絕水二千載，洛洞人工十四年。且把商顏顏此閘，三門分水灌重泉〔十〕。

〔一〕龍首壩即老洑滾水壩，長一七七公尺，高一六·二公尺。李儀師曾作洛惠渠錫名記，以繼漢墮緒。故以龍首名壩云。

〔二〕水經橋即奪村溝渡槽，長六五公尺，寬三·三公尺，槽下为鋼筋混凝土。雙拱雙孔。每孔寬二四·四公尺，高三十公尺。水經、既濟二橋，以紀念經濟委員會出資，故云水經之，則既濟矣，垂永久也。

〔三〕既濟橋即曲里河渡槽，長一一六公尺，寬三·三六公尺。單孔拱礅，其兩端為鋼筋混凝土高架，高三十公尺。李儀祉先生有聯云『不愁大旱望雲切，自有長虹帶雨來。』

〔四〕穿徵閘即澄城引水閘，分五孔，二孔引水，三孔排洪。今之澄城，即漢之徵，武帝穿徵，即今之水閘左近，故名。

〔五〕澄原洞即第一號隧洞，長二六四·五公尺。

〔六〕甫田洞即第二號隧洞，長七七七·四公尺。儀師引渠，然他的故鄉蒲城灌區極小。

〔七〕大有洞即第三號隧洞，長五七六·九七公尺。

〔八〕朝川洞即第四號隧洞，長一八四·六公尺。渠經澄城、蒲城、大荔、朝邑四縣，因以地名名四洞，亦以水澄其源，溥利農田大有豐年，朝川歸海也。

〔九〕平之洞即第五號隧洞，長三三七七公尺，各洞寬三公尺，高二·七公尺。紀念張平之殉職，因以其名名五洞，亦含平水之意。

〔十〕商顔閘即義井分水閘，分三孔，寬各二·六公尺。漢武帝引洛，穿商顔，以岸善崩，水絕。曾發卒萬人，十載不成。按，商顔即今之鐵鐮山，五洞附近。五洞工作，十四年始通水，並挖出漢時支洞木架頗多。其鑿井崩土情形，與《史記·河渠書》及《漢書·溝洫志》所記相若。洛渠分水閘三孔，適位平之洞口，即鐵鐮山南麓。閘外中幹、東幹、西幹三渠，可溉馮翊平原約五千頃。

附擬洛渠放水聯幛文：

穿徵引洛十四年，堅苦艱難，誇功漢武。水到渠成五千頃，棉禾斥鹵，霖雨蒼生。洛水之惠，斥鹵沛沛。馮翊之寶，萬世永賴。工艱八惠。左輔甘霖。成漢墮緒，涇洛平成，永保萬年。

金笑予贈詩次韻

秋間客裏過南京，得附飛機玩素瓊。已到長安兼匝月，徒牽俗務負高情。時艱無計安故里，雹急因人返斗城。最喜天涯仍舊友，家鄉卻爽白鷗盟。

附金詩並小序：

竹公局長，以留别渭惠渠唱和詩集見貺，賦呈教政。

欣逢文斾返鎬京，又獲裒編輯錦瓊。白雪陽春標大雅，桃花潭水寫深情。羣仙珠玉傳槐里，曠代風流唱渭城。得句飛箋今兩地，郵筒好假續吟盟。

無題

武昌黃鶴杳無聞，香澤羅襟隔楚雲。試向洞庭探月色，美人香草傍湘君。

李滌支寄洛惠渠詩次韻四首

天行施闊斧，細鑿仗人工。洛惠施膏沃，蒼生頌大功。
巍巍龍首壩，蓄水上原流。舉臿為雲雨，旱乾慶有秋。
高架疊層層，勝天哲匠能。渡人兼渡水，空際白虹騰。
禹王平水土，埋骨越山中。莫惜平之死，千秋仰大功。

附滌支詩：

農田需水利，渠開奪天工。萬姓歌康樂，儀翁不朽功。
龍頭水勢洑，築壩節宏流。漢帝曾經始，觀成三六秋。
鋼骨築深層，工師顯技能。長橋接兩岸，水自半空行。
人工勝造物，導水行洞中。長達七華里，平之第一功。

長安蝸廬中秋與陸元同

客裏中秋節，蝸廬我固窮。懷鄉兼懷友，秋雨又秋風。約友除岑寂，談心及變通。更深肴核冷，獨酌陸元同。

民國三十七年（一九四八年）

蔡岳屏席上金笑予贈元旦詩次韻〔一〕

並示岳屏、奉堂、德銓、眉之。

時代推遷轉巨輪，娑婆世界又年新。遥知槐里諸仙會，繫念青門籙外人。急足西來談笑集，喜心東道菜肴陳。席間論世同傷感，杯酒消愁勸飲頻。

〔一〕編者注：原詩題爲『蔡岳屏席上金笑予贈元旦詩次韻，並示岳屏、奉堂、德銓、眉之』。

附金笑予詩：

初陽運轉似奔輪，小集官齋際歲新。槐里三年留醉客，椒花元日飲詩人。樽前兒女悠悠話，席上蔬肴款款陳。回首吟壇思舊友，青門遥寄簡書頻。

附葉眉之和韻詩：

居諸荏苒速於輪，忽報陽春歲更新。官舍筵開賓得主，風塵萍散我何人。豪吟未遠詩還在，雅客翻逢句又陳。自昔交朋資耐久，公餘深願往來頻。

牟海澄讀予留别渭渠唱和詩集後贈詩次韻

君詩平淡起波瀾，俊逸清新不厭看。萬里烽煙承意厚，三生際會審聲難。枌榆赫耀鄉音播，關塞蕭條暮歲寒。

浩劫推移無止境，天涯衣食枉為官。

附牟詩：

功業文章豈易兼，羨君都作等閒看。關中名共長渠水，海上人誇雙閘難。敦厚和平詩見性，精微博約學同參。陽春白雪知音少，亂世艱辛怕作官。

劉輯五第二次來秦辦水利十五週年詩以賀之

十五年來憶舊痕，秦川漢水轉乾坤。三農喜慶盈三輔，八水恩波亂八元。卅載論交如白水，十年立雪共程門。欣遲功業丘山積，自顧平生言語村。

笑予秘書贈詩三首次韻並簡岳屏奉堂

新年大地滿薰風，瑞雪高原四望崇。訪戴子猷清渭北，放歌故國大江東。文章政治一堂聚，正議忠言萬姓功。自愧迂疎專首席，加餐強酒樂融融。

厚意豪情滿酒卮，偶然卜夜露華滋。燈光環柱春聯好，燭影飛觴羽檄馳。送客及門頻握手，醉仁為瑞合吟詩。離城出郭人聲寂，渠上迢迢任所之。

茂陵一別半年餘，感物懷人賦我車。日麗中天騷客集，觴流曲水好風徐。者番議席聞宏論，憶昔春遊共大渠。舊誼新情何以報，郵筒復寄幾行書。

附金詩有序：

元旦後二日，竹公偕夫人至自西安。岳公伉儷，邀奉老議長及夫人，小集縣府。四日奉老議長親詣縣府，以竹公和詩見貺。無竹公之雅，不足以邀奉老之托；無奉老之轉，不足以達竹公之誠；亦惟有竹公之詩，始可勞奉老之步也。傳來四韻，各有千秋。緬當年風雨，病寓茂陵；慚今日薄書，貧居槐里。南望嶺雲，北瞻原榆。荷挹二老之風流，得標他年之韻事。雖寰學殖庸庸，殊難以當記室。而唱酬疊疊，亦可以傲文園。爰賦短章，聯存微尚云爾。金濟寰未定草：

瑤箋燦燦托春風，碩德奇文雨拜崇。地處廉泉兼讓水，人逢渭北與浙東。常欽直道推民表，久贊紆謀繼聖功。惠我雲情無限感，輝生坐上喜融融。

興會前宵展玉卮，使君送客晚風滋。承仰訓誨遺書理〔一〕，俯瞰山川壯語馳〔二〕。莫謂長門矜賣賦，欣同椽筆續傳詩〔三〕。悠悠千載文園後，肯讓風流獨步之。

長安雪後際公餘，歲首西驅舊地車。小聚杯盤談奕奕，耆年梁孟飲徐徐〔四〕。四基讜輪追三習〔五〕，廿載宏猷著八渠。宿老文章賢令尹，琴堂雅集敢無書。

〔一〕竹公近奉命整理李儀祉先生遺著。
〔二〕竹公有航空詩。
〔三〕寶應朱秋厓有《水部傳詩圖記》。
〔四〕奉老及岳公伉儷均在座，予奉陪。
〔五〕孫文定有三習一弊疏，又十二月七日紀念週，奉老講黨之四基。

張逢辰贈詩次韻

久別長渠越半年，又來前度到秦川。知情草木仍疇昔，大地春回萬里天。
春臺共躋日初長，渠上紅旗處處揚。大政開基容黨旅，止戈為武視民傷。

附張詩：

越人秦客廿餘年，精力經營利渭川。策馬南歸常返顧，歡聲五邑鼓喧天。
少憩甘棠話短長，深仁厚德表功揚。拯民水火平生志，饑溺思人己若傷。

葉眉之贈酬江月詞次韻

奔波南北，半生來，未計此身是客。雖有所成，終夾雜幾分寒酸之色。幸有同聲，亦無罣礙，朋舊喜相值。酬韻聯吟，即算浮生難得。　不求聞達諸侯，苟全亂世，且看朱成碧。淡泊志明心自泰，寧靜存於一息。饑溺為懷，堅貞是尚，不管無人識。黎明前刻，相期黑暗翻白。

附葉詞（用宋江詞原韻）：

飄零西北，彈指間，不啻十年為客。壯不如人今老矣，耗盡青春顏色。踏遍關山，歷殘烽火，試問幾文值。把酒吟詩，傀儡可能消得。　回想禍起盧橋，戰酣滬海，熱血猶凝碧。外寇方除內難作，劫火依然未息。救國艱危，弔民疾苦，此意誰曾識。茫茫前路，何時功罪明白。

買畫

窮陰歲暮玻窗破，北風入室難安坐。適值公家發借薪，囊中尚餘有通貨。試向曉市買玻璃，補窗取煖備高臥。洋場充斥列價高，廢然而返完此課。忽見高牆懸古畫，板橋墨竹飄箇箇。索價雖云五十萬，戰前銀元僅二箇。但計不能費閒錢，柴米油鹽尚無奈。歸謀諸婦，答莫錯過。鼓我勇氣，還價頓挫。一擲法幣廿七萬，攜歸此畫張上座。除夕依樣畫葫蘆，忙了半天竟忘餓。興之所至不停手，自笑迂疏窮措大。

重譯德國四林湖墓園詩

負後死之責，循先賢之跡〔一〕。後人之視今，亦猶今視昔。

〔一〕按李儀師初譯為：君輩今若何，吾輩昔亦若。吾輩今若何，君輩將勿脫。

跋

胡君竹銘出示所著《雕蟲集》寫本，要余有言。瀏覽兩過，以為李先生儀之與關中水利盛績，遠邁鄭國白公，頗得門徒之力，步川其巨擘也。君自畢業於河海工程學校，後四十餘年，未離專門之業，行跡多在陝西，徧及各區，不止涇渭兩渠。而於鄉縣黃岩，亦多建樹。去冬自京師囬里小休，猶日日往來山椒海澨，期為邑人多籌興利澹災之策，七十老人不惜筋力如此。

君雅好歌詩，抒寫性情，編成此集，距今逾十年矣。誦之可以識當時水工成就，何限艱難，亦見君治事勤懇，而師弟相處之厚誼有度越尋常者。至於感時傷亂之作，如記困處西安圍城中八月情景，又絕好史料也。

余喜誦詩而不能作詩，所知誠無以益君，又不敢勦襲前人詩才詩學詩功，乃至用意遣辭等議論以揚抑茲集中某章某句，輒寫此帋，坿之冊尾，用記寓目歲月云爾。

一九六二年三月六日馮雄

附

《雕蟲集》：胡步川的『涉』字人生記錄

凌舒昉

一

《雕蟲集》，臨海胡公步川之詩詞自選集也。

胡公，浙人，譜名爾林，又名正國，字竹銘，步川其號也。清光緒十九年夏曆七月十二日，生於臨海縣城西石鼓村。民國六年，考入河海工程專門學校，師從李公儀祉，專肆水利工程。儀師李公，陝之蒲城人，系吾國近代水利之先驅與奠基者。自拜儀師門下，公一生追隨、踵武之，前半生修渠行水，澤被西秦東越；後半生治史著書，名垂簡帛汗青，亦卓然有成矣。

公業水利，然以其生於晚清，嘗學於私塾，擅詩書畫。尤喜詩，十四五歲即為詩，且一生不輟。亦喜遊覽勝跡、吊古尋幽。公勤於寫作，『涉世以來，固以水利工程學術為盡職資生之事，而以詩詞為怡情悅性之用。間常以行役作登臨，雖鞍馬舟車之勞，持籌握算之煩，亂離窮困之日，以及抑鬱悲憤之時，勉強行之，未嘗遽廢也』，以是詩詞頗富。

民國三十年秋仲，公以三十年來所為詩詞依時序都為一集，名以『雕蟲』，示諸同好。自是以迄於離陝，時有增補，凡兩冊十八卷，系公前半生詩詞輯錄。是集為公之個人記述，其『詩文以寫實存實為主，藉以為一生之印證』，固可謂其個人前半生之私史。雖然，其記述東越、西秦建閘修渠經歷之篇什，亦可作吾國近代水利之專史觀之，稱之為『詩寫之水利史』，或非過譽；其與師友唱和諸篇及西安圍城諸什，于吾國近代相關人、事之研究，或亦有補遺、參考之用。

二

胡公手自編定《雕蟲集》僅有抄本，流傳不廣。按劉公鍾瑞輯五《雕蟲集·序》，民國三十六年冬，劉公曾煩請關中姚公愚若楷書謄録《雕蟲集》，越五月而竣事，該抄本藏陝省水利局。依謄抄時間觀之，局藏本應為《雕蟲集》定本。外此，該集存世者蓋唯公之家藏本矣。

余之窗友梅，胡公之女孫也，先是，整理出版公之著述，伊總其事，《李儀祉先生年譜》《李儀祉先生遺著》《新中國成立初期西北地區水利工程影像集》等，已由河海大學出版社出版行世。業界頗予好評，並切望一窺胡公著述全貌，藉以瞭解其人及其時淅、陝水利工程建設諸端。鑒於此，梅與河海大學出版社再度攜手，擬將公之《雕蟲集》及一百八十六册日記公之於眾，並分別出版影印本與排印本，以廣流傳，並資研究之用。

余業編輯，且為梅友，故得與編《雕蟲集》排印本。躬逢其盛，余有榮焉。是集之詩，起自清宣統元年，迄於民國三十六年，垂四十年，選録詩詞近千首，並附其師友之唱和詩詞若干首，另有紀念儀師之祭文若干篇。排印本《雕蟲集》體例一仍其舊：豎排，繁體，按年編次，但改若干手寫筆誤耳。

公之手定稿，其同寅、友好劉公輯五、趙公玉璽寶珊、吳公宓雨僧已序於前，三公之述備矣，且深契余心。此番排印之際，梅邀余再序一文。余無名後學，劉、趙、吳三公面前，豈敢再著一字？未之許。然梅數勉之，如是，則余不能辭矣，而余通閱是集數過，實亦感觸良多，故強為續貂。雖不勝惶恐之至，而得附驥尾，亦不勝欣喜之至矣。

三

余讀胡公之詩詞，時為之感動。感動余心者，總而言之，有以下諸端：

涉险历难，九死不悔

民國十一年夏，儀師將去金陵，返陝鄉任水政，乃招弟子同行。時西北不靖，兵匪塞途，南人畏之。胡公聞師命，自忖曰：『一者，儀師道德學問堪為楷模，從之，可受其教誨，得其經驗；再者，西北高原久苦乾旱，辦水利，於民為資生所需，於己為學以致用；三者，長安為古都，可尋訪古跡。』遂辭助教職。是年秋，公與同窗劉輯五等從儀師西征入秦。公之水利人生自此肇始，公與三秦山水古跡結緣，亦自此始。

師弟子一行自金陵動身，由津浦路北上至徐州，復由隴海路西行至觀音堂。觀音堂地處晉東南長治，然長治不治，公等為匪所阻，復由觀音堂南下返鄭州，由平漢路北上至石家莊，由正太路西行至太原，再轉乘騾車至黃河邊之風陵渡，過黃河入關……入關之路輾轉迂回，西征之艱辛於此可見一斑。然，此僅為公入關之艱辛，亦僅為其艱辛人生之開始。

此後近三十年，公嘗數度入關出關。然則公所歷之險，非僅『兵匪塞途』也：其或可死于兵匪盜賊，或可死于溺水風雪，或可死于車毀船沉，或可死於饑寒凍餒，或可死于軍閥混戰之刀槍流彈，或可死于倭寇侵華之炮彈轟炸，或可死于瘟病毒疫，或可死於積勞成疾；其涉險之地，亦不止關中也：觀音堂，函谷關，終南山，黃金峽，三門峽，義井舖，潼關，盤豆，涇河，長安，鍾山……處處可陷人於死地也。公之前半生，可謂『九死一生』也。

公初入陝，即受儀師命查勘涇河水文及地理形勢，籌建涇惠渠工程。十一年冬，時公至陝甫半載，方嬰疾，乃一人放舟測涇河流量，倒橫繩，遇急，以手拉繩，而舟隨流去，人亦溺水中，帽及眼鏡、手套等皆為水沖走，幸人依繩徐徐生還。時值嚴冬，四肢俱凍僵。十二年初，公測涇河，再落其中。數月之間，兩溺涇河，公竟為詩云：『此番若向龍宮去，也算平生一願酬。』

十二年夏，公返金陵娶妻。妻素芬，出嶺根王氏，為公續弦。公與劉輯五同出關。至潼關，車被兵劫；至盤豆，船再被兵劫。因『路長船劫惡兵凶』，不得已，二人竟『交換騎驢出函谷』。

十三年冬，公奉儀師命赴漢南辦漢江水利工程。時道途梗塞，公只身獨行終南千里，其離索之苦，誰人可體會者？十四年春，陝南測量及設計漢惠渠粗完，然陝局變動，政府已無力興工。公乃循漢江東下，欲南旋返浙。清明前日，公自漢中駕片帆東下，然江行一月，數遇險，黃金峽多暗礁，船為石擊破，沉船三次，險不能行。歷盡萬險，行水程僅三百里。然前路正長，風波險惡，土匪徧地，到家無期，無已，公乃捨舟登陸，自石泉入山，取道子午谷返回長安。

黃金峽分兩段，其最險者亦稱大峽，長六十里，成一大軛形，江之最窄處僅五十米，而最大高差達二十四五米，向以流急、灘多著稱。公謂過黄金峽為平生最苦之過程，可想而知矣！而公復謂此為最樂之過程，何出此言耶？蓋黄金峽險則險矣，然氣勢磅礴，穿行峽谷中，兩岸山勢陡峭，奇峰迭出，王荊公謂『世之奇偉、瑰怪、非常之觀，常在於險遠』，此言不謬也。公于至險中得至樂矣，何可怪也歟？

十四年，公自越來陝，道出閿底鎮，天暮，畏匪，乃急行。而路滑車翻，乃以傘遮蠟燈，挽车而行。十八年初，公與劉輯五共同查勘黄河變遷，並探三門之險，為土匪梗阻。其間避匪洛東義井舖之夜，更以蔓菁稀飯佐食於匪窟。『歲荒盜熾路悠悠，水淺灘多竹節稠。』『臭蟲爭施毒，惡兵安肆兇。』『昨日函關逢匪劫，早行惴惴客心懸。』『車夫力竭車輪折，路滑泥濘雨後天。』……讀《雕蟲集》，彼时水惡路艱，兵匪為禍，西行之路，真真險象環生也。

十五年四月，軍閥劉鎮華十萬『鎮嵩軍』圍攻長安城，持續八月，至十一月杪，圍始解。其間城内絕糧，所有可食之物，若動物、皮革製品、中藥鋪售賣之藥材，皆被圍城饑民吃光食盡。即如是，城内仍日有大批居民死亡。長安城圍二月，便已『彈雨槍林，饑荒瘟疫，人命早付之天』。『危邦徧兵匪，款段盡豺狼』。公身處圍城之中，猶似困獸，嘗與吴、唐、陸、王、范諸友同雜難民中，逃出城，被劫于樂居村，席地互靠背以度寒夜，備嘗艱苦。後糧絕，公寄食師門數月。『絕糧遭劫經九死』，實公之親歷也。八月圍城，長安城内軍民死亡逾五萬人。公得不死，既賴師門太先生之助，實亦僥倖也。故圍解之後，公有死裏逃生之歎、悲喜交集之感也。

十七年夏，公應金陵中山陵園工程處之招，率隊測量鍾山地貌，一閲月，凡鍾山南北及陵園皆竣事。

而山中瘟蚊極多，致染疾。『鍾山南北產蚊蟲，嘴似鋼槍聲似鐘。刺肉作聲施痛癢，晚來嘯聚布山空。』其蚊蟲之大、為害之劇可知矣。加以靈谷寺中有養肺病者，病極惡，尋即死去。時公亦居寺中，未與隔離。公自料其肺病或由此傳染。嗣後，公任華北水利委員會工程師，奔走河干，查勘黃河，設置黃河上下游水文站，備極辛苦，積勞成疾，歷十年始愈。

十八年春，公應浙省水利局之招，返台州任金清閘工程處主任工程師，掌建閘工程。然台州閘工，凡事草創，千頭萬緒。公為節省工程費，乃決意為故鄉人民犧牲自我，『成敗利鈍，尺劍恩仇，皆置不顧，我行其休』。故二閘工程，自測量而設計至工程，皆公一人當之。是年七月，為金清閘測量設計事，公宵衣旰食，心力交瘁，終以過勞致病劇嘔血。中秋節前，公病稍瘳，實未愈，即返工地，完成新金清閘設計工作，準備施工。自是而後，閘工皆在病中進行。當是時，黃岩西江、新河金清二閘相繼興工，公於黃岩及新河兩處奔走，櫛風沐雨，廢寢忘食。二十二年，西江閘竣工蓄水，而公『年來病骨歎支離』，是时肺病愈劇，乃自浙水利局辭職，歸家養病，既而至西湖葛嶺療養。尋復應浙水利局招，為赴甌江調查水利發電事。公為浙省水利局編輯三年總報告時，病益劇，甚者，一執筆體溫即增，隨時強迫停止工作。

二十四年春，公自越重入秦，任職渭惠渠工程處。夏間，復大病：八月五日，長安病中讀家書，以思家念母，嘔血一次；翌日病革，嘔血不止，以致『血灑胡床滿眼紅，盈杯盈皿捥心胸』，慨歎『白雲親舍六千里，死去原知萬事空』。

『追跡鄭公業，堪對白渠柳。』效鄭國白公，興關中水利，建台州二閘，是公之願，亦公之行。為求禹功，公不懼風雪塞途，兵連禍結，九死不悔，一生不渝，其大勇足驚世人也。

三辭教職，兩辭高薪

然撼余心者，不止胡公之大勇也。其取捨去就，亦非常人能為之者。

公幼時家道衰落，貧甚，幸賴伯母敖氏接濟，得免饑寒。伯母早寡而無子，視公如己出，每燒粥飯熟，必先盛一碗以止其飢。及公出外求學，伯母又以其所積助學費。

當公負笈金陵也，復賴嫂謝氏援手。時大母若父相繼棄養，公困頓不堪。嫂自言遵孝行需戴孝，乃脫簪珥質錢益公學費，出公於陷穽，公乃得竟學業。

公幼好諸藝，童稚之時，嘗於僧寺見千手觀音像，返家默畫，大母常以驕人。見人畫花草，亦能神會。而村中有陳東生者，素業畫，然老境顛連，致不能養其妻子，公常以陳為戒。

公亦好樂喜書，詩樂書畫無不好之能之，尤擅為詩。及長，入讀省立第六中學，念諸藝難自立，無論奉慈母、養妻子，以家道不裕，常思學可資生之業。故中學畢業後，考入可增一技之長之河海專校。

民國十年，公於河海畢業，即留校任助教——至是，公不必以饑饉為憂矣。

然公雖困窘，而不慕名利，屢辭教職、去高薪就低薪，其淡泊寧靜，超出凡人者亦多矣。

一辭河海專校助教職，入陝治水。十一年夏，公畢業甫一年，儀師招入陝，即辭助教職，欣然入陝辦水利。

再辭西北大學教授職，守陝殘局。十四年，因陝局變動，渭北工停，漢江工程亦以亂停，公欲南旋歸里而不得，乃應儀師之邀任西北大學工科教授，掌教測量學、鋼筋混凝土學及木結構學。十五年十一月底，長安圍解，嗣後公辭教授職，掌陝省建設廳第二科事。十六年春，公隨儀師築灞隄，修華清宮池，建革命公園，及計劃西潼鐵路等工程，而渭北水利仍無辦法。儀師雅不欲尸位素餐，乃棄陝建設廳長職東去。臨行，將引涇計劃圖表等託付於公。公以儀師之托，慨允為守陝省水利殘局，助創陝省建設廳初基。然亂後之陝，經濟極度拮据，公雖掌科事，實無能為力。以此後時局益壞，儀師既不能歸，經此浩劫之後，公亦急欲回鄉省親，因謀南歸。

三辭第四中山大學教職，志在三秦。十六年八月中秋，公自陝東歸，然當其出長安城，囘顧嵯峨山，有留連不捨之慨焉。比至金陵，公見儀師於第四中山大學。時儀師將入蜀，薦公任教於第四中山大學。十七年，公作《辭中央大學職登燕子磯懷秦川》詩，辭曰：『半年忙筆墨，脫網作閒人。風景當年舊，江山此日新。壯懷經百折，素志在三秦。欲去京華地，抽身遠濁塵。』終以『素志在三秦』而辭教職。

四辭華北水利委員會高薪，造福桑梓。十七年秋，儀師自蜀返金陵，既任華北水利委員會主席。公旋應儀師命赴津，任華北水利委員會正工程師職，薪水二百七十元。十八年春，浙省水利局招建溫嶺西江及金清二閘。公以『事小或輕而易舉，素願或可以少酬』，以『平生事業休嫌小，尺寸收功仗力行』自勉，決意赴台州，效力桑梓。意決後，公遂『河北掛冠，台嶠來遊』，以一百八十元低薪掌建閘工程。當其時，以閘工亟待進行，又恐儀師不放歸，公竟不告而別，匆促南旋；減薪三分之一，亦不以為意——其意志之堅決於此可見。

五辭贛省水利局高位重薪，興修渭渠。二十四年春，公客嶺根岳家多日，並應贛省水利局之招將赴南昌。

尚未行，儀師復電招公入陝——十九年，楊虎城督陝，邀儀師主政陝省建設廳，且建渠款源問題解決，儀師之引涇計畫因得實施。現渭惠渠將興工，儀師因再招公往秦為助。先是，公與贛省已有成約，且贛省許以重位高薪。然公自度非富貴中人，故終決定從儀師遊，冀得學識與經驗，藉謀精神之快樂，乃拜別染病臥床之岳母，自越西行，再入秦，任職渭惠渠工程處。

儀師固有『關中八惠』之擘畫，現涇惠渠早成，洛、渭二渠亦相繼進行，餘五惠渠較小，則更易為力。公再度入秦，即專力于渭惠渠之工程建設與管理矣。

本心不泯，苦中作樂

公之可貴者，雖篳路藍縷，櫛風沐雨，歷盡千辛，嘗遍萬苦，總能於辛苦生活中尋出樂趣。

二十九年秋，公赴漢南視察漢上水工並驗收嘉陵江整理工程。一日，公徒步上嶓塚山、下列金壩、行漢甯路，適值雨後，『嶓塚山頭泥滑腳，列金壩下水淘沙。花邊無盡車輪印，赤足康莊步步花』，長途汽車輪印無盡花邊，公竟赤足履花為樂。其童心未泯之狀，躍然紙上。讀至此，不禁莞爾。

公之《買畫》詩，狀其苦中作樂益詳：『窮陰歲暮玻窗破，北風入室難安坐。適值公家發借薪，囊中尚餘有通貨。試向曉市買玻璃，補窗取煖備高臥。洋場充斥列價高，廢然而返完此課。』——是其苦況也。此詩作於三十五年歲暮，是年銓敘，銓敘部以公證件不齊全故，降六級，減薪三分之一。本已捉襟見肘，而渠上則已半年不發工資，以致生活潦倒，時已入秋，天寒窗破，徒喚奈何；中元節後一夜半，水利局忽來送千萬元撥款書。公乃往早市購玻璃，冀『補窗取煖』，然玻璃價高，敗興而歸。『忽見高牆懸古畫，板橋墨竹飄箇箇。索價雖云五十萬，戰前銀元僅二箇。但計不能費閒錢，柴米油鹽尚無奈。』公自幼喜繪畫，見板橋墨竹，能不心動乎？雖囊中羞澀，仍不死心，乃『歸謀諸婦，答莫錯過。鼓我勇氣，還價頓挫。一擲法幣廿七萬，攜歸此畫張上座。除夕依樣畫葫蘆，忙了半天竟忘餓。興之所至不停手，自笑迂疏窮措大。』——是其苦中之樂也。『忙了半天竟忘餓』，以口語繪出一派天真之胡公自畫像，其樂不可支矣——如何料理柴米油鹽，如何度過漫漫冬日，渾然忘之而不顧矣。

堅苦清高，霖雨蒼生

或問曰：胡公一介書生，體弱多病，何以有如此大勇，避易趨難，辭逸行苦，去高就低，矢志不渝，屢蹈死地而不顧、置生死安危於度外者？余亦惑之，竊笑其迂也。及深研《雕蟲》，余見兩組詞語屢見於集中，一曰『思饑』『思溺』『饑溺』，一曰『霖雨蒼生』『惠蒼生』『潤蒼生』：

立身禹稷話襟期，坎止流行只自知。屢發浩歌當浩劫，徒勞思溺又思饑。

婆心思饑溺，濁世沒英雄。

婆心思饑溺，慧眼看山川。

山川慧眼江南美，饑溺婆心天下肥。

鬧廢河淤頻水害，思饑願未遂斯鄉。

思饑思溺思援手，非為長安酒肉香。

思饑思溺在平生，作沼修堤一願成。

本吾饑溺志，焉望没世名？竭力營渭北，不避艱與辛。
思溺思饑懷禹稷，足衣足食惠軍民。
我辭華北來，肩負此盛舉。原有此夙願，饑溺思大禹。
不求聞達諸侯，苟全亂世，且看朱成碧。淡泊志明心自泰，寧靜存於一息。饑溺為懷，堅貞是尚，不管無人識。
區區饑溺懷，勞勞牛馬走。功或成萬一，人可安畎畝。

《孟子·離婁下》有云：『禹思天下有溺者，猶己溺之也；稷思天下有饑者，猶己饑之也。』公生而貧，畏饑寒之苦；落水多次，知溺水之危，故能以人饑己饑、人溺己溺之心，關心民瘼。其同人張逢辰贈公詩云：『少憩甘棠話短長，深仁厚德表功揚。拯民水火平生志，饑溺思人己若傷。』又云：『堅苦清高心素期，施恩佈惠盡人知。周行田野車當步，切念民間溺與饑。』友人趙寶珊亦言：『冰玉襟懷素所期，此心如水有誰知？不妨夫妻同清苦，但冀閭閻免溺饑。』由是觀之，思饑思溺、拯饑拯溺乃公平生之志，人所共知也。公以蒼生為念，尤以『霖雨蒼生』『惠蒼生』『潤蒼生』為己任，其於《雕蟲集》中，三復斯言：

霖雨蒼生懷往哲，千秋事業仗時賢。
滔天黄禍將沉陸，霖雨蒼生祗式閭。
大德守先待後，水功霖雨蒼生。振衰起廢掌權衡，生佛萬家錫慶。
麻衣草履仰張巡，霖雨蒼生見苦辛。

奪村溝上水經橋，渡洛為雲粲九霄。霖雨蒼生盈左輔，雙虹上下水清寥。

穿徵引洛十四年，堅苦艱難，誇功漢武。水到渠成五千頃，棉禾斥鹵，霖雨蒼生。

此願不知何日償？為霖為雨惠蒼生。

嵯峨鬱鬱表離情，渭北工程尚未成。何日桃林牛馬放，決渠為雨潤蒼生。

文公六閘為陳跡，民到於今頌大名。我亦臨風頻懷想，當年霖雨惠蒼生。

公之『思饑思溺』『霖雨蒼生』皆出於其『婆心』，亦其『深仁厚德』也。其婆心足以惠人，其仁德亦足以感人。

二十七年春，渭惠渠工程告竣，管理局組織成立。

二十八年八月，公任陝省水利局事，兼領渭惠渠管理局長。

二十九年十一月，公組織清丈隊，實施清丈地畝，朞年而成。全渠灌溉區域管理走上正軌，全渠人民用水權之基礎亦因此奠定。

三十一年，梅雨為災，隴麥生芽，然渭惠渠灌溉區域，以澤潤故，麥黄較晚，得免天災。絳帳鎮一帶更有兩歧之麥穗者。夏秋乾旱，原上秋禾皆枯死，而渭惠渠灌溉區之玉米、黍、稷、棉花四十餘萬畝，皆獲豐收。公在秦水工終見成效矣。

三十六年，公別秦還鄉，至是，公之青壯年華皆奉諸秦人矣。

當公別秦還鄉之時，三秦五邑沿渠民衆，鼓樂夾道吹送，饋匾致意，其匾文曰『深仁厚德』；渭渠員工贈銀盾表敬，其盾文曰『堅苦清高』。當其時也，渭渠岸上，萬衆餞行，執手道珍重；渭渠壩上，萬柳迎風，惜別情依依。嗚呼，公之受秦人愛戴之殷，乃如是哉！公『半生渭上關榛莉』，澤被陝原，俯仰無愧，春風風人，夏雨雨人，公之德秦人也深，秦人之報公也真，『深仁厚德人民詠，堅苦清高竹帛名』，公可當之也！

得失兩忘，此志難拋

通觀胡公之前半生，其所失者多矣！其所舍者亦多矣！其所失者親人。自民國六年負笈金陵至十八年秋，十二年間，公失至親七：大母、伯母、嚴君、恩嫂、髮妻、女、子，相繼逝去。

尤令人扼腕者，為其痛失愛子也。時當西江、金清二閘相繼興工之際，公往來奔走於黃岩、新河間，無暇他顧。是時，其妻素芬與濱兒已自金陵歸台州，適濱兒病。公至家望之，以公事繁鉅，一探即匆匆返工地。詎料濱兒病革，竟殀歿。此乃公生平最苦之境遇，此後屢有伯道無兒之悲歎矣。

十七年歲除，公大病，獨臥床上，悲從中來，是夕自撰挽聯曰：

> 母難拋，兄難拋，妻難拋，子難拋，一生事業更難拋，生固所欲；
> 儉做到，勤做到，慎做到，勞做到，半世遨遊也做到，死亦如歸。

是時母健兒存。不一年，兒殀亡。又十三年，適逢七月七日，倭寇犯臨海，老母於轟炸中遇難，是夕棄養。

當是時，公客秦，戰火紛飛，秦越天涯，欲歸里奔喪而不得，故嗣後每見白雲在天，即興皋魚風樹之痛，其痛何如哉？生公者母，公生者兒，慈母嬌兒，至難拋者，至是皆拋公而去矣！其哀復何如哉？

其所舍者利祿。公固貧，然恩師召喚，或桑梓有需，公即視高薪重位如敝屣，棄穩定職業、安逸生活而勇往直前矣。然其所棄者，豈止利祿耶？奉養萱堂之孝，夫妻相守之歡，膝下承歡之樂，皆舍之不顧矣！

然公之所得者亦多矣。其所得者何？以余觀之：

黃岩建西江，新河有金清，東越二水閘，公名著汗青。
關中八惠惠五邑，渭惠一渠君築之。越客歸來何所有？兩袖清風一卷詩。
堅苦清高修渭惠，蒼生霖雨見精神。深仁厚德民擁戴，俯仰無愧後世人。

是則公之所得亦多矣，豈可以升斗計之哉！

一九五三年二月，又逢除夕，公復大病，念及十七年除夕病中自挽聯，公改數字云：

詩難拋，書難拋，文難拋，畫難拋，人民事業更難拋，生固所欲；
勤做些，儉做些，慎做些，勞做些，西北水利亦做些，死亦如歸。

此則公之前半生之自我總結也。

後二十八年（一九八一年夏），公棄世。先是，公嘗作《言志》五言詩。詩云：『生小居東海，天仙二水環。立身期禹稷，勵志克辛艱。放浪形骸外，退藏台蕩間。著書留爪印，埋骨傍焦山。』石鼓乃公祖居之郵，當天臺、仙居二水回合之處，有礁岩峙中流，距天臺、雁蕩二山各百里。至是，公卒葬于焦山，而以《言志》詩為墓誌云。

四

余嘗據胡公之理想抱負及生平事蹟，擬一對聯，並藏公名號於其中，聯曰：

一生治水，東南西北高標獨步

半世修渠，春夏秋冬跋浪涉川

橫批曰：正國惠民

橫批『正國』者，公之名諱也；上下聯末字相合，則公之號也。

公以『步川』之號行世，一生修渠行水，一生涉水步川。考其一生，其與水結緣亦久矣！入讀河海後，公即自取別號曰『步川』——『步』者，行走也；『川』者，河流也。『步川』者，『步』於『川』旁也，亦即行走於河干也——此其巡渠護渠之謂歟？則公之志于行水，似于少壯時即已定矣。

如或問曰：『有一言可以評胡公者乎？』余必曰：『其「涉」乎？』『涉』者，於字為『步水』也，即步行過水也，趟水過河也——此非公測量河流流量之謂歟？亦其一生跋山涉川之寫照也。故余曰，公之一生，可以『涉』字概括之。《雕蟲集》之詩詞，則可謂公之『涉』字人生之記錄矣。謂予不信，請讀《雕蟲》驗之。

辛丑七月十九，处暑后三日，晚輩拜撰于京師。

昨晚完此文，今午友梅忽傳余一紙，乃南通馮公雄跋《雕蟲集》之手稿。馮公字翰飛，號彊齋，别署扶海馮氏，水利學家、作家、藏書家，與胡公於水利史所共事有年，為摯友。此文系馮公應胡公之邀而作，寫於一九六二年三月六日，惜未見於《雕蟲集》，幾湮沒，頃幸發現于馮公遺物中。跋文與《雕蟲》暌離近六十載，當《雕蟲》排印本即將重排之際，乃得見天日，其天祝胡公使《雕蟲》成全璧耶？二公泉下有知，定當額手稱慶矣！

辛丑七月二十日，晚輩昉又記。

歲次壬寅，長至前日，再改定稿。